北京大学"双一流"建设成果
方李邦琴北京大学人文学科文库出版基金赞助

北京大学	北大东方文学
人文学科文库	研究丛书

实证研究与文本细读
——重读日本经典短篇小说

Empirical Research and Close Reading:
Revisiting Classic Japanese Short Stories

李强　等　著

图书在版编目（CIP）数据

实证研究与文本细读：重读日本经典短篇小说 / 李强等著. ——北京：北京大学出版社，2025.9. -- (北京大学人文学科文库). -- ISBN 978-7-301-36498-7

Ⅰ. I313.074

中国国家版本馆 CIP 数据核字第 2025ZE8041 号

书　　　名	实证研究与文本细读——重读日本经典短篇小说 SHIZHENG YANJIU YU WENBEN XIDU —— CHONGDU RIBEN JINGDIAN DUANPIAN XIAOSHUO
著作责任者	李　强　等著
责任编辑	兰　婷
标准书号	ISBN 978-7-301-36498-7
出版发行	北京大学出版社
地　　　址	北京市海淀区成府路205号　100871
网　　　址	http://www.pup.cn　　新浪微博:@北京大学出版社
电子邮箱	编辑部 pupwaiwen@pup.cn　总编室 zpup@pup.cn
电　　　话	邮购部010-62752015　发行部010-62750672　编辑部010-62759634
印　刷　者	北京中科印刷有限公司
经　销　者	新华书店
	650毫米×980毫米　16开本　15.5印张　320千字
	2025年9月第1版　2025年9月第1次印刷
定　　　价	98.00元（精装）

未经许可，不得以任何方式复制或抄袭本书之部分或全部内容。
版权所有，侵权必究
举报电话：010-62752024　电子邮箱：fd@pup.cn
图书如有印装质量问题，请与出版部联系，电话：010-62756370

总　序

袁行霈

人文学科是北京大学的传统优势学科。早在京师大学堂建立之初，就设立了经学科、文学科，预科学生必须在五种外语中选修一种。京师大学堂于1912年改为现名，1917年，蔡元培先生出任北京大学校长，他"循思想自由原则，取兼容并包主义"，促进了思想解放和学术繁荣。1921年北大成立了四个全校性的研究所，下设自然科学、社会科学、国学和外国文学四门，人文学科仍然居于重要地位，广受社会的关注。这个传统一直沿袭下来，中华人民共和国成立后，1952年北京大学与清华大学、燕京大学三校的文、理科合并为现在的北京大学，大师云集，人文荟萃，成果斐然。改革开放后，北京大学的历史翻开了新的一页。

近十几年来，人文学科在学科建设、人才培养、师资队伍建设、教学科研等各方面改善了条件，取得了显著成绩。北大的人文学科门类齐全，在国内整体上居于优势地位，在世界上也占有引人瞩目的地位，相继出版了《中华文明史》《世界文明史》《世界现代化历程》《中国儒学史》《中国美学通史》《欧洲文学史》等高水平的著作，并主持了许多重大的考古项目，这些成果发挥着引领学术前进的作用。目前北大还承担着《儒藏》《中华文明探源》《北京大学藏西汉竹书》的整理与研究工作,以及《新编新注十三经》等重要项目。

与此同时,我们也清醒地看到,北大人文学科整体的绝对优势正在减弱,有的学科只具备相对优势了;有的成果规模优势明显,高度优势还有待提升。北大出了许多成果,但还要出思想,要产生影响人类命运和前途的思想理论。我们距离理想的目标还有相当长的距离,需要人文学科的老师和同学们加倍努力。

我曾经说过:与自然科学或社会科学相比,人文学科的成果,难以直接转化为生产力,给社会带来财富,人们或以为无用。其实,人文学科力求揭示人生的意义和价值、塑造理想的人格,指点人生趋向完美的境地。它能丰富人的精神,美化人的心灵,提升人的品德,协调人和自然的关系以及人和人的关系,促使人把自己掌握的知识和技术用到造福于人类的正道上来,这是人文无用之大用!试想,如果我们的心灵中没有诗意,我们的记忆中没有历史,我们的思考中没有哲理,我们的生活将成为什么样子?国家的强盛与否,将来不仅要看经济实力、国防实力,也要看国民的精神世界是否丰富,活得充实不充实,愉快不愉快,自在不自在,美不美。

一个民族,如果从根本上丧失了对人文学科的热情,丧失了对人文精神的追求和坚守,这个民族就丧失了进步的精神源泉。文化是一个民族的标志,是一个民族的根,在经济全球化的大趋势中,拥有几千年文化传统的中华民族,必须自觉维护自己的根,并以开放的态度吸取世界上其他民族的优秀文化,以跟上世界的潮流。站在这样的高度看待人文学科,我们深感责任之重大与紧迫。

北大人文学科的老师们蕴藏着巨大的潜力和创造性。我相信,只要使老师们的潜力充分发挥出来,北大人文学科便能克服种种障碍,在国内外开辟出一片新天地。

人文学科的研究主要是著书立说,以个体撰写著作为一大特点。除了需要协同研究的集体大项目外,我们还希望为教师独立探索,撰写、出版专著搭建平台,形成既具个体思想,又汇聚集体智慧的系列研究成果。为此,北京大学人文学部决定编辑出版"北京大学人文学科文库",旨在汇集新时代北大人文学科的优秀成果,弘扬北大人文学科的学术传统,展示北大人文学科的整体实力和研究特色,为推动北大世界一流大学建设、促进人文学术发展作出贡献。

我们需要努力营造宽松的学术环境、浓厚的研究气氛。既要提倡教师根据国家的需要选择研究课题,集中人力物力进行研究,也鼓励教师按照自己的兴趣自由地选择课题。鼓励自由选题是"北京大学人文学科文库"的一个特点。

我们不可满足于泛泛的议论,也不可追求热闹,而应沉潜下来,认真钻研,将切实的成果贡献给社会。学术质量是"北京大学人文学科文库"的一大追求。文库的撰稿者会力求通过自己潜心研究、多年积累而成的优秀成果,来展示自己的学术水平。

我们要保持优良的学风,进一步突出北大的个性与特色。北大人要有大志气、大眼光、大手笔、大格局、大气象,做一些符合北大地位的事,做一些开风气之先的事。北大不能随波逐流,不能甘于平庸,不能跟在别人后面小打小闹。北大的学者要有与北大相称的气质、气节、气派、气势、气宇、气度、气韵和气象。北大的学者要致力于弘扬民族精神和时代精神,以提升国民的人文素质为己任。而承担这样的使命,首先要有谦逊的态度,向人民群众学习,向兄弟院校学习。切不可妄自尊大,目空一切。这也是"北京大学人文学科文库"力求展现的北大的人文素质。

这个文库目前有以下17套丛书:
"北大中国文学研究丛书"
"北大中国语言学研究丛书"
"北大比较文学与世界文学研究丛书"
"北大中国史研究丛书"
"北大世界史研究丛书"
"北大考古学研究丛书"
"北大马克思主义哲学研究丛书"
"北大中国哲学研究丛书"

"北大外国哲学研究丛书"
"北大东方文学研究丛书"
"北大欧美文学研究丛书"
"北大外国语言学研究丛书"
"北大艺术学研究丛书"
"北大对外汉语研究丛书"
"北大古典学研究丛书"
"北大人文学古今融通研究丛书"
"北大人文跨学科研究丛书"①

这17套丛书仅收入学术新作,涵盖了北大人文学科的多个领域,它们的推出有利于读者整体了解当下北大人文学者的科研动态、学术实力和研究特色。这一文库将持续编辑出版,我们相信通过老中青年学者的不断努力,其影响会越来越大,并将对北大人文学科的建设和北大创建世界一流大学起到积极作用,进而引起国际学术界的瞩目。

---

① 本文库中获得国家社科基金后期资助或入选国家哲学社会科学成果文库的专著,因出版设计另有要求,因此加星号注标,在文库中存目。

丛书序言

北京大学是中国近代建立的第一所真正意义上的综合性大学。北京大学最早设立的学科中，就包括外语和外国文学研究。如果要进一步追溯历史，北京大学的前身之一，有同治元年（1862）由清政府设立的京师同文馆。同文馆之下，分设有东文馆，"东文"一词，当时指日语。日语是东方语言之一种，因此，东文馆或许就可以说是近代中国东方语言教学最早的起点。

但无论是同文馆，还是东文馆，还是京师大学堂时期，外语一科，在这个时候，基本上只是语言的教学和翻译，说不上有多少研究的成分，更说不上东方文学的研究。东方文学的研究，如果说有，是1916年蔡元培担任北京大学校长，北大的学科全面更新以后的事。

20世纪的前30年，北京大学作为中国高等教育和学术发展最重要的代表机构，在学科建设上，开始引进东方语言、东方学的教学和研究。具体的表现是，一方面，在一般的语言文学的课程中，不同程度地引入了今天所说的东方文学研究的内容；另一方面，除了日语以外，还尝试开设其他东方语言的课程。后者的一个事例是，1920年以蔡校长的名义，邀请流亡的爱沙尼亚学者钢和泰（A. von Stael-Holstein）到校教授梵文，以及与印度宗教、印度文学相关的课程。这一安排，也是当时中国学术界的一批有识之士为了发展中国的东方学研究，整体所做的努力的一部分。所有这些，可以说是为后来中国东方文学的学科建设所做的铺垫。

在此之前，有件事，与东方文学有关，也值得提一下。讲东方文学，印度是很重要的国家，印度近代最有名的诗人泰戈尔，在1913年获得诺贝尔文学奖，这是亚洲人最早获得的诺贝尔奖，很让正在寻求世界新身份的亚洲知识界人士感到兴奋。北京大学的教授陈独秀，积极追求和宣传新思想，1915年，把泰戈尔的获奖作品《吉檀迦利》中的四首短诗翻译为文言文，发表在1915年10月出版的《青年杂志》上。陈独秀研究的问题，有关文学的很少，但他作为近代中国知识界，后来也是政治界的领袖人物之一，引领风骚，曾经有过极大的影响。陈独秀翻译泰戈尔的诗，不过是他一生所做的很多事中很小的一件事，但就这一件小事，足以说明泰戈尔和泰戈尔代表的东方文学作品当时所受到的关注。

在中国教育和学术新变革和新发展的大背景下，1924年，北京大学曾经设立过一个"东方文学系"。不过，限于条件，这个时候的"东方文学系"最后实际设立的专业只有日语和日本文学。担任系主任的周作人，虽然后来个人有失节的问题，但在学问，尤其是日本文学的翻译和研究方面，确实在当时乃至今天也还是一位很有见识，很有成就的学者。也是在这个时候，"东方文学"作为一个学科的名称，在国内被广泛地接受。周作人，以及与周作人同时代的一些学者，其中包括鲁迅、许地山等，都大力倡导东方文学的研究，同时他们也身体力行，各有成就。鲁迅一度在北大任教，讲授文学方面的课程，其中也包括东方文学的内容。

不过，在中国最早的，真正比较有规模，也比较完整的东方语言和东方文学的教学与研究机构，是北京大学在1946年设立的东方语文学系。当时季羡林先生从德国留学归来，成为东方语文学系的第一位教授同时兼任主任，教员中有阿拉伯语学者马坚，其后金克木、于道泉、王森等先生陆续加入，再其后原在南京的国立东方语言专科学校、中央大学边政学系的教师并入东方语文学系，语种除了最初的梵语、巴利语、阿拉伯语、蒙古语、藏语，到1952年全国高校院系调整前，已经增加到十多个亚洲语种。以教师和学生的人数论，东方语文学系一度成为北京大学最大的一个系。此后东方语文学系的名称稍有调整，更名为东方语言文学系。从50年代到60年代中期，东方语言文学系的教师们在做好语言教学的同时，很大的精力都放在东方文学，尤其是亚洲各国文学的研究上，东方文学研究得到快速发展。亚洲国家，尤其是印度古代经典以及当代文学作品，不少被翻译出来，同时还发表有相关的研究著作和论文。

十年"文化大革命"，让所有的学术研究中断。70年代末开始的改革开放，让北京大学的东方文学研究重获生机，得到很大的发展。教师们翻译出更多的作品，有了更多的研究著作，其中成就最大的，首推季羡林和金克木二位先生。新时期，各方面又有不少的变化。1993年，东方语言文学系改名为东方学系，扩大了教学和研究的范围，但东方文学仍然是最主要的研究课题，同时新的研究，涉及更多的问题，不是"小文学"，而是"大文学"。在北京大学校内，1985年成立的比较文学研究所——后来改名为比较文学与比较文化研究所——强调"比较"，比较所及，相当一部分也涉及东方文学。

1999年9月，北京大学组建外国语学院，东方学系并入其中，分别成为外国语学院建制下的阿拉伯语、朝（韩）语、东南亚、南亚、日语、西亚、亚非七个系。与此相配合，又建立了东方文学研究中心，2000年申报教育部人文社科重点研究基地，经过评审，成为全国高校百所重点基地之一。北京大学有关东方文学的研究工作由此大多由东方文学研究中心负责实施。中心成立至今，先后组织开展五十余项与东方文学研究直接相关的课题，召开学术会议，出版各类研究著作，包括《东方文学研究集刊》，每年举办以东方文学为主题的暑期学校，培养人才。时至今日，东方文学研究中心在一定程度上已经成为国内高校这一学科的代表性学术机构。

以上简要的回顾，只是想说明，中国的东方文学研究，最初从北京大学开始，传统延续下来，历久弥新，至今依然活跃而具有充分的生机。过去的一个世纪，前辈们为我们树立了典范。新的世纪也已经过去了20年。这期间，就东方文学的研究而言，北京大学的教师又有了不少新的成果。这让人感觉鼓舞和兴奋。

但更让人鼓舞和兴奋的是，北京大学人文学部2016年决定创建"北京大学人文学科文库"，集中出版北大人文学科教师的学术新著。"文库"包括多种丛书，其中一种是"北大东方文学研究丛书"。人文学部主任申丹邀请我担任这一丛书的主编。我在北京大学学习和工作，至今已经41年，自己的专业和研究又大多与东方文学有关，接受这个任务义不容辞。相信这套丛书能对促进北大东方文学研究的发展起到积极作用。

我很希望通过这一"文库"成果的不断面世，北京大学人文学科多年的学术传统能够得到进一步弘扬，学校的学科建设能由此取得更大的成绩。

王邦维

2020年9月29日

开头的话：

课堂上的小说阅读与研究（代序）

我是 1977 年 8 月从北京大学东语系日语专业毕业后留校任教的。留校之初给老教师做助教协助教一、二年级的"基础日语"。但很快就接受了教研室基于梯队建设的工作安排：在协助教授基础日语的同时备课高年级的"日本文学作品选读"。经过近八年的恶补（国内外校内外的继续学习）[①]，1986 年 2 月，我给四年级学生上了第一堂"日本文学作品选读"，开始与日语专业的文学教学结下了半生之缘。以后尽管给本科生上过"日本文学史"，又给硕士生和博士生上过多门文学必修课和选修课，还带过文学方向的硕士生和博士生。但"日本文学作品选读"，即课堂上的小说阅读与研究[②]始终是我投入精力最多的一门主课，而且一直陪伴我到 2017 年 3 月退休前的最后一堂课。

在我的记忆中，本科生的"日本文学作品选读"最初是让学生读懂日语原文为目的的。后来又作为"日本文学史"的辅助课程，

[①] 具体参见李强：《记我的日本文学启蒙老师刘振瀛先生》，收于魏大海等主编：《日本文学研究：日本文学研究会杭州年会论文集》，青岛：青岛出版社，2018 年，第 318—320 页。

[②] 此课程本科生为"日本文学作品选读"，硕士生为"日本文学名著导读""日本作家与作品专题研究"，博士生为"日本作家与作品研究"。

基本不涉及文学的专业知识和方法。但我会按照教学大纲的要求，尝试用作品的叙事特点来解读和印证与思潮流派之间的关系。比如川端康成的《伊豆的舞女》，我会找出典型的叙事来解读川端早期作品追求的"在场的、动感的"新感觉派的"通感"手法。再如青山七惠的《一个人的好天气》，写一个飞特族女孩的"饮食男女"，我把对她的日常生活和感情世界的写实描写，概括为三句话：本真自然、不做作、不掩饰，引导学生从具体的写景记事和人物对话中去发现、去感受。

对于学外语出身的硕士生和博士生来说，入学后有两种能力是亟须补上的，一是用专业知识和方法在没有先行研究的情况下判断一部作品的好与坏，而且要说出具体的理由。二是用专业能力按不同的字数要求把小说的情节和故事条理化和简单化。这是一种能力和过程的培养，有没有这样的学术训练和知识积累，会直接影响学生日后毕业论文的写作质量。因为不管是什么研究方向，也不管写什么题目，只要与文学有关，就无法回避构成其基础的作家与作品批评。所以我把研究生的"小说阅读与研究"称为文学研究的基础之基础。基于这样的认识，从1998年2月给研究生上"日本文学名著导读"开始，我就特别注意介绍日本文坛与小说批评有关的"作家论""作品论"和"文本论"。这三论都是日本战后在分别吸收借鉴西方政治学、社会学、历史学和语言学的基础上创建的小说批评模式。应该说从"作家论"到"作品论"再到"文本论"是日本小说批评发展的必然。其中"文本论"取代"作品论"，又是小说批评理论和方法中最具挑战意义的变革。但它们都各有功罪。"作品论"反对和抵制基于实证研究的"作家论"，主张"内部批评"的"作品鉴赏"，结果却被实证派揶揄为"没有出口的房间"。而"文本论"则用"文本"颠覆了"作品"的概念，用词语和修辞技巧强调"读者"与"叙事"之间的解读关系。两者貌似都是从小说内部去研究小说，但最大的区别在于："作品论"是基于作家与作品的关系去解读文学作品的，而"文本论"是从读者如何理解的角度去解读文学文本的。

这样的"介绍"，无论对我还是对学生，都会增加上课的难度。因为"任何一种新的研究方法，并不是理论上'知道如何'运用，便会在实践中'能够如此'应用"的。① 现在回头去看,对"作品论"和"文本论"为什么不能解读小说的"外部问题",有很长一段时间我是"以其昏昏,使人昭昭",估计也误导了不少学生。2005 年 10 月,我开始阅读美国"耶鲁学派"批评家、文学理论家哈罗德·布鲁姆的著述。他的小说批评,尤其是他在《如何读,为什么读》中说过的一段话:"文学批评,按我所知来理解,应是经验和实用的,而不是理论的。……不管我谈论 A.E. 豪斯曼一首抒情诗或奥斯卡·王尔德一部戏剧,谈论豪尔赫·路易斯·博尔赫斯的一个短篇小说或马塞尔·普鲁斯特一部长篇小说,我关心的主要都是设法指出哪些是可以和应当说清楚的,并把它们说清楚。"② 给予我的影响几乎可以用醍醐灌顶来形容。我非常赞同布鲁姆的说法。但我也知道,布鲁姆的小说批评并不拒绝理论,他是反对恶意地炒作理论,反对文学研究的巴尔干化,他是想把小说批评从文化批评的泥沼中给拽回来。布鲁姆 74 岁时把小说批评的功能多半看作是鉴赏。这是布鲁姆的批评观,是建立在定量研究和定性分析之基础上的。正是因为有了许多对小说应当说清楚的积累,也包括对理论问题的"务实"思考,才使得他的小说批评变成了经验。

应该说我是在阅读了哈罗德·布鲁姆的小说批评之后,才开始真正从方法论的角度去思考小说阅读与研究的。我提出"深井理论"来要求自己。用现在的话来说,那是一个基础与算法的问题。但当时我想得很简单,深度连着宽度,没有广博的基础,根本就不可能有联想其他的能力。我把"作家论"背后的"实证"、"作品论"背后的"鉴赏"和"文本论"背后的"技巧"会通在一起考虑,用来在课堂上进行不分"内部问题"和"外部问题"的小说解读训练。这样的训练归纳起来有三个层面的问题:一是读懂显性的故事和时代,这是表层结构的。二是分析技巧上的艺术特色,基本上是用叙事研究代替的。三是解读内在的审美(思想)价值,这是深层结构的。

读懂显性的故事和时代。因为读懂表层结构的故事和时代对于研究生

---

① 戴建业:《文本阐释的内与外》,上海:上海文艺出版社,2019 年,第 3 页。
② 哈罗德·布鲁姆:《如何读,为什么读》,黄灿然译,南京:译林出版社,2011 年,第 3—4 页。

来说不是一件难事，所以我把它当作问题意识的培养来训练。比如川端康成的《伊豆的舞女》，以前是一篇"作品"，可以用"实证"和"历史社会批评"的方法读懂它的时代或背景问题。而现在却变成了"文本"。取而代之的"文本论"则强调"读者"与"叙事"之间的关系，关注所谓纯艺术的"内部问题"，只细读分析其中的"故事"和"人物"，把"时代"和"背景"等都作为"外部问题"给屏蔽掉了。这样的"文本论"范式给小说解读带来很大的困惑。不过客观地讲，这也不能全部怪罪于"文本论"。本来"时代"与"故事"是互为表里的，读懂了故事也应该读懂了时代。对此学界有一种说法，认为小说批评最好是在同代人之间进行，这样可以避免不必要的"误读"。那么作为隔代人在阅读时隔近百年而且是隔着国情的《伊豆的舞女》时，应该如何避免这种代际的"误读"呢？学界有一句很时髦的口号：回到历史现场。回到历史现场，说起来容易，做起来很难。它对学识有极高的要求，一般人是很难做到的。我们回到的历史现场，在很大程度上是自己虚拟的，这种虚拟里面难免会有"误读"。尽管查阅辞书或文献资料可以获得有用的知识，但那与自己隔着的，是不带个人情感体温的。小说解读最重要的是有个人情感，在解读显性的时代层面也是如此。一个词、一个物体、一个意象，随着时代的变迁，一般都会形成原故事的问题。如果你熟悉，你使用了，了解这段历史的人会认为你说的是真的。不了解这段历史的人则会一头雾水，会把它作为"文化符号"来理解处理。如果不用或用别的说法代替，了解的人会觉得你写的不真，不了解的人如果不求甚解、望文生义的话，那与正确的解读就是相隔千里。如何解决？我认为除了用好基于知识的"实证"外，只能在带有个人情感体温的"整体细读"（从文学文本的"内部"分析解读中得出，不是纯粹的文化批评）上下点功夫。

分析技巧上的艺术特色。因为涉及叙事，我把它视为一种能力（理论、方法、语文学的综合）的培养。西方的叙事理论是以符号学开始关注小说叙事与结构的关系，它与之前的俄国形式主义和英美新批评派一样，都看重语言在文学研究中的独立性和价值，试图建构一种近似于自然科学研究的"科学的文学研究"模式。尽管它们本身带有不少"清规戒律"，甚至是"谬误"，但也许是因为我自小喜欢自然科学，所以很能理解它们的逻辑起点和意图。我个人认为,接受了这种"科学的文学研究"模式,就能逐步养成客观实证和微观分析的意识和能力。另外,与叙事关系密切的"文本"概念本身关注强调语言的词义、语境、修辞的本质特征,也为我们学外语出身的研究者提供了用武之地。因为语言一旦成为文学文本的载体,就不再单纯是语言学意义上的符号,一定会具有时空意义上的、美学意义上的、社会历史意义上的内涵。这样就为我们通过原文从语言和修辞学的角度分析解读和批评阐释文学文本提供了各种可能性。从这一点上讲,我非常认同福建师范大学孙绍振教授的一个观点,他认为小说解读是以微观分析为基础的,这种微观分析的关键在于,对于情感和语言的唯一性有高度精致的敏感和洞察力。[1] 所以我是提倡读外语原著的。以我的经验讲,读原著和看译文,感受是不一样的。读原著,一是可以让你直观和无阻碍地读懂作者是如何把自己的观察、感受、想象和情感从流动的、无形的直觉转化为概念的、约定俗成的语言;二是可以通过对某个看似很普通的词语或表述的字义解释,发现其在叙事上的独特性和唯一性。

解读内在的审美(思想)价值。这是小说阅读和研究中最难讲的问题。在课堂上我前后有过三种不同的讲法。第一种是就表层结构的审美解读而言的。我一直认为小说创作是一种感受力的问题,同样小说的解读也是一种感受力的问题。解读是阅读主体与文本客体之间进行的一种跨越时代、跨越身份、跨越认知的"还原"。在阅读主体与文本客体之间,会不断闪现出供你选择的意向或参照系。这时你的修养越高、阅历越深和经验越多,就越能缩小主客体在审美认知上的差距。这样解读小说的目的就达到了。

第二种是就深层结构的审美解读而言的。因为它涉及形式、结构和美学的统一,所以上课时我只是述而不论,而且是非常个人的。这种深层结构的审美从生成机制讲,是小说意脉的某个表层的意象,即"感觉+情绪"在外来因素的刺激下产生的一种特殊的情感变化。借用福建师范大学孙绍振教授的话来说,它们是在"这一次、这一刻、这一刹那"产生的[2]。不过,

---

[1] 参见孙绍振、孙彦君:《文学文本解读学》,北京:北京大学出版社,2015年,第12页。

[2] 同上书,第7页。

一个作者要把在特殊环境下产生和获得的、已经完全浸透同化于"感觉"的特殊的情感变化丝毫不差地转化为约定俗成的、众人皆知的语言,基本上是不太可能的。所以从解读模式讲,只能用"明心见性"的悟证去感悟和理解文本,而且还与读者的审美(阅读)经验有关。

第三种是认识论上的变化,是在我退休前发生的。当时的学界认为:对小说内在的审美(思想)价值的解读不是在阅读主体与文本客体之间进行的,它们不是顺逆交叉的线性模式。在主客体之间还有一维存在。比如福建师范大学孙绍振教授就提出用"规范形式"去解读文本结构中隐匿最深的情感。孙绍振教授认为作家的观察、想象、感受以及语言表达,都要受到特殊形式感的制约,形象不是主观和客观的线性结构,而是主观、客观再加上形式的三维立体结构。主观和客观并不能直接相互发生联系,而是同时与"规范形式"发生联系的。这种"规范形式"是从历年历代人类文学艺术的审美经验中积累和积淀下来的一种阶梯式的存在,是具有历史水准和规范价值的。它让后人再做审美时无须从零开始。①

不过,这种"规范形式",在解读过程中是如何同时与主客体发生联系的,它们的解读机制是什么?一直是我退休前试图通过课堂实践去弄明白的问题,但却未能如愿。所以我把它称为我自己在认识论上的一个未解的难题。

最后,我想用课堂上解读志贺直哉《在城崎》时用过的一段话来强调小说重读的必要性和重要性:从历时和共时看,日本文坛对志贺直哉小说创作的评价一直存在不同的声音,有人说他的小说道德上很干净(芥川龙之介语),也有人说他的小说写得很脏(梅崎春生语)。但是对《在城崎》的看法基本是一致的。《在城崎》把"心境小说"必备的"事实""感悟""叙事"完美地结合在一起,形成志贺直哉独有的"心境小说"模式,成为不朽的经典。不过,日本文坛有一种说法:对志贺直哉的接受,两三年就会发生不同的变化(本多秋五语)。这就是说志贺直哉的小说,包括《在城崎》这样的经典,也是需要不断重读的。重读经典,既是认识问题,也是方法问题,但都离不开对小说的细读。如何做到?日本文艺评论家伊藤整的阅读经验,

---

① 参见孙绍振、孙彦君:《文学文本解读学》,北京:北京大学出版社,2015年,第25—27页。

也许能为我们提供某种借鉴。伊藤整曾经尖锐地批评过志贺直哉小说创作的不足。但在阅读《在城崎》后，他发现志贺直哉小说创作的特点和长处，开始用宽容和理解的态度去阅读志贺直哉的作品。他说：

> 有一次读《在城崎》，让我佩服不已。因为这部作品有一个特点，就是没有社会或家庭环境的背景也可以读懂，而且打动人的关键部分至今还保持鲜活的生命力。读了这部作品，我开始理解作者确实是一个敏锐的观察者，而且把观察到的东西都写成精练的文字，在写作上具有无与伦比的能力。于是，我先抛开原来的抵触情绪，努力去读他的作品。对以前指出的种种不满，我采取的态度是忘掉和宽容这个作家的缺点，想方设法做到了阅读他的作品。我能做到这一点，是因为看到了他的特点和长处。这种特点和长处在他的作品中是随处可见的。①

伊藤整的阅读经验，告诉我们这样一个事实：重读《在城崎》需要静下心来，从发现它的特点和长处入手，认认真真地去细读，其中最重要的是不带有任何的偏见，这也是本书努力想要达成的目标。

李　强
2023 年 12 月

---

① 原文如下："私はある時、「城の崎にて」を読んで感心した。この作品は、社会や家庭の環境の条件なしに理解されるような性質のものだったし、しかも人をうつ急所が生きていたからである。そして、それを読んだ時から私はこの作者がまことに鋭い観察者であること、またその観察の無駄のない文章に写す点で無類の力を持っていることを理解した。それで私は、前々から持っていた抵抗感を一応取りのけて、この作者のものを読むことに努めた。私は、前に私が述べた諸々の不満な点に関して、この作者の欠点を忘れ、ゆるしてやるという態度をとることで、どうにか読むことができるようになったのである。それを私にさせるだけの力がこの作家の各所に散在していた。"伊藤整：「志賀直哉の方法」、佐藤晧三（発行者）：『文芸読本　志賀直哉』、東京：河出書房新社、1976 年、第 29 頁。笔者译。

目　录

第一篇　森鸥外《舞姬》（1890）……………………………… 1
　　时代的悲剧……………………………………………………… 3

第二篇　芥川龙之介《罗生门》（1915）……………………… 22
　　经典的形成：基于"外部"的视角…………………………… 25

第三篇　森鸥外《高濑舟》（1916）…………………………… 42
　　历史小说的现代意义………………………………………… 42

第四篇　志贺直哉《在城崎》（1917）………………………… 51
　　"事实""感悟""叙事"的完美结合………………………… 54

第五篇　志贺直哉《学徒的神仙》（1920）…………………… 72
　　仁爱的艺术性………………………………………………… 72

第六篇　横光利一《苍蝇》（1923）…………………………… 86
　　感觉与象征…………………………………………………… 88

第七篇　川端康成《伊豆的舞女》（1926）…………………… 105
　　感谢爱情……………………………………………………… 107

第八篇　谷崎润一郎《春琴抄》（1933）……………………… 122
　　刻意的唯美追求……………………………………………… 124

第九篇　野间宏《脸上的红月亮》（1947）………………… 145
　　反思战争、反思人性………………………………………… 148

第十篇　安部公房《红茧》（1950）………………………… 166
　　用寓言写战后底层群体的生存……………………………… 169

第十一篇　庄野润三《游泳池旁小景》（1954）…………… 181
　　战后的日常幻想与"生"的不安……………………………… 183

第十二篇　深泽七郎《楢山小调考》（1956）……………… 200
　　悠远的生命之歌……………………………………………… 202

主要参考书目……………………………………………………… 222

后　记……………………………………………………………… 226

第一篇

森鸥外《舞姬》（1890）

原作《舞姬》（『舞姫』）1890年1月3日首次发表于《国民之友》（『国民之友』）第69号。收于《国民小说》（『国民小説』），东京：民友社，1890年。又收于《美奈和集》（『美奈和集』），东京：春阳堂，1892年。

作者简介

森鸥外（1862—1922），日本小说家、评论家、翻译家。原名林太郎，号鸥外，别号观潮楼主人、鸥外渔史。1862年1月19日生于日本石见国（今岛根县）鹿足郡津和野町一个世代为藩主效劳的侍医家庭。自幼受到严格的封建教育和武士道精神的熏染，8岁前读完《论语》《孟子》等古籍，具有良好的汉学修养。1872年6月，森鸥外随父迁入东京。遵从父亲旨意，森鸥外学习西医。1881年7月，森鸥外毕业于东京大学医学部。1884年7月，为了调查西洋陆军卫生制度和从事军队卫生学研究，森鸥外奉命赴德留学4年。1888年9月回国后在军界供职，一直做到陆军军医的最高职位——陆军省医务局局长。晚年退役后历任帝室博物馆馆长和帝国美术院院长等职。1922年7月9日死于肾萎缩和肺结核，终年60岁。

　　森鸥外学贯东西，知识渊博，尽管身为仕宦，但始终未忘情于文学。森鸥外留学归国后，一边任陆军军医，一边从事文学翻译、评论和创作活动。1890年1月至1891年1月，森鸥外创作发表"德意志留学三部曲"——《舞姬》（1890年1月）、《泡沫记》（1890年8月）、《信使》（1891年1月）。其中最著名的是《舞姬》，主要写日本青年官吏太田丰太郎留学来到德国柏林，在西方自由民主思想的影响下，产生了强烈的个性独立的愿望。他慷慨解囊帮助陷于困境的德国穷舞女爱丽丝，并与之相爱。结果被人谗告上司，遭到解雇。为了重登仕途，他几经抉择，终于决定抛弃爱丽丝，只身回国，致使已有身孕的爱丽丝精神失常。《舞姬》是森鸥外的出世之作，充满异国情调和浪漫色彩。它的出现，为日本近代浪漫主义文学开了先河，文学史上意义甚大。

　　写完"德意志留学三部曲"之后，森鸥外一度沉默，原因是两次随军参战（中日甲午战争和日俄战争）和一次左迁。1909年当森鸥外在军界的地位稳固后即重返文坛，发表了一些取材于自己的生活经历和社会现实的作品。这些表达思想、揭示现状的作品同自然主义的"无理想，无解决"形成鲜明对照，代表作有《青年》（1910年3月）和《雁》（1911年10月）等。围绕着"大逆事件"，森鸥外尽管写过四篇小说表示不满，但囿于体制内的高官地位，持论克制谨慎。1912年7月，明治天皇去世，乃木大将殉死。以此为界，为了避开现实敏感题材，为了不与自然主义文学同流，森鸥外的小说创作由现实题材转向了历史题材。

　　1912年10月—1916年1月期间，森鸥外发表过不少历史题材小说。他把自己的历史题材小说分为两类，一类叫"遵照历史"，另一类叫"脱离历史"。前者即完全依据历史资料写作，代表作有《兴津弥五右卫门的遗书》（1912年10月）和《阿部家族》（1913年1月）等。后者即不拘泥史料，可带有虚构成分，代表作有《山椒大夫》（1915年1月）和《高濑舟》（1916年1月）等。其中《高濑舟》堪称森鸥外历史小说中的杰作，小说中的"高濑舟"是德川幕府时期在京都高濑川上用来押送犯人的一种小船。在押送一个名叫喜助的杀人犯时，解差庄兵卫发现他神态自然轻松，毫无悲痛和悔恨之意，根本不像杀人罪犯。经讯问才知道了他"犯罪"的原委。

原来喜助和弟弟自幼失去父母，二人相依为命。弟弟干活得了重病，长年卧床不起。某日傍晚，喜助回家发现弟弟倒在血泊中，脖子上插着一把剃刀。原来弟弟不堪忍受贫病的折磨，也不愿再拖累哥哥，想割脖一死了之，但已无力再拔出剃刀，未能马上死去。在弟弟的苦苦哀求下，喜助不得已帮弟弟拔出了剃刀。但正巧被邻居发现，结果被官府问罪流放。喜助觉得流放孤岛后不仅不用为吃饭发愁，而且还得到了 200 文钱，所以他感到非常满足。小说以主人公在被流放孤岛的囚船上向解差叙述身世和犯罪原委的形式展开故事情节，并通过解差的内心独白对官府的判决提出了疑问。小说在一定程度上反映了江户时期社会底层人民的生活惨状，同时也流露出一种乐天知命的情绪。其中涉及的财富观念，至今仍不失现实意义。

1916 年 4 月，森鸥外退出军界后又把兴趣转向对幕府后期一些学者生平的调查和整理，写有《伊泽兰轩》（1916 年 6 月）和《北条霞亭》（1917 年 10 月）等一批人物传记。

1922 年 7 月 9 日，森鸥外因肾萎缩和肺结核病逝。临终前，他拒绝了官方给予他的一切殊誉，他在遗言中说："余欲作为石见人森林太郎而死。……墓碑除'森林太郎之墓'外不得多刻一字。"[①] 这是森鸥外为自己充满矛盾的一生所选择的最终归宿。

时代的悲剧

一、西洋文化冲击下的自我觉醒

1868 年明治维新后，富于生命意识和人本精神的西洋文化，如澎湃大潮涌入日本，在物质、精神两个文明方面打破日本过去那种闭关自守的状态，空前扩大了日本人的眼界，提高了日本人的好奇心和进取的斗志，他们向往"文明开化"，要求改造世代相袭的封建文化，以尽快脱离落后的文化状态。

森鸥外以典雅的"和汉文混交文体"写作的浪漫主义气息浓烈的短篇

---

① 原文如下："余ハ石見人森林太郎トシテ死セント欲ス……墓ハ森林太郎墓ノ外一字モホル可ラズ……。"笔者译。

小说《舞姬》（1890），所表现的时代，恰恰就处于东西方文化激烈摩擦碰撞的历史大漩涡之中。显而易见，头脑聪颖才能不凡的法学士——主人公太田丰太郎的人生体验和思想感情，在很大程度上与森鸥外是一种相互重合关系。

　　主人公丰太郎"自幼接受严格的家教，虽早年丧父，学业却未曾荒疏"[①]。他富有进取精神，渴望知识就像花朵需要阳光雨露一样。丰太郎最初是在"旧藩的学馆"[②]接受教育。这时，身为独生子的丰太郎学的是"四书五经"；被灌注的是"修身齐家治国平天下"（《礼记·大学》）这种儒学的基本政治观和人生观。在如此文化熏陶下，有十足的读书人气息的丰太郎，其人生观时时被强烈的功名欲驱动着。他立志为国尽忠，为寡母尽孝，勤勉读书，从旧制学馆到东京大学，学习成绩总是名列前茅。"学而优则仕"，丰太郎19岁在大学攻习法律专业获学士学位后，到政府"某部"供职，将母亲由乡间接来东京一起生活，母子二人度过了三年愉快时光。接着，备受上司器重、风华正茂的丰太郎春风得意马蹄疾，受命官费赴德国柏林留学。丰太郎迄今的人生之路，按儒家思想尺度鉴衡，可谓是无可挑剔的。

　　如此一身儒学式"正气"的丰太郎，一旦走出狭窄闭塞的岛国，置身于自由欧洲的大都市柏林，感受开放的近代市民社会，他的眼界豁然大开，审美心态和精神世界渐渐发生微妙变化，思维开始换位。刚离别日本时，他时时告诫自己要抵制外界袭来的诸般诱惑，"纵然身处怎样的花花世界，我的心也决不为其所动"。然而，尽管丰太郎极力要将西洋文明的影响彻底抵御于心室之外，但终究是徒劳的。他在柏林切身体验到了在本国从未体验过的那种看重人的自我生命价值和意义的文化生活，潜移默化地对西洋的那种放达的自由和尊重个人价值的近代精神表示出好感和亲近。因此，他对迄今确信不疑的读书做官竭忠尽孝飞黄腾达的人生观，产生了怀疑。丰太郎开始认识到：惟具有独立思想的自我，才是人的无可替代的价值；

---

　　① 本文引用的《舞姬》译文，采用了高慧勤译《舞姬》（白嗣宏主编：《舞姬：外国抒情小说选集之二》，合肥：安徽人民出版社，1983年），极个别地方做了重译。以下同。

　　② 即指森鸥外的家乡津和野藩的养老馆。

近代人的开化，正表现在人的独立性和由此引发的人性觉醒。关于从自我压抑到自我觉醒的过程，丰太郎做如下深刻反思：

> 这样，三年的时光，梦也似的过去了。但是，人的禀性终难压抑。一旦时机成熟总要露出头来。我一向恪守父亲的遗训，听从母亲的教诲，小时人家夸我是神童，也从不沾沾自喜，依旧好学不倦。后来涉足官场，上司称赞我能干，我便更加谨慎从事，从未意识到自己竟成为一个拨一拨动一动的机器人了。如今，在二十五岁上，经过大学里这种自由风气的长久熏陶，心中总难平静，潜藏在内心深处的真我，终于露出头来。好似在反抗往日那个虚伪的旧我。我恍然而悟，自己既不适于当个叱咤风云的政治家，也不适于做个通晓法典、善于断狱的大法官。

> 我暗自寻思道：母亲希望我当一本活辞典，上司又想把我造就成一部活法典。当活辞典，还可勉为其难；做活法典，却是无法忍受的。从前，无论多么琐碎的问题我都郑重其事地加以答复，近来，在寄给上司的函件里，竟连连高谈阔论什么不可拘泥于法制的细节，只要一旦领会了法律的精神实质，纷纭万事便可迎刃而解云云。此外，在大学里，我早把法律课程置于脑后，情趣转向历史文学方面，并渐入佳境。

丰太郎这一番自省，发胸中之思，论世俗之事，悟真我之真价，堪称丰太郎发表的"自我觉醒宣言"。留学之前，丰太郎无独立的思想，"自幼遵从长者教诲，不论求学还是供职，都非出于自己的本意"。丰太郎随人俯仰，因袭陈规，其内部生活是有岛武郎界定的那种"被动地全盘接受来自外界的刺激，不做反思咀嚼"的"习性生活"[①]，他谨小慎微，只会规行矩步，外界意志即是自己的意志。当丰太郎来到了德国首都柏林这座"新兴的大都会"，在大学沐浴着个人主义自由的新风，他终于觉醒了，深潜

[①] 原文如下："外界の刺戟をそのまゝに受入れて、反省もなく生活してゐる""习性的生活"。有岛武郎：「惜みなく愛は奪ふ」（十）、『有岛武郎全集 第八巻』、東京：筑摩書房、1980年、第157頁。笔者译。

心底的"真我"苏醒过来,嘲笑迄今的"伪我"。在内部冲迫力的撼动下,丰太郎恍悟理性的禁符不能镇压真性,认识到官场对人性的残酷压抑,丰太郎不甘当统治者的工具,要按自己的禀性去充实地生活。他摘去假面具,着意于独立思考,追求思想与行动的统一。丰太郎忠于自我的欲求,疏远法律课程,不拘常套,"不务正业",兴趣转移到历史、哲学和文学领域,涉猎叔本华和席勒的学说,并且"渐入佳境"。

显而易见,丰太郎的内部生活开始走出"习性生活"的怪圈,鄙视以往那种迎合外界以求"平步青云万里程"的传统人生观,他看到了"人间本位"的个人主义真价,诚实的自我就是人生的审美尺度。如此这般,丰太郎走上了反传统的道路。

二、爱恋的萌发与自我意识

丰太郎从一个听任外界摆布的"机器人"变成有血有肉的人。但是这位俊才性格异常内向,神经敏感,思虑细腻,疏于交际,平素不与凡庸的日本留学生往来,因而遭到他们的嘲笑、嫉妒、猜疑甚至诽谤。漂泊异国,丰太郎是一个凄凉的孤独者。尽管如此,丰太郎依然我行我素,不入俗流。冷凄时候,是渴望爱尤其是异性爱的时候。真爱,是涌荡于内心的能动的强力,这种强力足以冲决隔离着自己与他人的坚固障壁,与爱的对象凝结一体。依赖内发的欲求——爱,人在保住自己的个体价值之同时,还能超越孤寂感,开拓一个生活的新世界。

黄昏时分,落落寡合、郁郁不乐的丰太郎一人独行,品尝孤零,在教堂大门口看见了呜咽抽泣的舞姬、少女爱丽丝,登时心境清朗起来,心中郁结已久的烦绪涣然释去。爱丽丝天然去雕饰的清美,令丰太郎迷醉了,他这样抒情:

> 我没有一支诗人的妙笔,无法形容她的容貌。她那泪水点点的睫毛,覆盖着清澄如水、含愁似问的碧眼。不知怎的,她只这么一瞥,便透达于我的心底。

外观之美通过视觉可以作用于心灵。爱丽丝的眼睛是亮汪汪的生命清泉,给丰太郎以明朗的快意和盛旺的力量。丰太郎问明原委,心生慨解义囊之意。一向"畏缩羞怯的心性"为爱怜之情所压倒。丰太郎的心性从平素的"畏缩羞怯"突然变得开朗爽快,连他自己都"简直为自己的大胆惊呆了"。不消说,这正是能动的爱鼓荡的力量使然。爱,会给人以勇气、自信和力量。

丰太郎乐于为他人排忧解难之举,感动了陷于苦境中的爱丽丝。爱丽丝家境贫寒,父亲新亡无钱下葬。丰太郎来到爱丽丝的家,观其情景甚是悲凉。爱是思绪的闪烁,此时,丰太郎再度注意到爱丽丝天生的丽质:

> 她长得十分美丽。乳白色的脸在灯光映照下,微微泛红。手足纤细,身材袅娜,绝不像一个贫苦人家的女儿。……她抬眼看我时,十分媚人,令人对她的要求不忍心加以拒绝。她这眼波,不知是有意做作的呢,抑或是天然的风韵?

森鸥外在作品中刻画人物性格,异常注重描写人物的眼睛。爱丽丝的眼睛似一道光,给丰太郎以鲜亮的感觉和提神的力量。此刻,身为优越者的丰太郎,对爱丽丝的怜悯之情中带有恋意,二种情感凝成一股力量,丰太郎慷慨济人之急,当场将随身带的两三个马克连同怀表都送给了弱者爱丽丝。丰太郎含有朴素爱意的言行,使爱丽丝发现了人生的光明,心怀一种不可言说的温馨。一条无形的感情纽带将两个孤立的人连接起来,爱也朦胧,情也朦胧,二人往来渐趋频繁。

关于爱的特质,日本近代哲学家西田几多郎有如下论述:

> 如果我们对于他人的喜忧完全不分自他,把他人之所感受作为自己的感觉,共欢笑,共悲泣,这个时候就是我在爱他人,并在了解他人。爱是对他人的感情进行直觉。①

确实,爱的审美特质是追求审美意识的相互统一。因此丰太郎在爱丽丝家中看见桌子上"瓷瓶里插着一束名贵的鲜花"之后,他在自己宿舍里读书时,不仅"身右有叔本华的著作,身左有席勒的作品",也在窗下"插上一支名花",心绪清畅。不言而喻,这里的鲜花有着森鸥外的艺术匠心,

---

① 西田几多郎:《善的研究》,何倩译,北京:商务印书馆,1997年,第149页。

它象征着相同的情趣、理想、自由和浪漫主义洁清纯馨的审美格调。在浪漫主义境域内，"感情放任自流，不受任何拘束，意志和理智都成了感情的奴隶"①。此外，森鸥外是否还用它来预示着丰太郎与爱丽丝之间恋爱的凋零，暗含"无可奈何花落去"的凄惨寓意呢？窃以为很可能有这一层艺术用意，秉性偏于理智的森鸥外，要在人生的喜剧中预兆悲剧。

丰太郎爱上了一个可爱的人，因而他脱离了凄惶心境。爱是一种凝聚力，双方个性鲜明的自我会借助这种凝聚力得以融合。丰太郎和爱丽丝遵从了这一法则。此外，爱的积极作用之一，就是能促进爱的对象的精神成长。因此才识卓异的丰太郎主动热情地帮助爱丽丝提高文化水平和审美情趣。严格说来，这一阶段内二人之间更多的是友爱与师生之爱。

虽然如此，丰太郎与爱丽丝这般交际，显然违背了他自幼受到的"严格的家教"和旧藩学馆的教育宗旨。但丰太郎为了自我的幸福，毅然砸碎了陈规旧范。于是他遭到"祖国同胞"的诽谤和暗算，被诬告生活颓废，渔猎女色。公使馆据此撤销了丰太郎官费留学生资格，断了他的经济来源。尽管这样，丰太郎非但不怀疑爱情的可贵性，反倒与爱丽丝的感情进一步升华，"变得难舍难分"。恰在此时，丰太郎的母亲溘然驾鹤西游。读着母亲生前写的亲笔信，大孝子丰太郎悲痛不堪。同时，母亲的死，对丰太郎也是一种精神解放，他和爱丽丝的关系不会遭到母亲的搅扰。母亲归天，独生子丰太郎在国内已无至亲之人，这就在心理上促使他倾向于永住异国，与爱丽丝相依为命，靠互爱的雨露来滋润精神禾苗。

人为什么赞美恋爱？霭理士在评价恋爱价值时，这样论断：

> 人在社会里生活，自然也不会只有自我，而无他人，孤零零的自我是不可思议的，既有他人，也就不会不发生对他人的种种爱欲；反过来说，我们除非先把自我抛撇开去。要把他人和他人在我身上所激发的爱欲完全束诸高阁，也是不可思议的。因此我们可以知道，恋爱是和生命牵扯在一起的、分不开的，假若恋爱是一个幻觉，那生命本

---

① 有岛武郎：《生活与文学》，收入刘立善译注：《爱是恣意夺取——有岛武郎文艺思想选辑》，沈阳：辽宁大学出版社，1998年，第188页。

身就是一个幻觉,我们若不能否定生命,也便不能否定恋爱。①

确实,恋爱是幸福而宝贵的,但必要的金钱也不可欠缺。金钱买不到货真价实的爱,爱却往往会迭遭金钱的嘲弄。人有稳固的经济收入,爱情生活才有可能更快活。帮助丰太郎打开经济困境的,是他的执友、在东京担任天方大臣秘书官的相泽谦吉②。相泽为丰太郎谋得一份担任某报社通讯记者的工作,使他得以继续留居柏林,住进爱丽丝的家。丰太郎和当舞蹈演员的爱丽丝"把微乎其微的收入合在一起,在穷愁潦倒之中也度过了些愉快的时日"。在这种平等的共同生活时期,爱情成了羁旅异邦的丰太郎的精神支柱。他在贫困之中享受着愉快的生活。何谓愉快?即在一定精神范围内个性的舒展朗畅。丰太郎的愉快和精神慰藉来自爱丽丝,同时丰太郎也为爱丽丝带来了心灵的满足。

可是,相泽谦吉和天方大臣抵达柏林之后,爱丽丝的命运急转直下,人生的存在价值开始暴跌。

三、恋爱与功名的格斗

相泽谦吉随天方大臣来到柏林,倏然刺激了丰太郎淡薄已久的功名欲。立足功名、强调现实性的相泽谦吉向天方大臣极力举荐才学兼优的丰太郎。相泽谦吉希望他迷途知返,重振精神,建功立业,光宗耀祖。相泽谦吉这样忠告丰太郎:

> 你同那少女的关系,即使她对你真心实意,彼此情深意浓,这样的爱情也绝非出于慕才,实乃由传统习惯这种惰性中生出的男女之间的关系。你应痛下决心,同她断绝这层关系。

"出于慕才"心理的爱情,是"郎才女貌"型儒家文化的爱情观。相泽谦吉的此一番忠告,令丰太郎看到了自己"功名场上显身手"的前景,"宛似大海上迷失方向的人望见了远山,相泽给我指明了前进的方向"。浸入

---

① 霭理士:《性心理学》,潘光旦译注,北京:生活·读书·新知三联书店,1987年,第435页。

② 天方大臣的原型是山县有朋;相泽谦吉的原型是森鸥外的挚友贺古鹤所。

丰太郎骨子里的儒学文化意识被诱发出来之后，他心事迷茫，陷入了二者择其一的苦境：是不失时机地从为国效力中获取功名，还是一如既往地忠于爱情？心性软弱的才子丰太郎终于禁不住功名的诱惑，满怀悲苦割断了连接自己与爱丽丝的爱情纽带。他为了自我意识而恶战苦斗，最后又返回被自己否定了的"建功立业显亲扬名"的人生价值观之中。这时的丰太郎觉得，与其确保个人意志和精神自由，倒不如去当由社会和国家支配的"习性生活者"，顺从社会和国家，自己也就有了青云直上功成名就的希望。丰太郎一度觉醒了的自我，由此土崩瓦解了。

爱丽丝与丰太郎截然相反，她始终一贯地捍卫爱情。爱丽丝对丰太郎的人格既信任又感到心中没底，她把丰太郎看作自己生命的一半儿。当她得知丰太郎狠心地断情绝爱成了负心郎，刺激过甚，精神立即彻底崩溃，疯癫失常了。对于热心功名牺牲爱情的丰太郎，这无疑是最痛烈的鞭挞。

《舞姬》的爱情悲剧，从东西方文化的背景中可觅得其缘由。丰太郎和爱丽丝是不同文化养育出来的人，心理结构多有相异，相互摩擦的结果酿成了悲剧。性格外向开朗的爱丽丝从不掩饰自己的真情，她全身心地爱着丰太郎，态度彻底而透明。丰太郎被取消官费留学生资格，粮道中断，处境艰窘，但爱丽丝依然坚定不移地挚爱着他，爱得刻骨，爱得投入，爱得真挚动人，以致腹中怀着爱的结晶，憧憬着明媒正娶时刻的到来。爱丽丝说服了母亲，决心必要之时心甘情愿随丰太郎定居日本。在森鸥外笔下，爱丽丝是一个独立意识极其鲜明的女性，她以己心度丰太郎之腹，希望留住幸福的爱情，但是，终因徒劳无功，失败了。直至最后真相大白，她发出一声惊叫："我的丰太郎，你竟把我欺骗到这种地步！"此时，她才发觉自己并没透彻了解丰太郎的真心。

丰太郎忍痛舍弃了"真我"，其人生态度相当暧昧。丰太郎时而崇尚西洋文化中"个人至上"的人生价值观，企望努力活出人的生活质量；时而在东洋文化中"国家至上"这一人生价值观的影响下，做事左右摇摆，优柔寡断。丰太郎的思维重心时常在东西方的人生价值观之间徘徊不定，最终还是选择了"国家至上"，归国效力。越洋求学，汲取西洋先进学识，做一个对日本文化的发展有用的人才，归国奉献自己，活出自己的现实性，以实际行动报答年幼的发展中的明治国家，这是国与家赋予丰太郎（亦即由武士文化培养出来的森鸥外）的历史使命，也是赋予明治时代初期赴西洋留学的所有日本留学生共同的人生重任。显而易见，丰太郎与爱丽丝之间爱的悲剧由此而生。

依照自我价值观、人生态度和内发意志，肯定对方的人生价值之时，名副其实的恋爱才能成立。这种意味的恋爱，是一种真诚的自我表现，是二者人格的配平。丰太郎的理想人生是在和现实社会保持连带感之同时，与爱丽丝享受着爱的幸福，合二为一，功名爱情两不误。丰太郎并非与爱丽丝发生感情裂隙，对爱丽丝感到厌腻，弃之如敝屣，轻率地将她做了牺牲品。是客观现实压倒了丰太郎的主观愿望，因此丰太郎备受功名与爱情取舍的精神磨难。深深的自责使他大病一场，长达几个星期，发高烧，说呓语，神志不清。丰太郎对爱丽丝的爱，绝非假意虚情，憾在未能始终不渝。

关于《舞姬》的主题，小田切秀雄有以下评断：

> 丰太郎将女性推进不幸的深渊，在这种状态下他屈服于旧的统治秩序。作者浪漫地描写出来的是，在如此发展过程中时代与现实的沉重压力，刚刚觉醒不久的自我的挫折，以及与之相关的生动的悲痛情感。①

被丰太郎抛弃了的爱丽丝，变成一具活尸。出于赎罪意识，病愈的丰太郎与相泽谦吉商酌之后，决定"给爱丽丝的母亲留下一笔生活费，足够她们维持最起码的生活，并托她在这可怜的疯女临产时好生照料一切"。丰太郎以金钱（即所谓"精神损失费"）来解决精神生活中的难题，爱情损失金钱补。针对丰太郎使用的这一手段，赤羽学教授认为："这或许是森鸥外向西欧式事物处理方式的合理性学习的结果。"②

在日本近代文学史上，《舞姬》之所以是一篇鲜明揭示了日本近代文明中的东西方文化冲突的作品，与森鸥外留学德国的亲身体验有关。从丰太郎身上可以看到森鸥外的精神自画像。在东西方文化激烈冲突的特殊历

---

① 小田切秀雄：『近代日本の作家たち』、東京：法政大学出版局、1973年、第139頁。笔者译。

② 赤羽学：「森鴎外の『舞姫』と『新説八十日間世界一周』」、『文芸研究』1982年5月号、第110—120頁。

史时期，在国、家、功名、个人和恋爱等方面，森鸥外都尽量表示出理智的态度。一言以蔽之，森鸥外的人生审美意识未能摆脱自幼接受的儒学中的封建意识，故而在功利思想左右下，他让功名残酷地压溃了精神自由和精神解放的极致——恋爱。如此结局，令森鸥外咀嚼着一种难以言状的苦涩。这种苦涩就浸透在《舞姬》之中，精读《舞姬》，不难看出森鸥外的这种内心倾向。

四、森鸥外的忏悔录

事物牵于外，情理动于内，作品随之而生。我们可以有充分理由说，《舞姬》是森鸥外的忏悔录。

忏悔究竟其意义何在？在基督教文化中，所谓"忏悔"即是人在神前如实告白自己的罪过，祈求神的原宥、救助和恩宠，以这种形式来调整人与神的关系。

以文学形式来表示忏悔的"忏悔文学"的嚆矢，可远溯至罗马时代末期基督教文学代表作家奥古斯丁（Aurelius Augustinus，354—430）的《忏悔录》。公元354年11月13日，奥古斯丁出生于北非塔拉斯特城，即今阿尔及利亚的苏克阿赫拉斯（Souk Ahras）。当时北非已被划入罗马帝国版图，罗马文化笼罩北非。奥古斯丁生长在这种文化土地上，终于成为著名思想家，他的《忏悔录》被称作"世界三大忏悔录"之一。由13卷构成的《忏悔录》，主要阐述的是作者向神交心，告白自己充满灵肉斗争的青春彷徨（肉欲的苦乐）和自己作为神的使徒的觉醒过程，以及灵魂革命的转折等。他将人生要义置于道德和意志方面，因为探索恶的来源，他皈依了摩尼教。后来，奥古斯丁认为，立足于二元论的摩尼教是一种精神圈套，充满了虚妄性，他对其表示不满，遂放弃了信仰九载之久的摩尼教。继之一度醉心于新柏拉图派的哲学思想，冀图把自己从物质性世界观中解脱出来。但是在道德和意志方面，奥古斯丁觉得，自己接近新柏拉图哲学后精神上一无所获。他怀疑一切，怀揣失望，继续追求新生活。奥古斯丁33岁时摆脱了肉欲的纠缠，灵眼顿开，在米兰接受了基督教的洗礼，启程返回故乡北非。从此奥古斯丁把二元的自己统一为一元的自己。应当看到，奥古斯丁的精神活动也受过古罗马的政治家和哲学家西塞罗（前106—前43）的"灵魂不朽"说之影响。所以简扼说来,奥古斯丁的思想神髓是:将精神纷乱的自己统一、调和到一元性的神的领域,从而展现出灵魂之美。《忏悔录》记录了奥古斯丁灵魂的战栗,他歌颂神的伟大,将自己最后的胜利归功于神的恩宠。

奥古斯丁文笔细腻生动、别具风格的《忏悔录》,被列为西方文学名著之一。书中的忏悔态度在大正时代的日本文坛博得很高的评价。中山昌树这样评论道:

> 在奥古斯丁的书中,我们才发现了名实相符的忏悔录。作者的动机是彻底的,是纯粹的。……因于自己的罪恶,灵魂在战栗,良心凝立于令人毛骨悚然的深渊的边沿,正要落入永远灭亡的绝境之时,神的巨手抱住了他。奥古斯丁的灵魂愕然地觉醒过来。忏悔的纯粹的眼泪流淌不息。这眼泪未久变成了被宽恕了的感恩欣喜之泪。于是,忏悔变成感谢,感谢变成赞美。一部《忏悔录》堪称感谢忏悔、赞美忏悔的交响乐。……在奥古斯丁彻底的忏悔态度面前,真挚的灵魂低下了头。①

"世界三大忏悔录"的第二部②,是名闻世界文坛的卢梭的自传《忏悔录》。这部《忏悔录》开宗明义:

> 我在从事一项前无古人、后无来者的事业。我要把一个人的真实面目全部地展示在世人面前;此人便是我。③

卢梭着手写《忏悔录》是在他54岁的时候。当时,以爱弥儿为主人公、讨论教育问题的哲理小说《爱弥儿》(1762)出版后,因其大胆宣扬教育须"顺乎天性",人的本性应得到自然发展,不可屈从于社会偏见和恶习的压力这一教育观点,立即被政府当局下令焚毁,并要逮捕作者。于是卢梭被迫逃亡国外。在流亡中,他写出了《忏悔录》。这部作品于作者离世

---

① 中山昌树:『聖アウガスチンの懺悔録』、『婦人公論』1920年1月号。
② "世界三大忏悔录"的第三部是托尔斯泰的《忏悔录》。
③ 卢梭:《忏悔录》,陈筱卿译,南京:译林出版社,1995年,第3页。

后方得问世。在《忏悔录》中，面对世人的诽谤，作者向世间公开了自己的生活经历和性格形成的历史，为自己的"本性善良论"辩护，否定充满伪善的所谓文明社会，呼吁人性的自由解放。卢梭抑神扬人，批判基督教的"原罪说"。故此，卢梭的《忏悔录》名曰"认罪""忏悔"，实乃在进行自我辩护和"控诉"，素有"个性解放宣言书"之誉。日本的英文圈文学研究家马场孤蝶（1869—1940）评论道："在文学发展到今天的途中，卢梭的《忏悔录》是伟大的，是具有纪念碑意义的著作。是18世纪末贵重的人性记录。"①

卢梭的《忏悔录》究竟何时传入日本？据《明治·大正·昭和翻译文学目录》②，明治16年（1883）12月，小野门卫太翻译了《卢梭氏忏悔记事》，是否刊行，不详。卢梭的《忏悔录》正式以《忏悔记》为书名译介到日本的译者，正是森鸥外。明治21年（1888）森鸥外就注意到卢梭的《忏悔录》。现被收入岩波书店昭和46年（1971）12月版《鸥外全集》第2卷的《忏悔记》序言如下：

> 明治21年末，我要和森田思轩、坪内逍遥、长谷川四迷、饗庭篁村四君子一同出版"翻译丛书"之时，是翻译这篇作品的发端。后来通过宫崎晴澜君的介绍，《忏悔录》的一部分揭载于明治23年十月前后的《自由新闻》。现在又将之刊登在《立宪自由新闻》上。

森鸥外于《忏悔记》序言中提及的明治23年（1890）10月前后揭载了《忏悔记》的《自由新闻》，笔者曾迭经查找，真可谓"上穷碧落下黄泉"，但终未觅得。至于《立宪自由新闻》连载《忏悔记》的日期，据《明治·大正·昭和翻译文学目录》记载，是自明治24年（1891）3月18日至5月14日。此外，按照小学馆《日本大百科全书》的解说，《忏悔记》是森鸥外据德文版《忏悔录》转译过来的。

由此可知，在创作《舞姬》之前，森鸥外已经接触到卢梭的《忏悔录》。《舞姬》问世后不久，森鸥外又译介了《忏悔录》。以此推论，森鸥外的《舞

---

① 马场孤蝶：『ルソオの懺悔』、『婦人公論』1920年1月号。
② 国立国会図書館編：『明治・大正・昭和翻訳文学目録』、東京：風間書房、1959年。

姬》极可能受过卢梭《忏悔录》的某种影响。

《舞姬》是一篇痛恨的回想式手记体小说，其内容与结构特色与鲁迅的《伤逝》大同小异。《舞姬》中饱含着作者痛断肝肠的忏悔情念。丰太郎"抱着爱丽丝这具活尸，流下千行泪"。这泛遍心田的"千行泪"是苦涩的忏悔心理的外现，森鸥外与丰太郎同泣。对"世间难得的好友"相泽谦吉，丰太郎之所以既感谢，又"心里对他至今仍留有一点憎恶之意"，那是因为假若相泽谦吉不来柏林，他与爱丽丝的爱情悲剧就不会发生。丰太郎让无垢的佳人做了自己的牺牲品，他不得不忍受精神折磨。

森鸥外如此设定《舞姬》的结局，不可否认，其中混入了作者某种程度的狡狯意识。森鸥外故意将欠缺主体意识、易被外界左右的主人公丰太郎陷于人事不省的精神状态，于是，丰太郎无法将斩断情缘这一晴天霹雳般的决定亲自告诉爱丽丝，西洋的那种个人与个人面对面直接来解决爱情纠葛的方式，于此已无可能。所以唯有靠好友相泽谦吉间接地将之传达给爱丽丝。森鸥外活用这种东洋式的意志传达手段，企图减轻缺乏与爱相应的义务感的丰太郎之罪责，在某种程度上，其中隐藏着嫁罪于相泽谦吉的心理倾向。

明治21年（1888）9月8日，森鸥外学成归国。同月24日之前[①]，森鸥外留学期间的恋人、与《舞姬》中的主人公爱丽丝同名的德国女性，一腔痴情越过重洋，来到森鸥外的家——筑地精养轩，并计划定居日本。在森鸥外的弟弟笃次郎和妹夫小金井良精的斡旋下，以物质上的付出这一手段，稳妥地平息了这场"恋爱波澜"。森鸥外让《舞姬》中的丰太郎用金钱赎罪，这与他解决自身"爱丽丝事件"的方式同出一辙。

明治21年10月17日早晨7时半，所愿未遂的爱丽丝，从横滨港乘法国轮船失意孑然而返。森鸥外和笃次郎、小金井良精前往送行。[②] 森鸥外望着站在甲板上频挥手帕以示惜别的少女爱丽丝，他心里怎能无动于衷？揆情度理，这种场面怎能不引发森鸥外内藏的复杂情感，暗自伤怀无奈？！

[①] 森鸥外的妹妹小金井喜美子在其《回忆鸥外》一书中写道："大约9月20日之后的某一天。"

[②] 参见小金井喜美子：『鸥外の思ひ出』、東京：岩波書店、1999年、第105頁。

其合离欢悲的千般内心活动，只有森鸥外本人最清楚。此即所谓森鸥外感情史上的"爱丽丝事件"。

新鲜活泼原版的爱，是不能忘却的。它能激活人生的意义，是不可遏止的情绪和一种极烈且浓的热能，是艺术的种子。爱丽丝如雨露，滋润了森鸥外蓬转德国孤独旱瘦的心地，留学期间与佳人相恋的青春岁月，像一条清凌的小河，而后从森鸥外心中流出的，却是一支悲酸的歌——《舞姬》。这悲酸之中，有森鸥外因青春恋爱不能久驻的负心伤痕，有森鸥外缕缕忏悔的泪。当然，《舞姬》是小说，不是百分之百的纪实性自叙传。

笔者认为，森鸥外的忏悔意识很可能与他的离婚事件相关。东西方的恋爱观相差甚巨。西方文化侧重个人主义，故此崇尚"恋爱至上"，恋爱可勾到人性深处，爱情中带有相当程度的人生哲学韵味。东方则不然，重婚姻重功名而轻恋爱，往往导致求自由的爱情于婚外恋或妓院。无须讳言，在婚事上森鸥外就是东方恋爱观的直接受害者。"爱丽丝事件"过去五个月后，明治22年（1889）3月6日，西周做媒，家庭利己主义者、看重婚姻的森鸥外母亲替儿子做主，森鸥外与海军中将、男爵赤松则良的长女赤松登志子结婚。这次结婚不是爱的凝聚，不是门当户对，登志子占有压倒优势，紧握主导权，她还从娘家带来二名女仆到婆家。与名门结亲，使森鸥外的家庭秩序中混入了异质的生活习惯，两家的家风激烈对立。此外，森鸥外的"爱丽丝事件"令登志子心生妒意，与森鸥外情意错位。还有，登志子把出身名门的居高自傲心理时常写在脸上，叫森鸥外不得开心颜，终于导致翌年九月的离婚[①]。森鸥外创作《舞姬》之时，他已预感到自己不久将制造"离婚事件"，不幸婚姻的悲剧不可避免。这在森鸥外心里，不能不落下一片负罪的阴影。

比较起来，森鸥外的忏悔意识既与奥古斯丁有些相近，也同卢梭有些相近。与前者的相近，主要表现于森鸥外在叹惜失去的卓越青春形象；与后者的相近，侧重表现于森鸥外在如实揭示自己的内心世界，当然，森鸥

[①] 登志子后来嫁给法学士宫下道三郎，生一男一女，明治33年（1900）1月28日去世。离婚后的森鸥外则持续了十余年独身生活。

外主要不是卢梭那样控诉，而是不能宽恕自己和丰太郎同样伪善，自己在与登志子的婚姻问题上违心屈从功利心盛的母亲，未能坚定不移地贯彻自我意识。

大正7年（1918）5月至翌年10月连载于东京和大阪两地《朝日新闻》上的，岛崎藤村的"忏悔文学"代表作——长篇小说《新生》，是作者以公诸读者为前提著就的作品。因此人们批判：《新生》具有明显的伪善性。从内容上讲，夏目漱石的《心》也属于"忏悔文学"，但漱石创作《心》时，并未想公开发表令主人公乞求世间原宥，故此被认为作者隐含作品中的忏悔是诚实的。与《心》相似，森鸥外原初本不想将《舞姬》公开发表，所以其忏悔意识中主人公的"自我正当化"意识被压缩到最低限度。

按通说，在日本近代文学史上，受卢梭的《忏悔录》的影响第一个将忏悔意识鲜烈地注入作品中的作家，首数岛崎藤村，《新生》就是力证。关于《新生》的忏悔意识，笔者已在拙文《不忏悔的有岛武郎》①中做过专论，此不赘述。卢梭的《忏悔录》也好，藤村《新生》中的忏悔也罢，皆分别遭到文坛上权威人士芥川龙之介和正宗白鸟的否定：

> 甚至卢梭的《忏悔录》也充满了英雄式的谎言。我不曾遇见过《新生》中那样的老奸巨猾的伪善者。②

> 我粗略地读完了藤村氏的《新生》，从各种意义上讲是有阅读价值的。对此我发表一点简短意见，离开这部作品来谈忏悔问题。我对世间，对神（我根本就不信神），丝毫没有忏悔之意。即使有忏悔的事情也无忏悔之意。……迄今为止，纵然我将自己的事写入

---

① 劉立善：「懺悔をしない有島武郎」、『岡大国文論稿』1987年3月号。
② 原文如下："ルツソオの懺悔録さへ英雄的な謊に充ちてゐた。殊に「新生」に至つては、—「新生」の主人公ほど老獪な偽善者に出會つたことはなかつた。"芥川龍之介：『或阿呆の一生』、『現代日本文学大系43 芥川龍之介集』、東京：筑摩書房、1968年、第433頁。笔者译。

了小说,也不曾带进毫厘的忏悔之念,今后仍然不将忏悔之念注入作品。①

与正宗白鸟的观点相反,诗人、评论家北村透谷(1868—1894)旗帜鲜明地肯定忏悔的价值。他在《每个人心宫内的秘宫》②中写道:

> 俗人欲掩盖之,至人则将之公诸众人且不以为耻。俗人在心灵的第一宫里苦索如何掩盖之,故而有掏空心思自行隐匿之处。然而至人则将之暴露于心灵的第二宫,任人观看,……我无将秘密当作秘密之余,这样,进入如此至人境域之后,秘密发生了质变,罪恶失去原质,忏悔过后,忧苦转境,杀人强盗的大罪则断其业障,随之出现一片白屋,这里只有自然之美,只有真。
>
> 惟有这种美,惟有这种真,以此才可形成未来的生命。基督的信奉者应当专心祈愿的,正是这种美与真的境界。③

北村透谷是站在基督教立场上,肯定上帝的恩宠,与奥古斯丁的忏悔意识相通,和上述中山昌树的忏悔观不谋而合。

综上所述,《舞姬》比藤村的《新生》更早地受到卢梭《忏悔录》的

---

① 原文如下:"藤村氏の「新生」は略々通讀しました。いろいろの意味で讀みごたへがありました。しかしそれについての意見は簡短に申し上げかねます。この作を離れて、たゞ懺悔といふことについて云ふて、私は世間に對しても、神(そんなものは信じないから)に對しても、懺悔する氣は毛頭ありません。後悔することはあつても懺悔する氣には全くなれない。……僕はたとへ自分の事を小説に仕組んでも、寸毫も懺悔の念を持つて書いたこともなし、また将来書きもしません。"正宗白鳥:「『新生』合評」、『婦人公論』1920年1月号。笔者译。

② 北村透谷:「各人心宮内の秘宮」、『平和』1892年9月号。

③ 原文如下:"然れども俗人は之を蓋はんとし、至人は之を開表して恥づるところを知らず、俗人は心の第一宮に於て之を蓋はん事を計策す、故に巧を弄して自ら隠慝するところあるなり、然れども至人は之を第二の心宮に暴露して人の縦に見るに任す……わが秘密をも秘密とする念はあるざるなり、然り、斯かる至人の域に進みて後始めて、その秘密も秘密の質を変じ、その悪業も悪業の質を失ひ、懺悔も懺悔の時を過ぎ、憂苦も憂苦の境を転じ、殺人強盗の大罪も其業を絶ちて、一面の白屋、只だ自然の美あるのみ、真あるのみ。/この美こそ、真こそ、以て未来の生命を形くるものなるべし。基督を奉ずるものゝ当さに専念祈欲すべきもの、蓋しこの美、この真の境なるべし。"笔者译。

影响。至于忏悔的意义，依照北村透谷的见地，忏悔自有其不可抹杀的价值；可在芥川龙之介和正宗白鸟看来，向神或者世间告白罪过，乞求恕罪，这种行为中必然带有一种伪善心理，即忏悔者或者从中品味感伤的快感，或者以暴露罪过来炫示自己是丰富的人生体验占有者。所以如果轻率地肯定忏悔价值，人往往会以无所顾忌地宣扬自己的罪过为荣耀，有罪过就忏悔，忏悔后又犯罪，以致忏悔与犯罪循环往复不止。

日本近代恋爱观的先驱者北村透谷认为："恋爱是人生的秘密钥匙，先有恋爱后有人生。抽去恋爱人生还有什么滋味？……男女相爱之后才能知晓社会真相。"①《舞姬》中的主人公太田丰太郎背叛了这种意义的恋爱，他的心中不可能不残存抹不掉的罪意识。

白桦派干将有岛武郎自幼接受西洋文化教育，主张贯彻自我，反对浅薄轻率的忏悔，看重爱情远超过对功名的重视，他舍功名取恋爱。森鸥外则不然，他自幼受儒学文化教育，看重功名远高过爱情，舍恋爱取功名，《舞姬》就最有力地证明了这一点。所以，情热至上的有岛对森鸥外的文学颇有非议。大正11年（1922）7月9日森鸥外去世之日，有岛日记这样写道：

　　七月九日（星期日）大风，时有降雨
　　森鸥外氏因患肾萎缩死了。此人自明治维新以来对文学界的贡献绝非微不足道。但是归根结底鸥外是个没有情热的人。他是一个评论家，要而言之，他的创作可谓是一种形式化的文艺批评。②

---

① 原文如下："恋愛は人世の秘鑰なり、恋愛ありて後人世あり、恋愛を抽き去りたらむには人生何の色味かあらむ、…男女相愛して後始めて社界の真相を知る"。北村透谷：「厭世詩家と女性」、『女性雑誌』1892年5月号。笔者译。处女崇拜者透谷爱上了年长于己3岁的才女石坂美奈子。受美奈子影响，透谷始信基督教。明治21年（1888）11月，二人结婚，透谷20周岁，美奈子23周岁。婚后，面对浪漫与现实的激烈冲突，绝望厌世的透谷于1894年5月16日在自家后院自杀。

② 原文如下："七月九日（日曜日）激風、時々雨。　森鷗外氏が萎縮腎の爲めに死んだ。この人が明治以降の文界に貢献した所は決して少しの事ではなかつた。彼れは然しどこまでも情熱のない人だつた。批評家だつた。彼れの創作といへども結局は或一種の形式の批評であるといへる。"有岛武郎：『有島武郎全集　第十二巻』、東京：筑摩書房、1982年、第327頁。笔者译。

应当承认，有岛对森鸥外的评价中带有个人偏见。但是有岛批评森鸥外过于理性，"是个没有情热的人"，虽然有些绝对，却也不无一定道理。所谓理性，即"寓于我们之中的中性的、冷淡的、廉洁的、清醒的本质"和"纯粹的无情的知性之光"。① 专攻医学（自然科学）、爱好文学（人文科学）的森鸥外，是个思维方式倾向于这种理性的人。不过人们相信，森鸥外以理性意识为基础创作的"冷中含热"特色的浪漫主义文学，其于文学史上的拓荒性意义，永远不会改变。

《舞姬》被界定为"日本近代浪漫主义文学的先导"②，而浪漫主义文学在日本近代文坛上又占有何等地位？对此，著名文学评论家本多秋五先生有以下论述：

> 如果将日本近代以前的文学大致界定为古典文学或拟古典文学，那么，和这类文学激烈对立的，冲破这类文学的，是浪漫主义文学。浪漫主义文学最尖锐的矛头是自我的尊严、自我的自由、自我的解放这些主张。
>
> 如果重点探索自我主张与文学的关系以及文学中的自我中心主义，避开浪漫主义文学的问题，一切将无从谈起。……大致可以这样认为，浪漫主义的主观性甚强，写实主义则最尊重的是客观的精确。从认识论上讲，两种主义是"存在，故可见"和"可见，故存在"这样一种对应形式。哪种主义都是正确的，都是必要的。③

明治时代是一个新时期的诞生和文化转型的重要历史时期，人的精神结构与过去的观念世界的人生价值出现明显的错位，徘徊摇摆中的知识分子因而面临着严峻的自我精神改造。在这种力主"文明开化"的历史转型时期内，无论是自我的觉醒还是自我的挫折，都是人的精神活动过程中展现的必然现实。因此刻画出日本近代知识分子生动形象的《舞姬》才被界定为近代日本启蒙时期的"封建人"向"近代人"（民主人）发生质的转

---

① 费尔巴哈：《基督教的本质》，荣震华译，北京：商务印书馆，1984年，第68页。
② 瀬沼茂樹［ほか］監修：『日本文学史』、東京：桜楓社、1985年、第180頁。
③ 本多秋五：『志賀直哉 下巻』、東京：岩波書店、1990年、第70—71頁。

变的精神变革史。事实证明,日本近代史上浪漫主义的先导之作《舞姬》"与二叶亭四迷的《浮云》一道,开创性地让近代知识分子的苦恼定居于文学之中"①。这就是《舞姬》的文学史价值。

---

① 河合靖峯:『森鷗外』、東京:清水書院、1984年、第126頁。

第二篇

芥川龙之介《罗生门》（1915）

原作《罗生门》（『羅生門』）1915年11月首次发表于《帝国文学》（『帝国文学』）第21卷第11号。第一次改稿后收于第一短篇集《罗生门》（『羅生門』），东京：阿兰陀书房，1917年。再次改稿后收于作品集《鼻子》（『鼻』），东京：阳春堂，1918年。

作者简介

芥川龙之介（1892—1927），日本小说家。原姓新原，笔名柳川隆之介，号澄江堂主人，俳号我鬼。1892年3月1日生于东京一商人家庭，因生于辰年辰月辰日辰刻，故取名龙之介。由于芥川龙之介出生时正值父母的"厄年"，所以被视为"大厄年之子"，按迷信说法，形式上被当作"弃子"抛弃过。芥川龙之介未满周岁时，生母精神失常，不得已被寄养在舅舅家里。生母死后成为舅舅家的养子，改姓芥川。这些特殊的经历和记忆，养成他遇事敏感多疑又隐忍克制的性格特征，导致他日后在"希望过后的不安以及正在进行中的不安"（鲁迅语）中度过了一生。

芥川龙之介天资聪颖，从小学起就酷爱读书，显露文笔才华。上府立三中时，汉文阅读能力出众，喜欢历史，几乎读遍泉镜花、夏目漱石和森鸥外的所有小说。1910年9月免试进入旧制官立第一高中，受时代思潮影响，广泛阅读西方世纪末文学，形成厌世主义和怀疑主义的哲学认识。1913年9月，芥川龙之介考入东京帝国大学英文科，曾立志成为学者。但对所学课程不感兴趣，受文坛大背景的影响，在同窗的劝导下，1914年2月，参与久米正雄、丰岛与志雄、菊池宽等创办第三次同仁杂志《新思潮》，尝试发表小说。1915年11月，当时读大三的芥川龙之介在校刊《帝国文学》上发表短篇小说《罗生门》，但文坛反响冷淡。同年12月，经同窗介绍，芥川龙之介参加夏目漱石的文学沙龙"木曜会"（星期四会），成为夏目漱石的关门弟子。1916年2月，芥川龙之介在第四次同仁杂志《新思潮》创刊号上发表《鼻子》，同年9月在《新小说》发表《芋粥》，都得到夏目漱石的赞赏，由此顺利登上文坛。

1916年7月，芥川龙之介从东京帝国大学毕业，他把学籍放在本校研究生院，先在海军机关学校任教，后去大阪每日新闻社供职。1918年2月，与塚本文子结婚成家，他把新家的书房取名"我鬼窟"，与文坛新人频繁接触，开始专业作家的生活。1922年3—7月，曾作为大阪每日新闻社的海外巡视员游历中国，写过不少游记。

芥川龙之介的创作生涯不长，从1915年11月发表《罗生门》到1927年7月自杀身亡，只有短短的11年零8个月，但却留下了近150部短篇小说，以及大量的随笔、评论、游记、札记等。他的小说创作从题材风格上讲可以分为历史、现实和晚期三类。

历史题材代表了芥川龙之介文学的最高成就，主要有：《罗生门》（1915年11月）、《鼻子》（1916年2月）、《芋粥》（1916年9月）、《戏作三昧》（1917年11月）、《地狱变》（1918年5月）、《蜘蛛丝》（1918年7月）、《奉教人之死》（1918年9月）、《枯野抄》（1918年10月）、《舞会》（1920年1月）、《杜子春》（1920年7月）、《竹林中》（1922年1月）等。它们取材于日本、中国的古代传奇故事，或以西方文明对日本的影响为背景，借古喻今，借古讽今，写因时因地因人而异的人生善恶，构思奇巧，文体独异，既展示了作者卓越的智力和修养，也表现了作者艺术至上、伦理至上、悲观厌世的艺术观和人生观。人称"鬼才"。其中,《竹林中》取材于《今昔物语集》,写武士与妻子同行,在竹林中,妻子遭强奸,武士被杀。一个案件七种不同的证言,一个死者三个凶手,扑朔迷离,真相难断,以此表达作者对人生的怀疑。1950年黑泽明融《罗生门》的背景和《竹林中》的故事,导演了电影《罗生门》,获1951年威尼斯国际电影节大奖。由此日本电影冲出岛国,走向世界,"罗生门"成为真假难辨的代名词。

现实题材在芥川龙之介小说创作中所占比重不大,是作者对现实生活的写实,篇什短小,类似素描式的小品文。是作者为摆脱人生、艺术和健康困境,做出的一种尝试。透过叙事可以读出作者在健康和精神上的疲倦感和倦怠感。主要作品有《蜜柑》(1919年5月)、《秋》(1920年4月)、《手推车》(1922年3月)、《一块土地》(1924年1月)等。此外还有取材于海军机关学校任教期间的"保吉物"系列小说。

晚年题材,是芥川龙之介自杀前创作发表和留世的作品,是作者对自己的回望与剖析。主要有《大导寺信辅的半生》(1925年1月)、《点鬼簿》(1926年10月)、《玄鹤山房》(1927年1月)、《河童》(1927年3月)、《一个傻瓜的一生》(遗作1927年10月)、《齿轮》(遗作1927年10月)等。这些作品有自传有寓言,用隐喻表现作者对生的厌恶和对死的亲近,基调阴郁低沉,鬼气森然。是了解芥川龙之介自杀理由的重要作品。

1927年7月24日,由于健康和精神上的原因,芥川龙之介带着对人生和艺术的双重绝望,带着对未来"莫名的不安",服用大量巴比妥自杀,给文坛留下了谜团和遗憾。

芥川龙之介死后,每年7月24日,日本文坛都会举行以其作品《河童》命名的"河童祭",纪念这位被称为"鬼才"的作家。1935年,菊池宽在《文艺春秋》设立"芥川文学奖",每年颁奖两次,以纪念挚友。其后日本有许多"纯文学"作家因获此殊荣,走红文坛。

经典的形成：基于"外部"的视角

引 子

1915年11月，当时在东京帝国大学读大三的芥川龙之介在本校的文学刊物《帝国文学》第21卷第11号上，用笔名"柳川隆之介"发表了短篇小说《罗生门》，但文坛反响冷淡。对此，芥川龙之介曾先后有过多次"回应"。这些"回应"给我们提供了许多从"外部"解读《罗生门》的线索。细读细究这些"回应"，你会发现《罗生门》的解读，"外部"和"内部"是互为表里相互依存的。道理很简单，若按照"新批评"的文本自足原则，仅从《罗生门》的作品或文本"内部"，有些基本事实你是无法读到的。而先期了解和掌握这些基本事实，对于从"内部"解读《罗生门》是至关重要的。

一、《罗生门》的发表与文坛

《罗生门》首次是在《帝国文学》1915年11月号上发表的。当时除了《帝国文学》编辑青木健作氏的编辑按语[1]外，文坛反响冷淡，基本没有正式的评价。用芥川龙之介自己的话来说：

> 《假面丑八怪》和《罗生门》都是在《帝国文学》上发表的，当然也没有引起任何人的注意，完全被无视了。就像现在的《罗生门》，连迄今交往甚好的赤木桁平都不予置评。[2]

> 那篇《罗生门》也是因为当时帝国文学编辑青木健作氏的好意，

---

[1] 原文如下："本号には若月氏の「妻」柳川氏の「羅生門」の特色ある二篇を輯録出来たのは愉快である。"（本号愉快地辑录若月氏的《妻子》和柳川氏的《罗生门》两篇具有特色的作品。）笔者译。

[2] 原文如下："「ひよつとこ」も「羅生門」も「帝国文学」で発表した。勿論両方共誰の注目も惹かなつた。完全に黙殺された。現に「羅生門」の如きは、今日親しく交際してゐる赤木桁平すらも黙殺した。"芥川龍之介：「小説を書き出したのは友人の煽動に負ふ所が多い」、『新潮』1919年1月1日。笔者译。

才变成了铅字，但没上六号批评①。不仅如此，连松冈和成濑都说了坏话。②

"回应"中提到的赤木桁平原名池崎忠孝，是夏目漱石的弟子，曾与芥川龙之介关系密切。芥川龙之介在《帝国文学》发表《罗生门》，本来是想借助帝国大学的人脉，但无人置评。他只好把希望转向《新思潮》的同仁，没想到"连他们都说了坏话"③。所以他觉得自尊心受到了伤害，不仅对赤木桁平表示不满，还把气都撒到成濑身上，"把成濑想象成说坏话的始作俑者"④。

以上两段"回应"是1919年1月1日同一天分别发表在《新潮》和《中央公论》上的。尽管已时隔三年多，但言辞间仍带有怨气。可见，芥川龙之介对"当时文坛不予置评"非常不满。结合芥川龙之介1917年6月30日给江口涣的信来看，他认为"《罗生门》是（自己）当时多少得意的作品"⑤。说明芥川龙之介原本非常看好《罗生门》，是想用它来登上文坛的。

现在看来，这些"回应"都是事后以"回想"和"书信"的形式公开的。对此，日本学者长野甞一曾在《罗生门》一文中指出：

> 无论是给江口涣的信，还是《那时候我自己的事情》的文章中，丝毫看不到受到恶评后芥川本人表示服输的意思。这些文章不是事实发生后马上写的。而是在确保了自己在文坛无法撼动的地位后，才想

---

① 指使用六号铅字的杂评栏。
② 原文如下："その発表した「羅生門」も、当時帝国文学の編集者だつた青木健作氏の好意で、やつと活字になる事が出来たが、六号批評にさえ上らなかつた。のみならず松岡も成瀬も口を揃へて悪く云つた。"芥川龍之介：「あの頃の自分の事」、『中央公論』1919年1月1日新年号。笔者译。松冈、成濑全名松冈让、成濑正一都是芥川龙之介一高至大学的同窗，曾一起创办过第三次《新思潮》。
③ 1917年6月30日给江口涣的信。原文如下："「羅生門」は当時多少得意の作品だったんですが新思潮連には評判が悪かったものです成瀬が悪評の張本人だったやうに想像してゐますが。"笔者译。
④ 同上。
⑤ 同上。

起的往事。①

我赞同长野甞一的这一分析。它提醒我们在梳理和引用类似的"回应"时应该特别注意它们与时间、场合、对象等的事实关系。这次重读《罗生门》，在阅读日本学者田中实的《小说的力量——为了新的作品论》②时，读到过一段由田中实从英语转译成日语的文章，起初并未在意，但结合其他"回应"和"实证研究"反复阅读后，觉得它从源头上把《罗生门》遭无视问题的"前因后果"用事实关系串联在了一起，文献价值极高。这段文章译自1993年10月29日发现的芥川龙之介东京帝国大学读书期间的英语笔记③，题目为"拥护《罗生门》"：

> 这部小说，是我迄今写的小说中成就最高的作品。这是由衷的。尽管如此，但也不得不承认这部短篇未能充分表现想说的意思。也有许多不足和令人难以接受的地方。出版后反复阅读这部作品，痛感自己的过敏，还有就是对自己轻蔑同时代几乎所有日本作家的作品的傲慢感到可笑。这样的心情是不太愉快的。④

这是芥川龙之介对《罗生门》也是对自己的一次"直率"的自我辩护。

---

① 原文如下："それは前記江口渙宛の手紙でも、未定稿「あの頃の自分の事」の文章でも、そうした悪評を蒙りながら、芥川自身少しも参ったらしいけしきの見えないことである。むろんこれらの文章は、事実のあった直後に書かれたものではない。すでに押しも押されもせぬ文壇的地位を確保してから、往事を想起したものである。"志村有弘編：『芥川龍之介「羅生門」作品論集（近代文学作品論集成4）』、東京：クレス出版、2000年、第12頁。笔者译。

② 田中実：『小説の力——新しい作品論のために』、東京：大修館書店，1996年。

③ 現収入『芥川龍之介資料集図版2』、山梨県立近代文学館、1993年。

④ 原文如下："この小説は、自分が今までに書いたなかでも最高の出来の作品だ。心からそう言える。とはいえ、この短い作品の中で言いたいことを十分には表現できなかったことも認めざるを得ない。甚だしい弱点やどうしようもなくつまらないところもある。活字になったこの作品を何度も読み返してみて、過敏な自己を痛感し、また同時代の日本の作家達のほとんどの作品を軽蔑していた己れの傲慢さを笑わずにはいられなかった。こういう心境はあまり快いものではない。"田中実：『小説の力——新しい作品論のために』、東京：大修館書店，1996年，第52—53頁。笔者译。

从中可以读出他写这部"处女作"的不易，也可以读出他对文坛的看法，更可以读出他的自信和自负。至于芥川龙之介为什么用英语写这段文章？具体是什么时间写的？我从《那时候我自己的事情》中先读到了这样的线索：

> 自己一高以来的朋友中，有人竟然给我来信，说我本来就下不了决心写小说，还不如趁早退出。说我有"想写的毛病"。托他的福，让我记住了"Cacaoethes Scribendi"这个无聊的拉丁语单词（他在单词下用括号标注了"想写的毛病"）。①

对"一高以来的朋友"说自己"下不了决心写小说，还不如趁早退出"，芥川龙之介未做任何反驳，因为那是事实。但对他说自己有"想写的毛病"，芥川龙之介做了辛辣的反驳和辩解。那个"一高以来的朋友"是否是指成濑正一，现已无从考证。但有关的"实证研究"已证明：芥川龙之介与成濑正一确实在 1915 年 11 月 22 日傍晚，也就是《罗生门》发表后不久，曾就《罗生门》的不足，发生过激烈的争执。② 另外据田中实的介绍，英语笔记中有一封信是写给成濑正一的，但只写了开头。③ 由此可以推断，英语笔记"拥护《罗生门》"是针对成濑正一而写的，时间应该是 1915 年 11 月 22 日当晚或以后的几天内。这样就把芥川龙之介为什么会"记恨"成濑正一的事实关系理清楚了。

英语笔记《拥护〈罗生门〉》，是芥川龙之介在"事实发生后马上写"的"回应"。但它是 1993 年 10 月 29 日才发现的。所以可以说，自 1915 年 11 月《罗生门》首次发表后，至 1917 年 5 月第一短篇集《罗生门》出版前，芥川龙之介基本没有就《罗生门》遭无视问题公开说过话或写过文章。这

---

① 原文如下："それから自分の高等学校以来の友だちの中には、一体自分が小説を書くのが不了見なのだから、匆々やめるが好いと意見の手紙をよこした男さえいた。自分が Cacaoethes Scribendi と云う碌でもない拉甸語を覚えたのは、その男の手紙を読ませられたおかげである（彼はその下へ括弧をして「書きたがる病」と注を入れてゐた）が。"芥川龍之介：「あの頃の自分の事」、『中央公論』1919 年 1 月 1 日新年号。笔者译。

② 参见関口安義：『「羅生門」の誕生』、東京：翰林書房、2009 年、第 165—166 頁。

③ 参见田中実：『小説の力——新しい作品論のために』、東京：大修館書店、1996 年、第 42 頁。

说明芥川龙之介从一开始就采取了隐忍和克制的态度。就芥川龙之介性格来说，隐忍和克制就意味着不放弃：一是不放弃《罗生门》，二是不放弃文坛。但他心里很清楚：在解决《罗生门》的问题前必须先解决自己立足文坛的问题。

所以芥川龙之介以后做的一切都带有背水一战的倔强和不服输。1915年12月，经同窗介绍，芥川龙之介参加夏目漱石的文学沙龙"木曜会"（星期四会），成为夏目漱石的关门弟子。1916年2月，芥川龙之介、久米正雄、松冈让、成濑正一、菊池宽五人共同创刊第四次同仁杂志《新思潮》，主要目的是想让夏目漱石通过杂志读到他们的作品。事实也证明了这一点，夏目漱石读到创刊号上芥川龙之介的《鼻子》后，马上写信给芥川龙之介，给予极高的评价：

> 新思潮上你的作品、久保君的作品、成濑君的作品都读了。我觉得你的作品非常有趣。沉稳，不戏谑，自然形成的幽默让人忍俊不禁，堪称上品。而且一看就知道用的材料很新，文章结构内容完整，令人佩服。这样的小说如果写上二三十篇，定能成为文坛上无与伦比的作家。不过仅靠《鼻子》还不足以引起多数人的注意，即使注意了也会被无视。这种事不必介意，不停地写就行。不去想外面的事，对身体是一种良药。（以下略）①

《鼻子》获得成功后，芥川龙之介接受《新小说》的约稿开始写《芋粥》。因为担心文坛的负面评价会影响自己的声誉，所以整个写作期间表现得非常紧张和不安。曾四次给恩师夏目漱石去信诉说自己的心情。1916年9月

---

① 原文如下："新思潮のあなたのものと久保君のものと成瀬君のものを讀んで見ましたあなたのものは大變面白いと思ひます落着があつて巫山戲てゐなくつて自然其儘の可笑味がおつとり出てゐる所に上品な趣があります夫から材料が非常に新らしいのが眼につきます文章が要領を得て能く整つてゐます敬服しました。あゝいふものを是から二三十並べて御覧なさい文壇で類のない作家になれます然し「鼻」丈では恐らく多數の人の眼に觸れないでせう觸れてもみんなが黙過するでせうそんな事に頓着しないでずんく御進みなさい群衆は眼中に置かない方が身體の薬です（以下略）。"笔者译。

《芋粥》发表后，夏目漱石及时给芥川龙之介寄去"读后评"，赞扬了《芋粥》。因为与夏目漱石的弟子关系，加上又私淑森鸥外学习历史小说作法，所以芥川龙之介被人称为"夏目漱石和森鸥外的私生子"。在这样的背景下，芥川龙之介凭借《鼻子》和《芋粥》顺利登上文坛。

据《写小说多是受到朋友的煽动》一文的结尾说，芥川龙之介是1918年夏天才真正拿出勇气决定当作家的。① 也就是说他因《鼻子》和《芋粥》成名后在是否当作家的问题上，曾经犹豫了近两年的时间。《写小说多是受到朋友的煽动》是一篇"回想"，可信度如何暂且不提。但可以说，期间他在观望，他想看到文坛对自己的真实评价，也想看到文坛对《罗生门》的"平反"。

从当时的情况看，自从有了夏目漱石对《鼻子》的评价后，文坛开始有人关注起芥川龙之介的《罗生门》。青头巾在1916年4月号的《新潮》上点评《鼻子》时说：

> 芥川龙之介的《鼻子》也很有意思，但不及此人同样取材平安朝的《罗生门》。《罗生门》写出了时代，不仅仅是世道人心，还把能够隐约感觉到的时代思潮都写了出来。这篇小说（指《鼻子》，引者注）只能说是一篇"寓言"，仅仅是一些想法而已。但是，轻快飘逸的写法与内容相得益彰，堪称"小品"。②

1917年5月23日，芥川龙之介把迄今创作的14部短篇小说集结成第一本短篇集，由阿兰陀书房出版。从卷首印有的"供在夏目漱石先生灵前"字样看，应该是为了回报恩师的知遇之恩。但是从书名和编辑装帧看，有

---

① 原文如下："本当に小説を書いて行こうといふ勇気を生じて来たのは。最近半年ばかりの事である。"文章是1919年1月1日发表的，1918年夏天是推算得出的。

② 原文如下："芥川龍之介の「鼻」も面白いものである。此の人の同じく平安朝に材を取つた「羅生門」を面白いと思つたが、これも一寸面白い。けれども「羅生門」には及ばない、「羅生門」には時代が書けてゐた、単なる時世粧以外に、その時代の思潮が仄かにうかゞはれる丈の描寫が出来てゐた。此の作は要するに、「寓話」に過ぎない。一寸した思ひつきに過ぎない。併し、軽快な、飄逸な書き方がいかにも内容にふさはしく、渾然とした小品になつてゐる。"志村有弘編：『芥川龍之介「羅生門」作品論集（近代文学作品論集成4）』，東京：クレス出版，2000年，第6頁。笔者译。

两点是非同寻常的：一是没有用得到夏目漱石赞扬的《鼻子》或《芋粥》作为书名，而是用了蒙受不公的《罗生门》。从作品的选择排序看，《罗生门》放在第一，《鼻子》放在第二，《芋粥》放在最后，没有收入《罗生门》以前发表的作品。他把《罗生门》放在"处女作"的位置，是向文坛表明他真正的小说创作是从《罗生门》开始的，另外还带有为《罗生门》"平反"的意味。二是在书的扉页上特意请一高时代的恩师菅虎雄题写了"君看双眼色，不语似无愁"①的诗句。表达自己对《罗生门》的钟爱和无法说真话的苦衷。

第一短篇集《罗生门》出版后，文坛反响很大。一个月后的6月27日，23位当红作家联合召开了出版纪念会。会后的6月28日，芥川龙之介的作家朋友江口涣在《东京日日新闻》上写文章高度评价了芥川龙之介的创作和《罗生门》②。本节开头提到的芥川龙之介1917年6月30日给江口涣的信，就是芥川龙之介看到江口涣的文章后写的。江口涣的文章在前，芥川龙之介的信在后，时间吻合，事实关系清楚，足以说明当时的情况。

另外，1917年7月号的《三田文学》上，有一篇无署名的文章称当时的新进作家中像《罗生门》作者那样功底扎实的实属少见。并说：

> 读他的作品，感觉整体构思严密，无赘笔，无缺憾，有条不紊，井然有序。……
>
> 《罗生门》（指第一短篇集，引者注）所收14篇作品，从数量上说，取材过去的占多数。但在被称为"历史物"的创作上，没有太优秀的作品。能够比得上《父亲》或《猿》的作品一篇都没发现。如勉强找的话，大概也就是得到夏目氏赞赏的《鼻子》，以及《孤独地狱》和《貉》三篇。而这三篇基本没有突破讲故事的旧套。不过也没必要过于苛责，因为作者最近有一篇《偷盗》显示出令人惊喜的进步。再次强调，在只写would be的现今文坛，能够发现开始写genuine artist的芥川

---

① 为日本江户时代临济宗白隐禅师的诗句。
② 江口涣：《芥川君的作品》（上）（中）（下），1917年6月28日、6月29日、7月1日连载于《东京日日新闻》。

氏，是最大的幸事。①

这些评价都说明《罗生门》和他的作者已经开始被文坛接受和认可。需要补充说明的是，成名后的芥川龙之介在第一短篇集《罗生门》出版前，就已经在1917年5月5日的《时事新报》上发表《我走过的路·写于〈罗生门〉之后》②，第一次向社会公开了《罗生门》当时蒙受的不公。以后又多次以"回想"和"书信"的形式提及此事。为我们从"外部"解读《罗生门》提供了宝贵的资料和线索。

从《罗生门》到《鼻子》，再到《芋粥》，芥川龙之介一路走得非常艰辛。至于以后该走的路，他在发表《我走过的路·写于〈罗生门〉之后》时就明确表示过：

> 不过近来我愈发明白，只有以自己的方式走自己的路，才能多少有些长进。因此，我常常感到所谓"新理智派""新技巧派"之类的称号，对自己只能是麻烦的招牌。因为在那些称号的归纳下，我竟毫无勇气相信自己的作品具有鲜明而纯粹的特色。③

芥川龙之介说的"只有以自己的方式走自己的路"，就是继续写自己擅长的"王朝物"。他从《今昔物语集》特别是"本朝部分"中发现和找

---

① 原文如下："氏の作品を読むと、全体のプランが実に好く整つてゐる。無駄もなければ不足もない。一糸乱れず整然としてゐるのである。……「羅生門」に収められてゐる十四篇ちゆう、数の上から云つて、過去に其題材を取つたものが多きを占めてゐる。所が一口に歴史物と謂はれる此方面には、余り優れた作品がない。「父」や「猿」に匹敵するやうな作品は一つも見当らない。強ひて求めれば、漱石氏に褒められたと云ふ「鼻」及び「孤独地獄」、「貉」の三篇位のものであらう。しかしそれとても、大抵はお話の程度を出でない。但し此事は精しく云ふ必要はないと思ふ。作者は最近に「偸盗」の一篇に由つて、驚くべき進歩を示してゐるからである。繰り返して云ふ。would be のみ多い現今の文壇にあつて、氏の如き genuine artist を見出し得たことは、此上もない慶事である。"志村有弘编：『芥川龍之介「羅生門」作品論集（近代文学作品論集成4）』，東京：クレス出版，2000年、第8—9頁。笔者译。

② 后收入第一短篇集《罗生门》卷末。

③ 引文为候为译，收入芥川龙之介：《文艺的，过于文艺的：芥川龙之介读书随笔》，林少华等译，北京：金城出版社，2012年，第282—283页。

到了可以用来借古喻今，隐喻现代社会人性恶的"故"事。但如何让这些"故"事与现代社会产生联系，并隐匿自己的主观情感，这对于初登文坛，性格有点傻、有点较真的芥川龙之介来说，是必须优先考虑的问题。在"说话"故事和"说话"叙事的选择上，芥川龙之介选择了后者。因为《今昔物语集》的"说话"叙事，属于历史叙事，给人以尊重史实，真实可信的感觉。而且用"故"事写小说，也不可能只是单纯的复述，里面肯定要有"注进新的生命"式的改写或再叙述。所以，可以这样说，芥川龙之介在《今昔物语集》中发现了"说话"故事，更找到了契合自己的"说话"叙事。

二、《罗生门》的文本与《今昔物语集》

《罗生门》在日本被称为"历史小说"①。既然是"历史小说"，那就会涉及"出典"的问题。了解其"出典"，是从"内部"解读《罗生门》之前必做的功课。

关于《罗生门》的创作，芥川龙之介在《那时候我自己的事情》中说过，它取材于《今昔物语》。芥川龙之介所说的《今昔物语》，亦称《今昔物语集》，是日本中世成就最高的说话集。芥川龙之介曾撰文介绍说：

> 《今昔物语》三十一卷分天竺、震旦、本朝三部分。说本朝部分最有意思恐怕没有谁会有异议。本朝部分最令我等感兴趣的是"世俗"及"恶行"部。——即《今昔物语》中最接近社会新闻的部分。……作者这样的写生笔致清晰地描绘了当时人们的内心斗争。他们也和我等一样为了裟婆苦而呻吟……《今昔物语》充满了野性美，……每当我打开《今昔物语》，就能感觉到沸沸扬扬的哭声和笑声。②

---

① 《罗生门》在日本被称为"历史小说"。译介过《罗生门》的鲁迅曾在《译者附记》中指出《罗生门》是一篇"历史的"小说，而不是历史小说。本篇不讨论这个问题，因为无论是"历史小说"，还是"'历史的'小说"，对它们的研究都有严格的专业界定。

② 原文收于『日本現代文学全集56 芥川龍之介集』、東京：講談社、1960年。译文引自：金伟、吴彦译：《今昔物语集（三）》，沈阳：万卷出版公司，2006年，第1502—1506页。

可见，芥川龙之介从文之初，在改写或再叙述历史"故"事时，就把眼睛盯在了普通人身上，关注的是他们原生态的情感和人性。在选择与《罗生门》"出典"有关的两则"故"事时尤为如此。《罗生门》的主要故事取材于《今昔物语集》卷二十九《本朝·恶行》第十八话《盗人登罗城门①上见死人的故事》。全文如下：

> 从前，有个男子从摄津国一带上京城行盗，天还大亮着，便藏在罗生门下。珠雀大路上人来人往，他站在门下等候，听见山城方面来了很多人，怕被人看见，轻巧地爬上了门的二层，见迷迷糊糊燃着灯火。
>
> 盗人觉得奇怪，透过格子窗张望，有个年轻女子的尸体躺在那里，枕边燃着灯烛，有个白发苍苍的老妪坐在死人的枕头上，正拼命地撕扯死人的头发。
>
> 盗人见了有些疑惑，心想："也许是鬼吧？"他毛骨悚然，又想："也许是死者的灵魂吧？先吓唬吓唬。"他悄悄打开门，拔出刀来，叫道："谁，谁？"说着冲上前去。老妪慌忙合起手掌狼狈不堪。盗人问道："这个老妪是什么人，在干什么？"
>
> 老妪说："我的主人②死了，没人安葬，就放到这里了，那女子的头发很长，想拔下来做假发，来帮一把。"盗人剥下死人的衣服和老妪的衣服，又夺过拔下来的头发，跳下来逃走了。
>
> 那上面有很多死人的尸骨，不能下葬的尸体都弃置在这座门上。
>
> 这件事是那个盗人对人说起来的。③

《罗生门》的次要故事，即镶嵌故事，则取材于《今昔物语集》卷三十一《本朝·杂事》第三十一话《大刀带阵卖鱼妪的故事》。全文如下：

> 从前，三条院天皇还是皇子的时候，有个女子经常到大刀带阵

---

① 原文"罗城门"，芥川龙之介改用"罗生门"，但无任何说明。对此学界有过许多研究，尚无定论。具体参见金伟、吴彦：《芥川龙之介的小说〈罗生门〉和〈今昔物语集〉》，《日语教育与日本学》第14辑，上海：华东理工大学出版社，2020年。

② 原译文为"丈夫"。译者金伟先生审读本文时，建议改为"主人"。特此说明。

③ 金伟、吴彦译：《今昔物语集（三）》，沈阳：万卷出版公司，2006年，第1389页。

卖鱼,大刀带的卫兵们买来吃,味道很鲜美,赞不绝口,都喜欢这道菜,是些切碎的干鱼。

八月,卫兵们架小鹰到北野狩猎,卖鱼的女子也来了。卫兵们认识她,心想:"这家伙到这里来干什么?"骑马过去一看,见她拿着一个大箩筐,手里还拿着一条鞭子。她见卫兵们过来了,慌慌张张想逃走。卫兵们想看看她的箩筐有什么,可她藏着不让看。卫兵们觉得可疑,夺过来一看,是切成四寸长的蛇。卫兵们觉得奇怪,问道:"这是干什么用的?"可是她不回答,只是呆呆地站着。原来这家伙用鞭子打草惊蛇,把蛇杀死切成块,拿回去盐渍晒干后贩卖。卫兵们不知情,纷纷买来吃。

都说吃蛇对人不好,可是为什么没中毒?

这种切得不成样的鱼,不能随意买来吃。人们听说此事议论纷纷。

(原注)大刀带阵:保卫皇太子的护卫们居住的地方。[①]

《罗生门》是将以上两则"故"事叠合后经过改写或再叙述而成的。与原"故"事对照比较可以发现明显的不同。日本学者长野甞一将其归纳为三点:一是主人公的境遇、身份不同;二是女子尸体的身份不同;三是《罗生门》穿插描写了主人公的心理,而原"故"事则没有。长野甞一认为芥川龙之介的文学功绩就在于将原"故"事现代化,对原来只能登在报纸第三版的社会新闻做了特写和强调。[②] 其基本特征是"穿着历史衣裳的现代小说"[③]。这一点就像鲁迅先生译介《罗生门》时说的那样:

> 他的复述古事并不专是好奇,还有他的更深的根据:他想从含在这些材料里的古人的生活当中,寻出与自己的心情能够贴切的触著的事物,因此那些古代的故事经他改作之后,都注进新生命去,便与现

[①] 金伟、吴彦译:《金昔物语集(三)》,沈阳:万卷出版公司,2006年,第1486页。

[②] 参见長野甞一:「羅生門」、『古典と近代文学——芥川龍之介』、東京:有朋堂、1967年。收于志村有弘编:『芥川龍之介「羅生門」作品論集(近代文学作品論集成4)』、東京:クレス出版、2000年、第19—20页。

[③] 参见福田清人、笠井秋人:『芥川龍之介』、東京:清水書院、1966年、第106页。

代人生出干系来了。①

《罗生门》讲的故事很简单。它讲了一个仆人的故事,在仆人的故事里套了老妪的故事,在老妪的故事里又套了女尸的故事,三个故事都讲了人性之恶。但在"恶"这一点上,仆人甚于老妪,老妪甚于女尸,程度是递进的。在这样一种俄罗斯套娃式的叙述中,我们可以清晰地看到两种递进的流变:一是仆人作恶的心理流变,二是人性恶互害模式的流变。改写或再叙述后的《罗生门》,不仅把原"故"事中的"强盗"变身为"仆人",把"老妪"贬称为"老太婆",把"年轻女人"变成"女尸",而且还巧妙地利用原"故"事的素材,把静态的说话叙事虚构成动态的文学叙事,使《罗生门》具有了拓展性的文本特质和阐释空间。

三、《罗生门》的创作与"失恋问题"

1919年1月1日,芥川龙之介在当时的顶级刊物《中央公论》上发表《那时候我自己的事情》。其中有这样一段"回想":

> 以后,在象征自己大脑的书房,当时写了《罗生门》和《鼻子》两篇小说。因为受到半年前夭折的恋爱问题的影响,一人独处时会情绪低落。所以为了摆脱现状,想尽可能写一点愉快的小说。于是,便从今昔物语中取材,写了这两个短篇。虽说是写了,但发表的只有《罗生门》。《鼻子》中途搁笔拖了一段时间。②

这段"回应"记录了《罗生门》是因"失恋问题"而写的事实。为此,

---

① 鲁迅:《〈罗生门〉译者附记》,《鲁迅全集》第10卷,北京:人民文学出版社,1981年,第227—228页。

② 原文如下:"それからこの自分の頭の象徴のやうな書斎で、当時書いた小説は「羅生門」と「鼻」との二つだつた。自分は半年ばかり前から悪くこだはつた恋愛問題の影響で、独りになると気が沈んだから、その反対になる可く現状と懸け離れた、なる可く愉快な小説が書きたかつた。そこでとりあえず先、今昔物語から材料を取つて、この二つの短編を書いた。書いたと云つても発表したのは「羅生門」だけで、「鼻」の方はまだ中途で止つたきり、暫くは片がつかなかつた。"芥川龍之介:「あの頃の自分の事」、『中央公論』1919年1月1日新年号。笔者译。

日本学界从1960年代中期开始，就《罗生门》是写于"失恋问题"之前还是之后的问题①，做过许多"实证推断"。至1980年代初，随着新材料②的不断发现，学界对此问题有了基本一致的看法。但"失恋问题"的内涵与外延，以及与《罗生门》的创作动机和主题之间的事实关系，仍是一个需要下功夫去梳理和解读的话题。

芥川龙之介的"失恋问题"是真实发生过的，而且是让他刻骨铭心，甚至给他造成了身心伤害。1915年2月28日，芥川龙之介给一高时代最好的朋友井川恭去过一封长信③详细介绍了事情的经过。信比较长，择其要点介绍如下：

> 我很早就认识一个女孩。当她和别的男人有了婚约时，我才意识到我是爱她的。……我想向她求婚。……向家里人提起此事，遭到强烈反对。伯母哭了一晚，我也哭了一晚。……第二天早晨我阴沉着脸说"我放弃了"。以后不愉快的日子持续了好几天。④

1915年3月9日，芥川龙之介再次给井川恭去信说：

> 有没有脱离自我的爱？爱若有自我，那就无法消弭人际间的隔阂。就无法疗愈落在人身上的生存苦的寂寞。如果没有无自我的爱，人的一生将无比痛苦。
>
> 周围是丑陋的，我自己也丑陋。满眼看去都是生存的痛苦，而且人被迫那样活着。如果这一切都是上帝的安排，那么上帝的这种安排

---

① 参见関口安義：『「羅生門」を読む』、東京：小沢書店、1999年、第72—75頁。
② 同上书，第77—78頁。
③ 同上书，第60—62頁。
④ 原文如下："ある女を昔から知ってゐた。その女がある男と約婚をした。僕はその時になってはじめての僕がその女を愛してゐる事を知った。……僕は求婚しやうと思った。……家のものにその話をもち出した。そして烈しい反対をうけた。伯母が夜通しないた。僕も夜通し泣いた。……あくる朝むづかしい顔をしながら僕が思い切ると云った。それから不愉快な気まづい日が何日もつづいた。"笔者译。

就是恶意的嘲弄。①

　　这是芥川龙之介的初恋，本来是单相思，纯属男女间的情感问题。但他却用"天生的神经质"透过现象看到本质，把自己失恋后的痛苦上升到人间生存苦的高度，背后有他对"世纪末"的认识理解。失恋后的芥川龙之介曾一度自暴自弃，沉溺于花街柳巷，身心遭到摧残。朋友井川恭担心他自杀，特意安排他去岛根松江休养，用亲情和环境疗愈了他的身心疾患。结束休养回到东京后，芥川龙之介给井川恭寄去新写的《诗四篇·献给井川君》②，一是表示感谢，二是表明自己已逐渐摆脱失恋的痛苦，将开始新的创作。《诗四篇·献给井川君》的内容③与《罗生门》的构思酝酿关系极大。日本学者竹盛天雄据此推断，认为《罗生门》是9月中旬开始写作，9月底前完成的。④

　　现在看来，"失恋问题"确实影响到《罗生门》的创作。但它是如何影响的？这里面有一个非常现实的问题，即《罗生门》是"实写"，还是"虚写"？"实写"是指把"失恋问题"背后的养父母和伯母都作为形象思维的对象写进小说。但这是芥川龙之介最忌讳的，他害怕由此牵扯到自己复杂的家庭背景。"虚写"是透过与"失恋问题"类似的现象看到本质的观念的抽象思维的写法。从芥川龙之介小说创作的特点看，我倾向于后者。关于这一点，日本学者柄谷行人曾经说过一段意味深长的话：

---

　　① 原文如下："イゴイムズをはなれた愛があるかどうか。イゴイムズのある愛には人と人との間の障壁をわたる事は出来ない。人の上に落ちてくる生存苦の寂莫を癒す事は出来ない。イゴイムズのない愛がないとすれば人の一生程苦しいものはない。周囲は醜い、自己も醜い。そしてそれを目のあたりに見て生きるのは苦しい。しかも人はそのまゝに生きる事を強ひられる。一切を神の仕業とすれば神の仕業は悪むべく嘲弄だ。（1915年3月9日）"笔者译。

　　② 1915年9月19日寄出。

　　③ 由"Ⅰ受胎""Ⅱ阵痛""Ⅲ相逢""Ⅳ希望"构成。全文参见関口安義：『「羅生門」の誕生』、東京：翰林書房、2009年、第37—142頁。

　　④ 参见竹盛天雄：「「羅生門」——その成立をめぐる試論」、菊池弘・久保田芳太郎・関口安義编：『芥川龍之介研究』、東京：明治書院、1981年。

　　　　提到恋爱事件，在我的想象中，与其说是因为养父母的反对，不如说是因为自己的意志而放弃的。"父子纠葛"本来就不可能存在。也就是说，悲哀是有的，但其中没有思想性。芥川在某个时期曾经有过与此次恋爱事件极其相似的经历，那时他的"根源性选择"就已经决定了他的精神取向。所以，以后只能不停地重复同样的模式。①

　　柄谷行人的话有点尖刻，但他说的"那时他的'根源性选择'就已经决定了他的精神取向"倒是事实。芥川龙之介成为作家前业已形成的世界观认识论决定了他的思维定式，也决定了他写小说的构思模式和写作模式。"他为了解人生，对街上的行人视而不见。与其观察街上的行人，他宁可去了解书中的人生（《大导寺信辅的半生·五书》）。"②也就是说，他关心的是形而上的"人生"，而不是形而下的"行人"。《罗生门》发表后，芥川龙之介本人在英语笔记《拥护〈罗生门〉》中也说过类似的话，很能说明问题。

　　　　《罗生门》是一部短篇小说，用来具体表现我的一些人生观。尽管不能说我已经确立了自己的人生观，但这部小说不是仅靠"游戏心态"写成的。里面涉及"道德"的问题。在我看来，至少是那些无教养的俗人的伦理观，是每时每刻因心情和情感而变化，又被每时每刻

---

①　原文如下："恋愛事件についていえば、私の想像では、芥川は養父母の反対によるよりはむしろ自分の意志で断念したのであり、「父子の葛藤」は本当はありはしなかったのだ。すなわち悲哀はあったが、思想性はそこにはなかったのである。芥川はある時期にこの恋愛事件ときわめて相似した体験をしており、その際の彼の「根源的選択」がもはや彼の精神の姿勢を決定づけてしまったため、結局同じパターンのくりかえしでしかありえなかったと考えられる。"柄谷行人：『芥川における死のイメージ』、清水勝（発行者）：『新文芸読本　芥川龍之介』、東京：河出書房新社、1990年、第121頁。笔者译。

②　原文如下："彼は人生を知る為に街頭の行人を眺めなかった。寧ろ行人を眺めるため本の中の人生を知らうとした。"芥川龙之介：《偶人》，魏大海主编，桂林：广西师范大学出版社，2022年，第360页。

的状态所左右。①

为了捕捉 "每时每刻因心情和情感而变化，又被每时每刻的状态所左右"的人性恶，芥川龙之介写了《罗生门》。但他也承认："这部短篇未能充分表现想说的意思。也有许多不足和令人难以接受的地方。"为此，芥川龙之介生前对《罗生门》做过一些修改。② 其中最重要的是对小说结尾的两次改动。第一次是1917年5月23日出版第一短篇集《罗生门》（阿兰陀书房）时，改动了《帝国文学》（1915年11月）版本"下人已经冒雨急着去京都城做强盗了"的谓语动词形态③，用客观描述替代了主观判断。④ 第二次是1918年7月8日出版作品集《鼻子》（阳春堂）时，直接删去"下人唯有做强盗"的描述，改为"下人的去向，无人知晓"。⑤ 从《帝国文学》版本到作品集《鼻子》版本⑥，两次改动历时两年零八个月，"可

---

① 原文如下："『羅生門』は私の人生観の一端を具体的に表現しようとした短編である。私に人生観なるものが確立しているとは言えないが、この小説は単なる〈遊び心〉で作ったものではない。ここで扱っているのは〈モラル〉の問題だ。私の考えでは、少なくとも無教養の俗物のような人物の倫理観なるものは、その時々の気分や感情の産物であり、その時々の状況によっても左右されるのである。"田中実：『小説の力——新しい作品論のために』、東京：大修館書店、1996年、第42頁。笔者译。

② 具体参见石上敏：「芥川龍之介の作品の校正上の諸問題——羅生門」、『解釈』1983年1月。收入志村有弘編：『芥川龍之介「羅生門」作品論集（近代文学作品論集成4）』、東京：クレス出版、2000年、第75—88頁。

③ 《帝国文学》（1915年11月）版本的原文是"下人は、既に、雨を冒して、京都の町へ強盗を働きに急ぎつゝあった"。第一短篇集《罗生门》（阿兰陀书房，1917年5月23日）版本的原文是"下人は、既に、雨を冒して、京都の町へ強盗を働きに急いでゐた"。两版本结尾意思相近，均可以译为：下人已经冒雨急着去京都城做强盗了。

④ 就两版本结尾的微妙区别，曾向日本都留文科大学周非特任准教授请教，得到该校高桥雅子特任教授的答复。此观点是依据高桥雅子特任教授的关键答复形成的。特此说明，并致谢忱。

⑤ 为新兴文艺丛书8作品集《鼻子》（阳春堂，1918年）版本的结尾。原文如下："下人の行方は、誰も知らない。"

⑥ 此版本为《罗生门》的最后定稿。

以看出芥川龙之介生对人性的思考和把握的动摇"①。尤其是第二次改动，说明芥川龙之介对人性的认识已从原来的非善即恶转向两者皆有可能。其中应该说与作者对"虚写"小说的认识有关，当然也有这样的背景：1916年12月芥川龙之介与塚本文子缔结婚约，1918年2月2日喜结良缘，组成了自己的家庭。

结　语

现在看来，《罗生门》是芥川龙之介精心创作的一部作品，只是当时作者资历尚浅，遭到了文坛冷遇。芥川龙之介为了替《罗生门》正名，付出了一年半的努力。在《罗生门》得到认可后依然坚称"只有以自己的方式走自己的路"，继续写以《罗生门》开篇的"王朝物"。可见《罗生门》在芥川龙之介心目中的地位和价值。《罗生门》是芥川龙之介看社会看人群的一个聚焦点，集中体现了他的认识论和艺术观。芥川龙之介一直声称自己是一个"天生的神经质"作家，也就是说，他有自己的思维定式和写作模式。他从《今昔物语集》的"故"事中发现了与自己的认知契合并能充分发挥展开的现代主题：人性是一个永恒和终极的话题，是因时因地因人而千变万化，永无休止的。《罗生门》就是芥川龙之介借《今昔物语集》的"故"事隐喻现代社会，暗指自己身边的人和事，其中最重要的是对表现其中的人性善恶的体察和认知。

---

① 金伟、吴彦：《〈今昔物语集〉研究》，上海：上海交通大学出版社，2021年，第119页。

第三篇

森鸥外《高濑舟》（1916）

原作《高濑舟》（『高瀬舟』）首次发表于《中央公论》（『中央公論』）1916年1月号。收于短篇集《高濑舟》（『高瀬舟』），东京：春阳堂，1918年。

作者简介（参见第一篇）

历史小说的现代意义

一、创作缘起

明治43年（1910），日本发生了"大逆事件"，而后，日本当局加强了对思想界与文艺界的管束，"文艺的世界成了令人疑惧的世界"。为了避开现实敏感题材，为了不与自然主义文学同流，加之乃木希典"殉死"事件，促使森鸥外的创作由现实转向于历史小说。《高濑舟》就是其中的代表。

森鸥外创作历史小说念头的产生，可溯及他的长篇"思想小说"——《青年》（1910—1913）。此作内容涉及哲学论、文学论、社会论等诸多领域，结尾处，以文学创作为业的主人公小泉纯一，感到自己的文学理念与"现今流行的文学"不合拍，决定下工夫创作与流行相异的文学，"用现代语描写现代人细致的观察，但不伤害古代传说的神韵"。"显然，现今流行的文学即指自然主义文学。小泉要创作的是反自然主义文学"①。《青年》中作为森鸥外分身的小泉纯一，不能认同自然主义文学"无理想，无解决"的理念。小泉纯一期求自觉地关联外界，他要以现代人眼光创作"古代传说"，也就是说，森鸥外的文学创作要转轨，创作历史小说。

明治45年（1912）7月30日，近代日本的象征者、第122代天皇明治天皇睦仁（1852—1912）去世，当日改年号为"大正"②。同年9月13日举行明治天皇葬礼之日，恪守武士道精神的陆军大将乃木希典（1849—1912），于自家与妻殉死，轰动世间。由此，日本近代史上的一个时代宣告结束。明治天皇去世，乃木大将夫妻殉死，两大事件尤其后一事件，对森鸥外的心理刺激甚烈，9月18日，森鸥外出席了乃木希典的葬礼。此为拐点，森鸥外笔锋一转，开始创作历史小说，古为今用，借古喻今。

针对乃木希典的"殉死"，人们见仁见智，有人表示批判。平素与乃木希典关系亲近的森鸥外，为了反驳人们对乃木希典"殉死"的否定，立刻写出了首篇历史小说《兴津弥五卫门的遗书》（1912），表达了自己对"殉死"持有的伦理意识。此作"主题肯定个人意志面对外在束缚萌生的自发行动，旨在突出乃木殉死的自我意识与超功利的伦理观，其实质带有'"殉死"赞歌倾向'"③。森鸥外以《兴津弥五卫门的遗书》为肇端，中经《阿部一族》（1913）、《大盐平八郎》（1914）等多篇历史小说，以《高濑舟》与《寒山拾得》作为历史小说的收尾。

江户时代中期文人神泽杜口（1710—1795），喜爱报春山花翁草（白头翁），其由200卷构成的随笔集，取名《翁草》，内容涉及文学、美术、戏剧、历史、地理、工艺、宗教、民俗等领域。森鸥外批阅了文学评论家、歌人池边义象（1861—1923）校订的《翁草》（1906年5月，五车楼书店

---

① 刘立善：《日本文学的伦理意识——论近代作家爱的觉醒》，沈阳：春风文艺出版社，2003年，第152页。
② 源出《易经·临卦》："大亨以正，天之道也。"
③ 刘立善：《论森鸥外历史小说的伦理思想》，《日本研究》2008年第4期，第83页。

刊行），其中《流放犯人的故事》令他深受启发，遂古为今用，创作了发人深省的历史小说杰作——《高濑舟》，涉及贪婪与知足的两种财富观念，严肃探讨"安乐死"的伦理神髓。鉴于《高濑舟》的文学价值，1930年与1988年，两度被改编成电影，1962年被拍成电视剧。

《高濑舟》发表于大正5年（1916）1月号《中央公论》，同年同月的杂志《新小说》登载了他的另一篇历史小说《寒山拾得》。其后，森鸥外告别历史小说，开始创作传记文学。

"历史小说是文学，不是历史。"①芥川龙之介说："毫无疑问，任何作品都不可能离开作家的主观"②，森鸥外亦然。《翁草》中的《流放犯人的故事》仅有简短一页，森鸥外根据极少一点史料，按照自己的主观意识与问题意识，繁简得当扩充情节，创作出一篇完整的短篇小说。原始文本中，时间是"某时代"，人物只有"一个犯人"与"一个解差"。《高濑舟》中的"宽政年间"、杀弟罪人喜助、解差羽田庄兵卫，时间与具体人名，均出自森鸥外的艺术虚构。森鸥外将时间选在"宽政年间"，大概是因为该期间天下多灾多难，发生过"大饥馑""浅间山喷火"和农民起义，社会动荡，民不聊生。森鸥外写有一篇重要的短文，曰《忠于历史与摆脱历史束缚》（1915）。此文堪称森鸥外的"历史文学总论"，《高濑舟》是"摆脱历史束缚"这一理念催生出的代表作。《高濑舟》观点鲜明，口气冷峻，是典型的"主题小说"，其主题之一是"财富概念"；主题之二是"安乐死问题"。经济理由将财富问题与安乐死问题连接起来。实际上是第一个主题引出了第二个主题。以下，就此展开论述。

二、财富观念与"知足"意识

《高濑舟》内容讲的是，德川时代（1603—1867）京都的罪犯被府衙宣判为流放远方小岛时，需要由一个解差押解，先坐高濑川③上的小船"高

---

① 長谷川泉：『近代名作鑑賞』、東京：至文堂、1985年、第103頁。
② 芥川龙之介：《文艺的，过于文艺的》，刘立善译，收入高慧勤、魏大海主编：《芥川龙之介全集》第3卷，济南：山东文艺出版社，2005年，第340页。
③ 德川时代初期的大商人、国际贸易家角仓了以（1554—1614）得到幕府许可后，引加茂川之水修成一条运河高濑川，有利于京都到伏见之间、京都到大阪之间的交通运输，一直使用到明治时代末期。

濑舟"去大阪，此时作为惯例，允许罪犯的一个亲属同船陪同。宽政年间（1789—1801）某一日，京都智恩院的樱花在暮钟声中缤纷飘零的静悄悄黄昏，一个名曰喜助的30岁左右的犯人，坐上了一叶高濑舟，如此氛围描写，飘荡着悲情诗韵。通常情况下，"高濑舟"上的流放犯，无不悲伤至极，与陪同的亲属彻夜长谈，说的净是些追悔莫及的絮叨话，凄凄惨惨。相比之下，无亲无故的喜助却迥然不同，他美滋滋的，好像在愉快地游山玩水。"喜助的脸，无论横看竖看，都像是很快活，甚至让人以为，要不是顾忌解差，兴许会吹起口哨，哼起小曲来呢"①。押送喜助的解差羽田庄兵卫觉得此犯人神情匪夷所思，自己干解差多年，从未见过这等犯人。便问其缘由。作品以二人船上交谈为纵线，一步步展开情节。喜助对庄兵卫解释道：京都是个好地方，但就自己的境遇来说，京都不啻人间地狱。自己太贫困，居无定所，四处漂泊，拼命到处找活干，收入极少，饔飧不继，日子苦不堪言。今朝被流放，对自己来说是一件天大好事，终于有了落脚之地，再也不必四处流浪，有饭吃，还领到200文钱，这是自己迄今从未有过的幸福生活，所以由衷感到"超知足"。

听了喜助此一番解释，庄兵卫陷入覃思。他有四个子女，外加母亲，一家七口。靠庄兵卫的禄米节俭度日。庄兵卫的老婆生于殷富商人家，花钱大手大脚，入不敷出，月底常回娘家要钱填补亏空。"穷时急，饿时吵"，家中常起风波。庄兵卫觉得即便如此，境遇也远比喜助好得多，然而自己却常怀担忧。按照常理，人有病时则分外憧憬无病的幸福；饥肠辘辘时则分外憧憬有饭吃的幸福；无钱时则分外憧憬有钱，而且钱越多越好，即所谓"世人都晓神仙好，只有金银忘不了！终朝只恨聚无多"。喜助却相反，他是个出奇无欲的知足者。这种幸福的"知足感"，庄兵卫从未感受过。他因喜助"知足感"而深思，并开悟，肃然起敬，顿觉喜助形象高大。"庄兵卫觉得，仰望夜空的庄兵卫，头顶上仿佛放出了亮光"。钦佩之余，庄兵卫下意识地称呼犯人喜助为"喜助先生"。

森鸥外回顾自己的人生，自少年时代始，心理上从来不晓何谓"知足"。

---

① 本文所引《高濑舟》的译文，引自艾莲译《高濑舟》，收入高慧勤编选：《森鸥外精选集》，北京：北京燕山出版社，2005年。以下同。

他在《妄想》(1911)中写道:"我做不到能知足,我永远是一个'不平家'。"当然,森鸥外自身的所谓不知足,不仅仅指物质方面,还包括精神方面。"贪婪是对资财无节制的欲望和爱好"①,读了《翁草》中的《流放犯人的故事》,森鸥外对无欲之人的心理结构,深深感动。同时,罪人喜助的物欲与知足的心理,似乎令森鸥外深刻反省迄今自己的心理。

《高濑舟》中流露的对物质欲求的淡薄,赞美"知足常乐"的观点,即便在21世纪的今天,仍不失其现实意义。正是由于人们对物质财富的恶性贪婪,贪得无厌,车拉的金银填不满恶性欲望的无底深壑,最终导致了人生的种种悲剧,这是铁一样的事实。

三、关于"安乐死"的思考

在高濑舟上,解差庄兵卫又问喜助杀死胞弟的缘由,喜助细述原委。喜助父母双亡,与胞弟相依为命,外出打工尽量做到兄弟形影不离。去年秋天,哥俩进西阵②的织锦作坊开织机,后来,弟患病丧失劳动能力,住在一间破败窝棚里,哥俩全靠喜助一人微薄收入艰难度命。为减轻胞兄负担,胞弟只求早死。趁兄上班之际,执剃刀割喉自杀,但割的深度不够,未能如愿。剃刀夹在喉咙上,疼痛难忍。弟哀求兄帮忙将剃刀一拔,自己就可安乐死去。兄不忍,欲请郎中,被弟阻止,弟此刻痛苦不堪,一心只求早死为乐。胞兄无奈,历经困惑,只好满足了弟的哀求,这时"弟弟的眼睛豁然开朗,似乎很高兴"。兄拔剃刀时碰到了没割到的部位。弟如愿,撒手人寰。

庄兵卫听罢喜助的讲述,心生同情。"同情是一种爱,此种爱使人对他人的幸福感到快乐,对他人的不幸感到痛苦。"③庄兵卫心中怀疑:这能算杀人吗?"如果就那样不理不动,他弟弟迟早也得死。弟弟想快点死掉,因为受不了那个罪。喜助也不忍心瞧弟弟受罪,于是他就让弟弟断了气,好使他从痛苦中解脱出来。这就是犯罪吗?杀人,当然有罪,但是,一想

---

① 斯宾诺莎:《伦理学》,贺麟译,北京:商务印书馆,1983年,第163页。
② 京都西阵盛产锦缎等高级织物,历史悠久,这里产的织物,简称"西阵织"或"西阵"。
③ 斯宾诺莎:《伦理学》,贺麟译,北京:商务印书馆,1983年,第157页。

到这是不让人再受罪，不由得产生疑问，而且始终不得其解。"

　　森鸥外在《高濑舟》中首先描述了处于极限状态下的兄弟之爱。"胞兄与胞弟共同承担'肉体的痛苦'与'精神的痛苦'，共同生活。……胞兄将胞弟的痛苦作为自己的痛苦。"①弟自杀，不想拖累兄，兄理解弟的复杂心态，两利相权取其重，拔下剃刀。弟痛苦的肉体消亡了，而生命却依然活在兄心中，《高濑舟》描写出极限状况下兄弟之爱的一种形式。是故，尽管沦为罪人，喜助仍感欣慰，他生活在超现实生活的世界里，这个世界远远超过被判刑还是不被判刑的现实世界。《高濑舟》在整体上强调了喜助的愚直与伟大，他的形象远远超越了国家权力。令读者领会到兄弟之爱在极度贫困状态下如何超越了幕府的权威。森鸥外寻求的，支撑森鸥外的，似乎血缘共同体之中的爱，这种爱超越现实生活与国家权力。这种爱能让爱的对象活在爱的主体心中，按照有岛武郎的"爱学"理论，这是遵从了爱的"夺取"法则。

　　所谓安乐死，即让生不如死的病人"安乐地死去"。安乐死的历史悠久。日本武士的"切腹"仪式中，"介错人"发挥的作用，就相当于执行安乐死。切腹者执短刀切腹，当将刀插入腹中的瞬间，身旁"介错人"立刻奋臂挥刀，砍下他的脑袋，此举旨在缩短死亡时间，尽量减少切腹者的身心痛苦。据说古时，日耳曼人的习俗是，对患绝症的病人采取活埋方式执行安乐死；缅甸的绝症患者则允许悬梁自尽；古代印度，患绝症的病人被带到2510公里的"圣河"——恒河边，用河滩泥土堵塞口鼻，然后执行水葬，认为这是最好的安乐死。日本近代医学界为了缓解患者的痛苦，允许使用麻醉剂，其药量虽然不能立即致死，但有加快死亡的可能性。

　　森鸥外在《高濑舟缘起》中写道：对于濒死之人，"传统道德是继续让他痛苦，但医学界的一种论调，以此为非。意即若有人临死痛苦异常，

---

①　山崎一颖：『森鸥外・歴史文学研究』、東京：おうふう、2002年、第210頁。笔者译。

可以让他轻松地死去，救他免于痛苦。此谓'安乐死'。"①森鸥外在《妄想》（1911）中写道，自己不惧怕死，但惧怕死的痛苦，潜台词是倾向于赞同安乐死。这种想法与谷崎润一郎《疯癫老人日记》中卯木老人的观点一致。其实，目前现实中许多伦理观开明的老人，大都有这种想法。

关于安乐死，森鸥外有切身体验。明治41年（1908）1月10日，森鸥外的胞弟笃次郎（1867—1908）暴亡，惊悉噩耗，出差在大阪的森鸥外火速坐夜车赶到东京，目睹解剖胞弟遗体，身为军医的森鸥外当场昏倒。同年2月5日18点，森鸥外的次子不律（1907—1908）溘然夭折。屋漏偏遭连夜雨，在这种连续极其凄惨的精神刺激基础之上，森鸥外的长女茉莉（1903—1987）又因患严重百日咳，痛苦至极，被诊断为24小时内必亡。有鉴于此，森鸥外与主治医生商定，为减少茉莉的痛苦，对她实施安乐死。"当时的森鸥外，站在肯定安乐死的立场上。"②但在森鸥外岳父的执着阻止下，中止了这一措施，茉莉竟然奇迹般活了下来。

森鸥外的译作中也涉及了安乐死。明治41年（1908）1月号杂志《心之花》上，登载了森鸥外翻译逖姆·克劳格（Timm Kröger, 1844—1918）的作品《苏格拉底之死》，主题是审视安乐死。一位著名画家双目失明，永远不能作画了。他作的最后一张画《苏格拉底之死》，一直挂在画架上。画家觉得自己再活下去，绝无快乐，仅有痛苦，生不如死。于是他恳求主治医生对自己执行药物安乐死。主治医生实在无奈，历经伦理斟酌，最终满足了画家的要求。凡此种种，构成森鸥外创作《高濑舟》的动机。

《高濑舟》中的解差庄兵卫对安乐死问题心怀疑问，却一直难下判断，不知究竟是对是错，最后只好服从官衙裁断：

> 庄兵卫心里想来想去，最后归结一念，惟上面的裁断是听，只能服从权威意志。庄兵卫就以官老爷的裁断为自己的裁断。想是这么想，却总觉得还有点地方没闹明白，急着想向官老爷问个清楚。

---

① 原文如下："從來の道徳は苦ませて置けと命じてゐる。しかし醫學社會には、これを非とする論がある。即ち死に瀕して苦むものがあつたら、樂に死なせて、其苦を救うて遣るが好いと云ふのである。これをユウタナジイといふ。"笔者译。

② 長谷川泉：『近代名作鑑賞』、東京：至文堂、1985年、第113頁。

在庄兵卫看来，官老爷是权威的象征，他迄今从未对官老爷的权威产生过怀疑。然而，关于对官老爷宣判的喜助一案，虽然只能服从权威的裁断，疑问犹存。这个疑问是森鸥外的疑问。森鸥外强调的是，作为权力机关的幕府，将喜助定为犯罪，其根据究竟是什么？庄兵卫盲从权威，对此，森鸥外也心存反感。"在《高濑舟》中，我们可以发现，有的地方讲的是，官吏只是批阅桌子上的文件，是不会了解世间的事的。这也是森鸥外对官僚的强烈批判。"① 庄兵卫可谓森鸥外的分身，森鸥外令庄兵卫思考执行安乐死是否构成犯罪，这个问题至今在伦理、法律和医学领域，依然具有现实意义。

创作历史小说，森鸥外发现以这种形式倾吐心中块垒，借古讽今，功能极好。森鸥外的"块垒"主要是他在长年工薪族生活中自己所受的屈辱与挫折导致的精神郁闷。森鸥外任军医，不时也须违心屈从权威，做出妥协。及至森鸥外写《高濑舟》时，已是晚年，他回想自己的人生，对苦涩的体验多有反省。再加上明治时代末年，国家滥用权力，发生了"大逆事件"；国家滥用权力，使森鸥外某些作品中真情而敏感的地方遭到删削。《高濑舟》流露出反权威意识，关于这一点，森鸥外在《寒山拾得》中进一步激烈嘲讽当权派，"《寒山拾得》重点表达的是批判官僚闾丘胤"②。台州主簿闾丘胤上任后，来到了天台县国清寺，向寒山与拾得施礼，报上官位和姓名："在下朝仪大夫、使持节、台州主簿、上柱国、赐绯鱼袋、闾丘胤是也。"两位高僧嘲笑如此俗不可耐的高官闾丘胤，立即离他散去，甘心做一个远离俗世之人。不消说，被流放的喜助，相当于《寒山拾得》中的隐遁高僧寒山与拾得。森鸥外迄今供职的陆军单位，是闾丘胤代表的那种官僚世界。即将退休的森鸥外，如今对这个世界示以嘲笑。他写《高濑舟》与《寒山拾得》时，终于走到了像喜助、寒山与拾得那般"知足"的精神境界。

"《高濑舟》描写了像神一样的愚者；《寒山拾得》描写了像愚者一样的神。"③ 大正5年（1916）4月13日，森鸥外辞去了陆军医务局局长

---

① 吉野俊彦：『権威への反抗——森鷗外』、京都：PHP研究所、1979年、第318页。
② 同上，第319页。
③ 高橋義孝：『森鷗外』、東京：第三文明社、1977年、第135页。

职务，结束了约 35 年的陆军生活。他脱下军服，摆脱束缚，开始走向高僧寒山与拾得那样自由人的世界。冈崎义惠在《鸥外与谛念》一文中认为，《寒山拾得》是森鸥外向几乎束缚了他整个生涯的官僚军阀世界发表的"告别之辞"，《高濑舟》是森鸥外将理性、感情与人道意识有机地合为一体的佳作。关于《高濑舟》中的安乐死问题，日本学者这样评价：

> 对于没有充分的法律知识的小当差而言，他绝对不会有明确的解答。这个满怀迷惑的庄兵卫当是《高濑舟》的主角。他代表了整体日本人或东西方人的苦恼。关于解决方法，鸥外一言不发，他暗示的达观之见："对这个问题只有迷惑下去，有迷惑要比无迷惑强。"①

森鸥外在《高濑舟》中的反权威意识，来自他对民主的憧憬。至于对安乐死抱有的困惑，如今仍是难以解决的热门话题，一方面是有的人被病魔折磨得死去活来，灵肉熬煎在地狱里，度秒如年，他求死不能，绝望而无奈地忍受痛苦的百般蹂躏；另一方面，道德与法律对安乐死的担忧，至今依然存在。

---

① 小西甚一：『日本文芸史 5』、東京：講談社、1992 年、第 614 頁。

第四篇

志贺直哉《在城崎》（1917）

　　原作《在城崎》（『城の崎にて』）首次发表于《白桦》（『白桦』）1917年5月号。收于短篇集《夜光》（『夜の光』），东京：新潮社，1918年。

作者简介

　　志贺直哉（1883—1971），日本小说家。1883年2月20日生于宫城县牡鹿郡石卷町一银行职员家庭。3岁随父母移居东京，在祖父母的溺爱中长大。因为出生武士世家，7岁进华族学校"学习院"接受精英教育。读初等科时，开始阅读日本近代和前近代，以及西方的小说。13岁失去母亲，与父亲感情疏离。读中等科时，一度拜入宗教家内村鉴三门下，重视精神生活，崇尚正义。为调查"足尾铜山矿毒事件"，与家人发生冲突。曾两度留级，受同窗武者小路实笃影响，立志成为小说家，遭到父亲坚决反对。读高等科时，写有《菜花与小姑娘》（写于1904年5月，发表于1920年1月）和《老杉》（1906年6月）等习作。1906年考入东京帝国大学英文科，1908年转入国文科，1910年退学。大学期间，决意与家中女佣结婚，导致父子失和。1910年4月，与武者小路实笃、有岛武郎等创刊《白桦》杂志，结成"白桦派"，作为小说家正式登上文坛。志贺直哉退学从文，让父亲颜面扫地，父子冲突加剧。1912年10月，因父亲不愿意资助其出版作品集而离家出走。1913年8月，遭遇车祸重伤住院。1914年2月，与武者小路实笃的表妹自主结婚。1916年8月，长女出生56天后夭折。经历种种磨难后，志贺直哉开始反思人生，反思自我。1917年8月，35岁时，经祖母和继母调解，父子和解，结束长达16年的对峙。开始平和恬静的中年生活，直到老年。

志贺直哉是一位自我意识异常强烈、情感好恶异常分明的作家。他的小说创作以中短篇居多见长，长篇仅有《暗夜行路》一部。擅长通过回顾叙事，用自己的语言和情感，把原生态的亲身经历还原得准确、清晰和鲜活。人称"小说之神"。他的前期创作可以分为三类：一、喻写父子失和。因不愿意外扬家丑，仅发表《清兵卫与葫芦》（1913年1月）。二、渴望亲情，寄托对祖母和母亲的爱。主要作品有《某晨》（写于1908年1月，发表于1918年3月）、《去网走》（写于1908年8月，发表于1910年4月）、《为了祖母》（1912年1月）、《母亲的死与新母亲》（1912年2月）等。三、表现自我至上。有《剃刀》（1910年6月）、《正义派》（1912年9月）、《范某的犯罪》（1913年10月）等留世。这三类作品都以"父子失和"为素材或背景，写自己的"不愉快"的"心情"，宣泄淤积的情绪和性苦闷。既有性格上的认死理和轻狂狷介，也有代际鸿沟和青春期逆反的情感失真。其中第三类作品中，连作者都承认有不少"病态"的表现。因苦恼于"父子失和"，也为构思长篇创作，1914年10月写完《寓居》后，即进入为期近三年的文坛沉默期。

1917年4月，志贺直哉重回文坛，同时创作发表《佐佐木的故事》（1917年6月）和《在城崎》（1917年5月）。①前者是"献给已故的夏目先生"的有"故事"的小说，在表达哀悼的同时也想把自己从未能完成夏目漱石亲自约稿的歉疚中解脱出来。后者是抒写心境的随笔风格的小说，用三个小生灵的死，表现因电车事故受伤后到城崎温泉康复疗养的作者对生死观

---

① 两部作品同时交给不同的出版社，但发表时间有先后。因类型不同，作者喜欢把《佐佐木的故事》放在前面。

的彻悟，还原作者从害怕到亲近，从焦躁到谐适的心境变化，被文坛誉为"心境小说"的典范。这得益于他写小说时的"心情"的转变。这种"心情"的转变为志贺直哉父子和解扫清了障碍。

1917年8月30日志贺直哉父子和解。同年10月志贺直哉发表《和解》（写于1917年9月），用回顾叙事，还原父子和解前时间跨度为一年的原生态"事件"，表现父子是如何在情感和心理上相互包容理解、主动和解的过程。是一部净化苦恼、调和心态的中篇小说，与《大津顺吉》（写于1912年8月，发表于1917年6月）、《一个男人·姐姐的死》（写于1914年3月，连载于1920年1月6日—3月8日）并称"和解三部曲"，给重新开始的中期创作带来了动力和新气象。以后以1923年3月迁居京都为界，此前发表的作品有《十一月三日午后的事情》（1919年1月）、《学徒的神仙》（1920年1月）、《焚火》（1920年4月）等。此后发表的作品有取材于自己"婚外恋"体验的《山科的记忆》系列作品（写于1925年12月，发表于1926年1月）、《邦子》（1927年10月、11月）等。

1921年1月，志贺直哉开始连载半自传体的《暗夜行路》，这是他一生中唯一一部长篇小说，1937年4月连载完结，历时17年。由写"不愉快"转向写"和谐"，完成了其人生和创作的最大课题，即由"自我至上"向"自他调和"转变的自我改造。成为日本近代文学史上的一座高峰。

日本全面侵华战争期间，作家失去创作自由。志贺直哉恪守自己的人格和文格，拒绝为军国主义唱赞歌，宣布"文士废业"，毅然封笔。除完成连载《暗夜行路》外，未再发表其他作品。以旅游排遣失去创作自由的苦闷和压抑。

战后，志贺直哉以带有人道主义和反战色彩的《灰色的月亮》（写于1945年11月，发表于1946年1月）开始后期创作。《灰色的月亮》用写实的手法再现战后东京的混乱和一个因粮食奇缺濒临饿死的流浪少年的惨状，寄托作者的悲悯情怀。以后发表的作品，主要有《被腐蚀的友情》（连载于1947年1—4月）、《生母的信》（写于1948年11月，发表于1949年1月）等。

志贺直哉一生，除小说外，还写有大量小品和随笔。1949年11月，荣获日本政府颁发的"文化勋章"。1971年10月21日，因肺炎和衰老去世，享年88岁。

"事实""感悟""叙事"的完美结合

引　子

日本文学史家奥野健男在他写的《日本文学史》①中，把志贺直哉的小说分为两类，一类是以《和解》《大津顺吉》《暗夜行路》为代表的"用确信的感觉判断描写自己体验的作品"②，另一类是以《在城崎》《焚火》为代表的"在对自然的观察中抒写心境的作品"③。后者提到的《在城崎》是一部随笔风格的小说，用三个小生灵的死，表现因电车事故受伤后到城崎温泉康复疗养的"我"对生死观的彻悟，还原"我"从害怕到亲近，从焦躁到谐适的心境变化，被文坛誉为"心境小说"的典范。就《在城崎》的创作，志贺直哉在《创作余谈》中曾经这样回忆道：

> 《在城崎》也是忠于事实的小说。老鼠之死、蜜蜂之死、蝾螈之死，都是那几天亲眼所见的事情。而且把自己的感悟都原原本本地写了出来。所谓的"心境小说"也不是从余裕中产生的心境。④

志贺直哉的这段回忆为我们解读《在城崎》提供了三个关键词，即"事实""感悟""叙事"。其中还涉及如何理解"心境小说"的问题。这次重读《在城崎》，就从这三个关键词入手。

---

① 奥野健男：『日本文学史』、東京：中央公論社、1970年、第79頁。
② 原文如下："自分の体験を感覚的判断へのゆるぎない自信によって描いたもの"。奥野健男：『日本文学史』、東京：中央公論社、1970年。笔者译。
③ 原文如下："自然の観察の中に心境を描いた作品"。奥野健男：『日本文学史』、東京：中央公論社、1970年。笔者译。
④ 原文如下："「城の崎にて」これも事実ありのままの小説である。鼠の死、蜂の死、いもりの死、皆その時数日間に実際目撃した事だった。そしてそれから受けた感じは率直に且つ正直に書けたつもりである。所謂心境小説というものでも余裕から生まれた心境ではなかった。"笔者译。

一、事实

《在城崎》是1917年4月完稿，同年5月发表的。但写的是"我"1913年10月18日至11月7日，因电车事故受伤后去兵库县城崎温泉康复疗养的三周纪实，属于回顾叙事。《在城崎》的文本除了开头和结尾，主要写了三个"事实"，一是"蜜蜂之死"，二是"老鼠之死"，三是"蝾螈之死"。三个小生灵的死与"我"关联度最大的是"蝾螈之死"，因为它是"我"无意中用石头砸死的。"蜜蜂之死"和"老鼠之死"，与"我"毫无关联，仅仅是目睹了而已。据作者的日记和《创作余谈》记载，三个小生灵的死，都是"我"亲眼看到的，但有顺序的不同。《创作余谈》的记载顺序是，老鼠在前，蜜蜂在中，蝾螈最后。而《在城崎》的叙事顺序是，被"我"无意中打死的蝾螈位次不变，但蜜蜂变成了第一，老鼠变成了第二。这说明志贺直哉想用这样的顺序来架构《在城崎》。所以，三个小生灵的死，各自有各自不同的"事实"和叙事时空，也有各自想要解决的问题。

"蜜蜂之死"写一只发现时已经死去的蜜蜂，是"我"早晨在缘廊发现的。此前它还应该是一群鲜活的生命体中的一员。怎么死的，无人知晓。只是它的死，没有引起原来同伴的任何反应，让人觉得可怜。它连续三天躺在原地不动，"我"也连续观察了三天。产生一种安静的寂寞感。因为只是写失去生命后的实象，所以"蜜蜂之死"本身基本由两段感觉构成。第一段是死蜜蜂在"我"视线内的感觉，第二段是死蜜蜂从"我"视线内消失后的感觉。它们具体是这样写的：

> 一天早上，我发现一只蜜蜂死在门厅的屋顶上。腿蜷缩在腹部下，触角无力地耷拉在头上。其他蜜蜂从它身边进出蜂巢，视同陌路毫不介意。忙碌的蜜蜂让人觉得它们真是鲜活的生命。而它们身边的那只，不论早晨、白天、傍晚，每次看到都是腹部朝上一动不动地躺在同一个地方，又让人觉得它真的死了。这种状态大约持续了三天。每次看到，都给人安静的感觉，又觉得寂寞。傍晚其他蜜蜂回巢后，冰冷的瓦上就剩下那只孤零零的死蜜蜂，看后感到寂寞。然而它又是

那么的安静。①

  夜里下了一场大雨。早晨放晴。树叶、地面和屋顶被冲洗得干干净净。死蜜蜂已不在原地。巢里的蜜蜂们开始了辛勤的工作，而那只死蜜蜂估计已经顺着檐沟被冲到地面上去了。蜷缩着腿，触角紧贴在脸上，全身是泥，待在某个地方一动不动。在外界让它移动前估计会一直待在那里，或许被蚂蚁拖走。即便那样，那还是安静的。曾经那么忙碌的蜜蜂一旦完全不再动弹，是安静的。对这种安静，我产生了亲近感。②

  "老鼠之死"，是"我"某日上午看到的。本来"我"打算去东山公园看圆山川流入日本海的自然景观，没想到却看到令人无法直视的一幕。一只老鼠从头上到喉咙处贯穿一根鱼签，被扔在河里。它拼命地想往岸上爬。但有两种力在阻止它上岸。一是小孩和车夫不断地朝它扔石头，幸运的是，每次都没扔中。二是老鼠曾经游到岸边试图攀石墙而上，但因为有鱼签卡住，又重新掉进河里。求生欲望极强的老鼠只能躲避人类的加害，朝河中央游去。

---

  ① 原文如下："或朝の事、自分が一疋の蜂が玄関の屋根で死んで居るのを見つけた。足を腹の下にぴつたりとつけ、触角はだらしなく顔へたれ下がつてゐた。他の蜂は一向に冷淡だつた。巣の出入りに忙しくその傍を這ひまわるが全く拘泥する様子はなかつた。忙しく立働いてゐる蜂は如何にも生きてゐる物といふ感じを与へた。その傍に一疋、朝も昼も夕も、見る度に一つ所に全く動かずに腑向きに転つゐるのを見ると、それが又如何にも死んだものといふ感じを与へるのだ。それは三日程其の儘になつてゐた。それは見てゐて、如何にも静かな感じを与へた。淋しかつた。他の蜂が皆巣へ入つて仕舞つた日暮、冷たい瓦の上に一つ残つた死骸を見る事は淋しかつた。然し、それは如何にも静かだつた。"本文引用的小说译文，由笔者根据『志賀直哉全集 第3巻』（東京：岩波書店、1999年）译出。以下同。

  ② 原文如下："夜の間にひどい雨が降つた。朝は晴れ、木の葉も地面も屋根も綺麗に洗はれてゐた。蜂の死骸はもう其処になかつた。今も巣の蜂共は元気に働いてゐるが、死んだ蜂は雨樋を伝つて地面へ流し出された事であらう。足は縮めた儘、触角は顔へこびりついたまま、多分泥にまみれて何処にで凝つとしてゐる事だらう。外界にそれを動かす次の変化が起るまでは死骸は凝然と其処にしてゐるだらう。それとも蟻に曳かれて行くか。それにしろ、それは如何にも静かであつた。忙しくく働いてばかりゐた蜂は全く動く事がなくなつたのだから静かである。自分はその静かさに親しみを感じた。"笔者译。

它的结局可想而知,但"我"不忍心看到它的惨死,怅然而去。所以,"老鼠之死"也没有写它的生死转换,只写了它拼命求生的努力:

> 来到某个地方,只见桥上和岸边的人都在朝河里看,非常热闹。原来是一只大老鼠被扔进了河里。老鼠想要逃走,拼命地游着。它的头上贯穿着一根七寸长左右的鱼签,头上和喉咙下各有三寸左右。老鼠想爬上石墙。两三个小孩,还有一个四十来岁的车夫朝它扔石头,都没有打中。石头在石墙上发出"咔""咔"的声响反弹回来。看热闹的人起哄大笑。老鼠好不容易把前腿搭在石墙的缝隙处,想要爬上去,但有鱼签卡住,又掉进河里。老鼠在试图逃生。人们虽然看不懂它的面部表情,但是从它的肢体动作完全可以明白它在拼尽全力。老鼠以为只要逃进某个地方就能获救,于是带着长长的签子,又朝河中央游去。孩子和车夫越发来劲地扔着石头。……我不忍心看到它的惨死。①

"蝾螈之死",是"我"某日傍晚沿小河散步时的所为。那只蝾螈刚从河里爬到岸边的石头上休息。"我"原来只想用小石头把它赶到河里去,没想到却把它砸死了。与"蜜蜂之死"和"老鼠之死"不同,"蝾螈之死"让"我"亲眼看到一个鲜活的生命是如何因自己一个无意的动作而瞬间逝去的,未免有些残忍。当然,作者这样写"蝾螈之死"本身,是用来为主题服务的,有结构上的安排,也有叙事上的意图。在《在城崎》中,志贺

---

① 原文如下:"或所迄来ると橘だの岸だのに人がたつて川の中の見物を見ながら騒いでゐた。それは大きな鼠を川へ投げ込んだのを見てゐるのだ。鼠が一生懸命に泳いで逃げようととする。鼠には首の所に七寸ばかりの魚串が刺し貫してあつた。頭の上に三寸程、咽喉の下に三寸程それが出てゐる。鼠は石垣へ這上らうとする。子供が二三人、四十位の車夫が一人、それへ石を投げる。却々当らない。カチツクと石垣に当つて跳ね返つた。見物人は大声で笑つた。鼠は石垣の間に漸く前足をかけた。然し這い上らうとすると魚串が直ぐにつかへた。そして又水へ落ちる。鼠はどうかして助からうとしてゐる。顔の表情は人間にわからなかつたが動作の表情に、それが一所懸命であることがよくわかつた。鼠は何処かへ逃げ込む事が出来れば助かると思つてゐるやうに、長い串を刺された儘、又川の真中の方へ泳ぎ出た。子供や車夫は益々面白がつて石を投げた。……自分は鼠の最期を見る気がしなかつた。"笔者译。

直哉用了较多的笔墨写了蝾螈生死转换的瞬间：

> 对岸的斜坡上有一块半张榻榻米大小的石头伸向水面，上面有个黑色的小东西，是蝾螈。还湿淋淋的，颜色很漂亮。从斜坡上伸着头看着水面，一动不动。它身上淌下的水滴，在干燥的石头上留下一寸长左右黑乎乎的水迹。我蹲下身无心地看着它。……我想吓唬吓唬它，让它跳进水里，想象它笨拙地扭动身体游动的样子。我蹲着没动，捡起身边的一块小皮球大小的石头朝它扔去。我没有瞄准它，即使瞄准了也很难砸中。我是不擅长瞄准扔东西的，所以根本没想到会砸中它。石头"咚"的一声掉进水里。随着声响，只看蝾螈向一边跳了四寸左右。它的尾巴向后反转，高高翘起。我不知道发生了什么，从一开始就没想到石头会砸中它。蝾螈翘起的尾巴自然平静地落下，然后撑开四肢趴在斜坡上。当前面两只腿的趾爪往里一蜷缩，蝾螈便无力地朝前倒了下去。尾巴完全贴在石头上，不再动弹。蝾螈死了。①

《在城崎》写三个小生灵的死，用的是写实的方法，有点类似即时采写或实况转播，但是时隔三年半后的回顾叙事。这说明作者对原生态的实际生活具有超强的观察、思考、取舍、记忆、复原的能力。日本文艺评论家本多秋五对此曾经作过形象的论述。他认为三个小生灵的死，作为"事件"

---

① 原文如下："向う側の斜めに水から出てゐる半畳敷程の石に黒い小さいものがゐた。蝾螈だ。まだ濡れててゐて、それはいい色をしてゐた。頭を下に傾斜から流れへ臨んで、凝然としてゐた。体から滴れた水が黒く乾いた石へ一寸ほど流れてゐる。自分はそれを何気なく、踞んで見てゐた。……自分は蝾螈を驚かして水へ入れようと思つた。不器用にからだを振りながら歩く形が想はれた。自分は踞んだまま、傍の小鞠程の石を取上げ、それを投げてやつた。自分は別に蝾螈を狙はなかつた。狙つても迚も当らない程、狙つて投げる事の下手な自分はそれが当る事などは全く考へなかつた。石はコツといつてから流れに落ちた。石の音と同時に蝾螈は四寸程横へ跳んだやうに見えた。蝾螈は尻尾を反らし、高く上げた。自分はどうしたのかしら、と思つて見てゐた。最初石が当つたとは思はなかつた。蝾螈の反らした尾が自然に静かに下りて来た。すると肘を張つたやうにして傾斜に堪へて、前へついてゐた両の前足の指が内へまくれこむと、蝾螈は力なく前へのめつて了つた。尾は全く石についた。もう動かない。蝾螈は死んで了つた。"笔者译。

印象鲜明。但并非只是叙事上的依次排列。它们是三个同心圆的重叠，中心是"死"，是围绕"死"而展开的思索。以后他又把"三个同心圆的重叠"改为"类似奥运五环式的三环互相套接"。① 比起"三个同心圆的重叠"，我认为本多秋五后来说的"三环互相套接"，意思更加准确，也更加形象。尽管是宏观上的论述，但对微观解读《在城崎》，也能提供一种视角和方法。

二、感悟

志贺直哉在《在城崎》中写三个小生灵的死，方法是先"叙"后"悟"。也就是写完每个小生灵不同的"死"后，都会由"我"发出不同的"感悟"。这些"感悟"用来引申和解决不同的问题。其中，对"蝾螈之死"的"感悟"还起到统摄并结束小说的作用。

从《在城崎》的结构看，小说的开头部分有一个背景交代。先写"我"1913年8月15日被山手线电车撞伤后，遵照医嘱，去城崎温泉康复疗养的事实。然后写"我"的状况和周边的环境，突出强调了"安静"。这个"安静"是统摄周边的环境和"我"的思考的。在这样的"安静"中，"我"常常想起受伤的事。但不是受伤本身，而是与"死"有关的联想：

> 若稍有一点差池，我现在就仰面躺在青山墓地的地底下了。铁青、冰冷、僵硬的脸上带着伤，背上也带着伤。边上是祖父和母亲的尸骸。彼此间已经没有了交流。②

这种联想，尽管凄凉，但并不那么可怕。因为"我"知道死是迟早的事。但现在已经无法预料它会何时降临到自己身上。"我"庆幸地认为：

> 我本来是必死无疑的，是某种力量没有杀我，因为我还有必须要做的工作。③

---

① 参见本多秋五：『志贺直哉』上卷、東京：岩波書店、1990年、第233頁。
② 原文如下："一つ間違へば、今頃青山の土の下に仰向けになつて寝てゐる所だつたなど思ふ。青い冷たい堅い顔をして、顔の傷も背中の傷も其儘に。祖父や母の死骸が傍にある。それももうお互に何の交渉もなく。"笔者译。
③ 原文如下："自分は死ぬ筈だつたのを助かった、何かが自分を殺さなかった、自分には仕なければならぬ仕事があるのだ。"笔者译。

所以"我"对"死"产生了某种"亲近感"。这样的开头为写三个小生灵的死和"我"的"感悟",做了铺垫也定了基调。

在写"蜜蜂之死"之前,"我"在旅馆房间的缘廊看到过进出巢穴的蜜蜂。它们从早到晚忙碌不停,是"我"闲来无事时的观察对象。所以对已成为静物的死蜜蜂有特殊的印象。是动与静的比较,凸显了"我"的"安静"感和"寂寞"感。但是当死蜜蜂离开"我"的视线后,再联想它时,"我"只剩下了"安静"感,而且对那种"安静"感到亲近。这是为什么?反复阅读后,我认为紧随其后的"感悟"本身就是一种答案。"感悟"写得很短,但信息量很大。

> 我在那之前写过一篇名为《范某的犯罪》的短篇小说。写一个姓范的中国人因为嫉妒妻子婚前曾经与自己的男性朋友有染,在性压抑的助长下,终于杀了妻子。那个短篇主要写范的心情。但是我现在想以范妻的心情为主,写她被杀后在坟墓中的安静。
>
> 我曾经想写《被杀的范妻》,虽然最后没能写成。但我有过那样的念头。因为与那之前就已经开始动笔的长篇中的主人公的想法,在心情上根本不同,很难处理。①

这里,志贺直哉巧妙地、不动声色地把"安静"从死蜜蜂转移到自己写小说的"心情"上,中介是"被杀的范妻"。在志贺直哉的小说创作中,1913 年 9 月完稿、同年 10 月发表的《范某的犯罪》是在"我"遭遇电车事故前开始写的。因为是写"不愉快"的极致,被人称为"放大的自我"(本多秋五语)。而志贺直哉现在想写的《被杀的范妻》,与《范某的犯罪》

---

① 原文如下:"自分は「范の犯罪」といふ短編小説をその少し前に書いた。范といふ支那人が過去の出来事だつた結婚前の妻と自分の友達だつた男との関係に対する嫉妬から、そして自身の生理的圧迫もそれを助長し、その妻を殺す事を書いた。それは范の気持を主にして書いたが、然し今は范の妻の気持を主にし、仕舞に殺されて墓の下にゐる、その静かさを自分は書きたいと思つた。

「殺されたる范の妻」を書こうと思つた。それはたうとう書かなかつたが、自分にはそんな要求が起つてゐた。其前からかかつてゐる長編の主人公の考とは、それは大変異つて了つた気持だつたので弱つた。"笔者译。

在写作"心情"上正好相反。尽管没有写成，但说明志贺直哉已经有了那种意识，想对自己写小说的"心情"做出某种调整。也说明他希望尽快从由"不愉快"的"心情"主宰自己一切的怪圈中摆脱出来。"感悟"中提到的"长篇"，应该是指1912年12月开始动笔的长篇自传《时任谦作》。它是《暗夜行路》的前身，写父子对立的"不愉快"。据志贺直哉的日记记载，在城崎温泉疗养期间，志贺直哉每天都坚持写作十页左右。这些"很难处理的心情"和"开始动笔的长篇"，都是小说开头中提到的"必须要做的工作"。就"开始动笔的长篇"，日本文艺评论家本多秋五曾经指出：

> 沉默三年（指发表《在城崎》前的三年文坛沉默期，引者注），一个在文坛音信全无的作家，突然提到那个长篇的话题，对于一般读者来说，是不可能明白的。但这就是志贺直哉，他不管你看得懂看不懂，只要认为对自己是特别重要的事情，就非说不可。①

现在看来，"蜜蜂之死"只是一个"道具"，它让"我"有感而发的那段"感悟"，实际上是向文坛表明："我"的小说创作将发生转变。三年的文坛沉默期，其实"我"并未沉默，仍在写作。这是志贺直哉作为一个有个性的作家最想向外界表达的，但表现得非常隐晦。

如果说"蜜蜂之死"的关键词是"安静"，那么"老鼠之死"的关键词就是"骚动"。老鼠拼命逃生的样子给"我"留下特别的印象。

> 我感到凄凉和难以接受。这是我的真实想法。在自己期待的安静前面，还有那样的痛苦，太可怕了。尽管对死后的安静抱有亲近感，但死前的那种骚动令人恐惧。②

---

① 原文如下："三年間沈黙して、文壇で消息を絶っていた作家が、突然にそんな「長編」の話など持ち出しても、一般の読者に通じるはずがない。読者に通じようが通じまいが、自分にとって重い関心事を書きこまずに通れないのが志賀直哉である。"本多秋五：『志賀直哉（上）』、東京：岩波新書、1990年、第236頁。笔者译。

② 原文如下："自分は淋しい嫌な気持になつた。あれは本統なのだと思つた。自分が希つてゐる静かさの前に、ああいふ苦しみのある事は恐ろしい事だ。死後の静寂に親しみを持つにしろ、死に到達するまでのああいふ動騒は恐ろしいと思つた。"笔者译。

老鼠死前的那种骚动是"我"在"蜜蜂之死"的实象观察中根本没有看到也没有想到的。(当然,这是小说结构和叙事意图上的安排。)它让"我"联想到自己遭遇电车事故受伤时的情景。

> 我不禁想到,自己受伤时,和老鼠几乎一模一样。我曾经竭尽所能,自己选定医院,并指定去医院的方法。想到如果医生不在,去了不能马上进行手术会误事,还请人先打了电话。在半昏迷的状态下,脑子里想的都是最重要的事情。事后连自己都觉得不可思议。①

这段联想带有某种"自我表扬"的意味,是志贺直哉的性格使然。但也说明他早就形成遇难自救的意识和行为定式。所以在听说自己的伤不会殃及生命,情绪变得乐观后,很自然地在"感悟"中修正了此前对"死前骚动"的认识和看法。

> 如果说是致命伤,我会怎么样? 很难想象当时我会怎么样。会很沮丧吧。但是死亡的恐惧也不会像平时想的那样向自己袭来。即使告诉我那是真的,但我还是会认为自己会得救的,自己也会全力配合。肯定和老鼠的做法是一样的。如果是现在碰到那种情况,我的想法仍然如此,没有太大的变化,就是"顺其自然"。那种靠"心情"期待的事情,肯定不会立刻产生实际影响。而且两者都是真实的。产生影响,自然是好事,不产生影响,也无妨。那是不能强求的。②

---

① 原文如下:"自分は自分の怪我の場合、それに近い自分になつた事を思はないではゐられなかつた。自分はできるだけの事をしようとした。自分は自身で病院を決めた。それへ行く方法を指定した。若し医者が留守で、行つて直ぐに手術の用意がで出来ないと困ると思つて電話を先にかけて貰ふ事などを頼んだ。半分意識を失つた状態で、一番大切な事だけによく頭の働いた事は自分でも後から不思議に思つた位である。"笔者译。

② 原文如下:"フェータルなものだと若し聞いたら自分はどうだつたらう。その自分は一寸想像出来ない。自分は弱つたらう。然し普段考へてゐた程死の恐怖に自分は襲はれなかつたらうといふ気がする。そしてさういはれても尚、自分は助からうと思ひ、何かしら努力をしたらうといふ気がする。それは鼠の場合と、さう変らないものだつたに相違ない。で、又それが今来たらどうかと思つて見て、猶且、余り変らない自分であらうと思ふと「あるがまま」で、気分で希ふ所が、さう実際に直ぐは影響はしないものに相違ない、しかも両方が本統で、影響した場合は、それでよく、しない場合でも、それでいいのだと思つた。それは仕方のない事だ。"笔者译。

这段"感悟"的后半部分，思维和表达有点跳跃。但结合前面的"特别印象"一起去读，还是不难读懂的。其中提到的"两者"分别是指"死后的安静"和"死前的骚动"。志贺直哉经历过车祸，对生死定有感悟。他亲近"死后的安静"害怕"死前的骚动"，是情理之中的事。但他却说，那都是"靠'心情'期待的事情"，做得到做不到，只能"顺其自然"，"不能强求"。志贺直哉为什么要这么说，原因何在？

我认为答案就在这段"感悟"中提到的"心情"①一词上。尽管它与"蜜蜂之死"的"感悟"中提到的"心情"②不是同一名词，但都是用来表示情感上的好恶，是志贺直哉写小说、看待问题的根本出发点。彼时的志贺直哉，"心情"尚处于"不愉快"的转变中，究竟用什么样的"心情"来写自己遭遇的电车事故，并表现自己的"生死观"，是需要慎重考虑，而且是必须写好的。从小说现有的结构和叙事逻辑上讲，作为过渡，先用"老鼠之死"和"感悟"直面电车事故本身，然后再用合适的"心情"表现自己的"生死观"，应该是一种合理的解释。

在"蝾螈之死"的"事实"中，志贺直哉用蝾螈瞬间的生死转换，第一次写了小生灵的死。但在写它的生死转换前有一段耐人寻味的描写：

> 路边有一棵大桑树，从对面伸向马路的树枝上，有一片叶子以同样的节奏在娑娑地抖动。周围没有风，除了流淌的河水外，一片寂静，只有那片叶子在不停地娑娑抖动。我觉得奇怪，多少有点害怕，但又感到好奇。于是走上去抬头看了很久。这时有风吹来，那片抖动的叶子却不动了。原因很清楚。我觉得自己对这种情况应该是更加了解的。③

---

① 日语为：気分。
② 日语为：気持。
③ 原文如下："大きな桑の木が道端にある。彼方の、路へ差し出した桑の枝で、或一つの葉だけがヒラヒラヒラヒラ、同じリズムで動いてゐる。風もなく流れの他は総て静寂の中にその葉だけがいつまでもヒラヒラヒラヒラと忙しく動くのが見えた。自分は不思議に思つた。多少怖い気もした。然し好奇心もあつた。自分は下へいつてそれを暫く見上げてゐた。すると風が吹いて来た。さうしたらその動く葉は動かなくなつた。原因は知れた。何かでかういふ場合を自分はもつと知つてゐたと思つた。"笔者译。

这段描写被学界称为是继"三个小生灵之死"之后的第四个"事实"（渡部直己语）。可见它对解读《在城崎》具有举足轻重的作用。小说发表后，许多读者曾就"树叶无风抖动，有风不动"的现象提出疑惑。志贺直哉生前在《再续创作余谈》（1955）中也做过解释，但未能解消读者的疑惑。时至今日，"树叶问题"本身究竟是自然现象，还是心灵感应，估计已成为世纪难题。但对于作者为什么要写这样一段看似与"蝾螈之死"毫无关联的"事实"，它在小说叙事中起到了什么作用？这是必须回答的。日本有研究认为"树叶问题"是为下一个"事实"服务的，是蝾螈偶然而死的前奏。① 按照这样的提示，整体细读"蝾螈之死"的"事实"后，你会佩服作者在叙事逻辑和自洽上的严谨和严密。可以说"树叶问题"是一种事先铺垫，是为"我"打死蝾螈后无须过度自责和忏悔的"偶然论"服务的。其背后有"冥冥之中，自有天意"的认识，与小说开头部分写的"是某种力量没有杀我"是一致的。

　　继"树叶问题"之后，"我"还就为什么会用石头砸蝾螈做过解释，想说明自己并非讨厌蝾螈才那么做的。

> 我不像先前那样讨厌蝾螈了。对蜥蜴我是喜欢的。虫子中最讨厌的是壁虎。对蝾螈谈不上喜欢和讨厌。大约十年前在芦湖，我经常看到旅馆的排水口聚集着蝾螈，当时觉得自己要是蝾螈的话，肯定会受不了的。也想过要是来生变成蝾螈会怎么样？那时只要看到蝾螈就会冒出这样的念头，所以很讨厌看到蝾螈。不过，现在已经不那么想了。②

---

① 参见宫越勉：『志贺直哉：暗夜行路の交響世界』、東京：翰林書院、2007年、第128頁。

② 原文如下："自分は先程蠑螈は嫌ひでなくなつた。蜥蜴は多少好きだ。屋守は虫の中でも最も嫌ひだ。蠑螈は好きでも嫌ひでもない。十年程前によく芦の湖で蠑螈が宿屋の流し水の出る所に集つてゐるのを見て、自分が蠑螈だつたら堪らないといふ気をよく起した。蠑螈に若し生まれ変つたら自分はどうするだらう。そんな事を考へた。其頃蠑螈を見るとそれが思ひ浮かぶので、蠑螈を見る事を嫌つた。然しもうそんな事を考へなくなつてゐた。"笔者译。

这个解释，初看貌似赘言，但是读到后面的描写，你会体会到作者的真正意图。正是因为"我"曾经想过"要是来生变成蝾螈会怎么样？"，才让"我"托生死去的蝾螈，产生一种同类相惜相怜的感觉。"我"的"感悟"正是在"同类感"和"偶然论"的叠加中悟到的。

> 好像只剩下我和蝾螈，我变成了蝾螈，感觉到它的心情。心生怜悯的同时，又一起感受到小生灵的凄凉。我偶然没有死成，蝾螈却偶然死了。①

就志贺直哉的作家属性而言，他是不喜欢用抽象的思维和哲学的语言去谈论概念和思想的。在表现从电车事故中悟到的生死观时也是如此。在"蝾螈之死"的"感悟"中，志贺直哉是用形象思维的联想来表现生死观的。在打死蝾螈后摸黑回旅馆的路上，他先想象死蜜蜂和老鼠的凄惨结局，再联想自己还活着还在走路的现实，思绪万千。而且特别强调那是自己的"心情"。正是在这种由"心情"支配的联想中表现了自己的生死观。

> 对此，我觉得应该感到幸运。但实际上心里并没有那种感觉。我觉得生与死并非两极，两者并无太大差别。②

这是志贺直哉的生死观，简短直白。但包含的成分很多，其中有东方的元素。日本有研究认为，志贺直哉自电车事故受伤后，人生观和思想发生了很大变化。他用东方传统观念来感悟生死，就是从《在城崎》开始的。③关于这一点，中国学者刘立善有过更为具体的论述：

> 志贺直哉由动物的遭际切入人生内蕴，徒然对人生起了深刻的

---

① 原文如下："蠑螈と自分だけになつたやうな心持がして蠑螈の身に自分がなつて其心持を感じた。可哀想に想ふと同時に、生き物の淋しさを一緒に感じた。自分は偶然に死ななかつた。蠑螈は偶然に死んだ。"笔者译。

② 原文如下："自分はそれに対し、感謝しなければ済まぬやうな気もした。然し実際喜びの感じは湧き上つては来なかつた。生きて居る事と死んで了つゐる事と、それは両極ではなかつた。それ程に差はないやうな気がした。"笔者译。

③ 参见前田愛、長谷川泉編：『日本文学新史（近代）』、東京：至文堂、1990年、第264頁。

感悟：蜾蠃偶然蒙难，自己在车祸中却偶然幸免，从而由小动物生死实象的偶然性中，归结出平静达观的结论，即："由"生与死并非两极，两者并无太大差别"，化溶至"对死产生了亲近感"，一切恶中最可怕的死亡，对他显得无足轻重，从而在观念上突破了生死大限，克服了伴随死亡而产生的恐惧感和精神纷扰，颇有些"人之生，气之聚也；聚之为生，散之为死"（庄子：《知北游》）的意味。这是志贺直哉经历灵魂折磨、对死失却了恐怖和嫌恶感后，修炼成的安宁恬静、澄清超脱的生死观和心理环境。①

三、叙事

《在城崎》是一部随笔风格的小说，是写实际生活的。作者把看到的三个小生灵的死写成"事实"，把对"死"的思索写成"感悟"。两者合一，再加上他写小说的特殊方法和技巧，就成了"心境小说"。这是志贺直哉有别于其他作家的地方。如果抽掉这种特殊的方法和技巧，《在城崎》充其量只能是一篇普通的随笔，而他写的其他小说则会成为与同时代自然主义作家一样的告白。

日本文艺评论家小林秀雄曾撰文指出，志贺直哉擅长把艺术的问题和实际生活的问题交缠在一起考虑并予以完美的表现。他认为：

> 氏（指志贺直哉，引者注）精致地写自己的实际生活，而且所写的东西，没有变成写实际生活容易导致的告白，也没有因为写原因而变成了写希望。是他人生激情的独立符号，是一种完美的表现。②

---

① 刘立善：《日本白桦派与中国作家》，沈阳：辽宁大学出版社，1995年，第150—151页。

② 原文如下："氏が己の実生活を、精緻に語り、而も語られたものが実生活の結果たる告白となる事なく、実生活の原因たる希望となる事なく、人間情熱の独立した記号として完璧な表現となつた点にあるのである。"小林秀雄：「志賀直哉—世の若く新しい人々へ」、原載『思想』1929年12月号。后收入佐藤晧三（発行者）：『文芸読本　志賀直哉』、東京：河出書房新社、1976年、 第14—15頁。笔者译。

小林秀雄认为志贺直哉的文体是"直截精确",就像《在城崎》中蝾螈出水后的身体一样,充满"肉感"的魅力。① 小林秀雄说的"蝾螈出水后的身体"是指下面的一段描写:

> 对岸的斜坡上有一块半张榻榻米大小的石头伸向水面,上面有个黑色的小东西,是蝾螈。还湿淋淋的,颜色很漂亮。从斜坡上伸头看着水面,一动不动。它身上淌下的水滴,在干燥的石头上留下一寸长左右黑乎乎的水迹。②

在小林秀雄眼里,志贺直哉写的"蝾螈出水后的身体",一是写实,二是简洁,三是精准,给人以逼真的代入感和艺术享受。同样,日本现代作家菊池宽则以同行和同代人的身份对志贺直哉的小说创作做过如下的评价:

> 志贺氏在他的小说的手法上,在他的人生的观察上,根本是一个写实主义者(Realist)。这一点,我以充分的确信来说。我以为他的写实主义,和文学界里的自然派系统的许多老少作家比较,有不相同的地方。先就他的手法看。许多标榜写实主义的作家,他们把所要描写的一切人生琐事,不加选择的罗列起来;志贺氏和他们比较,他的表现,却经过严肃确实的选择,他爱惜他的笔,使人觉得他爱惜得太过似的。他的表现的严肃,一丝一毫也不肯疏忽。在他所描写的事象里面,他不过描写那真非描写不可的事。他只是用力描写事象的要点。这里说他不过描写那真非描写不可的事,就是说他使用他的表现,极其有力,他所"表现"的"有力"是一种简朴的力,是从严肃的表现选择而来的正确的力量。他的这种表现,在他的作品里随处可以看见。③

---

① 参见小林秀雄:「志賀直哉——世の若く新しい人々へ」、原載『思想』1929年12月号。后收入佐藤晧三(発行者):『文芸読本　志賀直哉』、東京:河出書房新社、1976年、第15頁。

② 原文如下:"向う側の斜めに水から出てゐる半畳敷程の石に黒い小さいものがゐた。蠑螈だ。まだ濡れててゐて、それはいい色をしてゐた。頭を下に傾斜から流れへ臨んで、凝然としてゐた。体から滴った水が黒く乾いた石へ一寸ほど流れてゐる。"笔者译。

③ 引自谢六逸译:《志贺直哉集》,上海:中华书局,1935年,第2—3页。

菊池宽认为志贺直哉小说的表现简洁有力优美，而且随处可见。在举例说明时，他整段引用《在城崎》中"我"用石头无意中砸死蝾螈的描写，用作家的眼光给予了高度的评价：

> 这里把被打死的蝾螈和打死蝾螈的心理，像"完璧"似的表现出来。客观与主观一点也不混淆，要灭一字可不行，要加一字就成蛇足，足称为完全的表现。我以为志贺氏对于事物的观察是很正确明朗的。这种明朗的观察，在志贺氏就是一个真正的写实主义者的有力证据，而他的这种观察，无论在悲伤的时候，快乐的时候，必死的时候，他都不使它昏眩。①

小林秀雄和菊池宽的评价既有宏观的论述，也有对《在城崎》的微观解读。他们都看到并指出志贺直哉与自然主义作家在小说创作上的根本不同。志贺直哉写的尽管都是自己的实际生活，但并非实际生活本身。他是把自己的"心情"，一种情感上的好恶融入所写的实际生活，让自己的"心情"和实际生活融为一体，不分彼此。也就是说，他是用自己彼时的"心情"写自己彼时的实际生活，不受"思想"的左右，只是自然地去写。为此，被崇拜他的芥川龙之介称为"幸福的作家"。因为这两位作家写小说的方法是截然相反的。在《在城崎》之前，志贺直哉的小说基本上都是写"不愉快"的"心情"。到了《在城崎》，尽管还是写"心情"，但先前那种"不愉快"已经很少见到，或是有了根本的转变。这种变化改变了文坛此前对他的不理解。日本文艺评论家伊藤整就说过这样的阅读体验：

> 有一次读《在城崎》，让我佩服不已。因为这部作品有一个特点，就是没有社会或家庭环境的背景也可以读懂，而且打动人的关键部分至今还保持鲜活的生命力。读了这部作品，我开始理解作者确实是一个敏锐的观察者，而且把观察到的东西都写成精练的文字，在写作上具有无与伦比的能力。于是，我先抛开原来的抵触情绪，努力去读他的作品。对以前指出的种种不满，我采取的态度是忘掉和宽容这

---

① 引自谢六逸译：《志贺直哉集》，上海：中华书局，1935年，第4—5页。

个作家的缺点，想方设法做到了阅读他的作品。我能做到这一点，是因为看到了他的特点和长处。这种特点和长处在他的作品中是随处可见的。①

志贺直哉写小说有自己的特点和长处，但更重视写作时的"心情"。他曾经说过："小说用什么材料都可以写。小说、随笔、自传、日记，它们的区别，不在于材料，而在于写时的态度。如果用写小说的态度去写，它们都是小说。就一个事实本身，是写成记述，还是小说，或是随笔，是由写时的态度而变的。"② 志贺直哉这里说的写时的"态度"，就是写小说时用的"心情"，与他在《创作余谈》中说的"所谓的'心境小说'也不是从余裕中产生的心境"的认识是一致的。

"余裕"是日本近代文豪夏目漱石提出的一个概念。这个概念把写生文称为有余裕的小说，把一般的写实主义小说称为没有余裕的小说。两者的区别在于有没有"低徊趣味"，也就是在写作时有没有一种从容的心态。显然与志贺直哉主张的情感上的"不愉快"是相抵触的。

在谈到志贺直哉的叙事与"心情"的关系时，日本学者柄谷行人曾就"蜜蜂之死"做过如下的评价：

---

① 原文如下："私はある時、「城の崎にて」を読んで感心した。この作品は、社会や家庭の環境の条件なしに理解されるような性質のものだったし、しかも人をうつ急所が生きていたからである。そして、それを読んだ時から私はこの作者がまことに鋭い観察者であること、またその観察の無駄のない文章に写す点で無類の力を持っていることを理解した。それで私は、前々から持っていた抵抗感を一応取りのけて、この作者のものを読むことに努めた。私は、前に私が述べた諸々の不満な点に関して、この作者の欠点を忘れ、ゆるしてやるという態度をとることで、どうにか読むことができるようになったのである。それを私にさせるだけの力がこの作家の各所に散在していた。"伊藤整：「志賀直哉の方法」、佐藤晧三（発行者）：『文芸読本　志賀直哉』、東京：河出書房新社、1976年、第29頁。笔者译。

② 原文如下："小説はどんな材料でもいい。創作か、随筆か、伝記か、日記か、ということは材料の差ではなく、書く態度の差である。創作態度で書けば、それらはすべて創作である。事実をそのままに書いて、記述になるか、創作になるか、随筆になるか、それは書く態度で変わってくるものと考える。"志賀直哉：「青臭帖」、『中央公論』52（4）、1937年4月。笔者译。

蜜蜂的描写从视觉上讲不是太鲜明。突然插进"寂寞"一词。没有主语，也不是省略了主语。"寂寞"不是指自己，也不是指情景。而是指笼罩于两者之间的整体"心情"。但是，马上补上一句"冰冷的瓦上就剩下那只孤零零的死蜜蜂，看后感到寂寞。"又转换为风景。接着再写"然而它又是那么的安静。"对心理不做详细的记述。事物与我之间的"心情"明显被形象化。没有恣意性，也不容假设。
　　我说过，志贺直哉的"心情"与选择、判断、行为是一致的。也可以说，"心情"与他的视觉是一致的。这是因为，他看东西是有所选择的，不是什么都看。他的行动由"心情"决定，不是恣意的，而是被迫的。同样，他的视觉也可以说是被迫的。①

这段评价提到《在城崎》的叙事特点，也涉及志贺直哉小说创作的根本问题。诚如柄谷行人所言，志贺直哉的"心情"与视觉、选择、判断、行为是一致的。同样，他的"叙事"与由"心情"控制的视觉、选择、判断、行为也是一致的，也有"被迫性"。志贺直哉用"心情"写实际生活，需要用形象化的语言去消弭主客体之间的界限，使其成为一体。不过，客观地讲，在实际写作，在叙事时，要做到这种"被迫性"，是有相当难度的。但是，为了不蹈自然主义作家的告白，志贺直哉在小说创作中始终坚持着这种"被迫性"。《在城崎》中有一段描写，很能说明这一点。

---

　　① 原文如下："蜂の描写は視覚的にはそれほど鮮明ではない。突然「淋しかった」という文があらわれる。主語はない。主語が省略されているのではなく、「淋しかった」のは自分でも光景でもなく、それらをつつみこんだ「気分」全体からである。しかし、ただちに「冷たい瓦の上に一つ残った死骸を見る事は淋しかった」と補われて、再び風景に転換される。さらに、「然し、それは如何にも静かだった」と描写するところにも心理を精細に記述するところにもありはしない。事物と私の間にある「気分」が明確に形象化されるのだ。そこには恣意性はない。空想の混じりこむ余地はない。
　私は志賀直哉において「気分」と選択・判断・行為は合致すると述べたが、同じように「気分」と彼の視覚は合致するといってよい。彼はけっして余計なものは視ないのである。なぜなら、彼はあれこれを恣意的視るのではなく、強いられて視るからだ。「気分」による彼の行為が恣意的であるどころか絶対絶命であったように、その視覚もいわば絶対絶命なのである。"柄谷行人：「私小説の両義性——志賀直哉」、佐藤晧三（発行者）：『文芸読本　志賀直哉』、東京：河出書房新社、1976年、第133—134頁。笔者译。

(天色)已经很黑了。视觉只能感觉到远处的灯火。脚下的感觉也脱离了视觉,走起来很不踏实。①

这是《在城崎》结尾前的一段描写,写"我"打死蝾螈后回旅馆路上的感觉。看得出志贺直哉是非常用心的。它有一个明显的特点,就是在字词的使用上非常严谨和挑剔,有点类似"极客"。这不是说志贺直哉在刻意练字或是求新求异,而是为了做到"表现文字所具有的原始的朴素感"(小岛正二郎语),做到唯有志贺直哉才能做到的写实和精准。它用"视觉"代替了"眼睛",用"感觉"代替了"看"。(在此前天色微暗时,作者是用"还能勉强看到脚下的路"和"开始看到远处的灯火"②来描述的,用的是"看到"。)读后给人一种身临其境的代入感和真实感。说明志贺直哉有过这样的亲身体验,在叙事时,又强迫自己把它如实还原了。

结　语

如上所述,《在城崎》把"事实""感悟""叙事"完美地结合在一起,形成唯志贺直哉独有的"心境小说"模式。这种"心境小说"突出的是"心境"两字,它不涉及情节上的人物冲突,也不写人物对话,只是在对自然的观察中静静地抒写心境。从文本叙事看,作者用三个小生灵不同的死,分别回应了自己当时必须面对的三个问题:一、坚持小说创作;二、直面电车事故;三、感悟生死观。但背后又折射出作者写作时的"心情"转变,即希望尽快从由"不愉快"的"心情"主宰自己一切、包括父子对立的怪圈中摆脱出来。从原始素材到心境小说的转换,《在城崎》用了三年半的时间,过程可谓漫长。而隐在文本背后的"心情"转变,对于个性极强的作者来说,则是更难更痛苦的。所以,作为"心境小说",《在城崎》不是写"心情"转变后的闲适从容,而是写"心情"转变过程中的精神苦斗,在看似平淡无奇的叙述中,饱含着作者经历过的一切挫折和磨难,充满了内在张力。

---

①　原文如下:"もうかなり暗かった。視覚は遠い灯を感ずるだけだった。足の踏む感覚も視覚を離れて、いかにも不確かだった。"笔者译。

②　原文分别为:"漸く足元の見える路を温泉宿の方に帰つて来た""遠く町端れの火が見え出した。"笔者译。

第五篇

志贺直哉《学徒的神仙》（1920）

原作《学徒的神仙》（『小僧の神様』）首次发表于《白桦》（『白樺』）1920年1月号。收于短篇集《荒绢》（『荒絹』），东京：春阳堂，1921年。

作者简介（参见第四篇）

仁爱的艺术性

一、文学史上的地位

志贺直哉与父亲达成和解，中篇小说《和解》问世之后，他的烦躁、苦恼、动怒、失调、反抗的心绪消失了。从此，他的生活也好，创作也罢，大都开始染上了恬静"调和"的色彩。1918年9月20日，武者小路离别我孙子，赴九州日向，创建他构想已久的理想国——"新村"。继续留在我孙子的志贺，在平和安宁的生活中，除开始构思其长篇小说《暗夜行路》外[①]，还创作发表了《十一月三日午后的事》（写于 1918 年 11 月，发表于 1919 年 1 月）、《流行感冒》（写于 1919 年 3 月，发表于 1919 年 4 月）、《断片》（写于 1918 年 10 月，发表于 1919 年 11 月）等作品。

此间，志贺偶然在某寿司店看见一个穷困的小学徒买不起寿司的场面，激起了志贺深深的人道主义同情，刺激了志贺的实感直觉。作为事物内容的现实，宛若金矿砂，只有经过艺术的洗练之后，方能铸成精美的艺术品。为此，志贺着意经营，叠加艺术虚构，抒写真实心怀，创作了又一篇甚能代表志贺文学特色和白桦派人道主义精神某一侧面的短篇小说——《学徒的神仙》。

《学徒的神仙》最初发表在 1920 年 1 月号《白桦》上。这篇小说的故事梗概是，衡器店里一个十三四岁的小学徒仙吉，生活贫困清苦，他的美梦，就是能尽畅地吃上一顿美餐——寿司。为达到这一目的，他梦想自己有朝一日熬上店里的领班，钱包鼓起来了，也好自由进出寿司店。某日，仙吉用节省下的四分钱交通费，想买一个寿司解馋，因缺二分钱，非但寿司没买成，反倒在众目睽睽之下遭到店老板一顿奚落。仙吉忍辱含垢离去。在场的年轻的贵族院议员 A 把这个场面看在眼里记在心上，对受屈辱的仙吉，在感情上生发了共鸣。受人道主义式良心的驱迫，A 思索着将来若有机会，一定暗中请仙吉大吃一顿寿司。同时，他又担心自己的这种"善行"是否带有伪善因素。感念及此，A 顾虑重重，不由得"冒出冷汗"。把思索落实到实践上，在 A 来说并非轻而易举的事。后来，A 买体重秤，店内巧遇仙吉，他相机设法，夙愿得偿。然而，事后 A 却茫然了，忽忽若有所失，心中生出一缕缕"寂寞感"和"罪恶感"，觉得自己好似背地里干了什么见不得人的坏事。至于蒙恩之后的仙吉，他满怀感激，把 A 尊崇为爱心博大的"神仙"。关于志贺的创作特色，武者小路这样评价：

> 志贺写的东西，我几乎都读了。他任何时候都正直地写自己的感觉，他正直地活用自己的神经，他忠实于自己的神经。面对他人，他

[①] 如『憐れな男』、『中央公論』1919 年 4 月号参照。（此文是《暗夜行路》前编结尾部分）。

也忠实地活用自己的神经。①

《学徒的神仙》正是志贺"面对他人，他也忠实地活用自己的神经"，不断变换锐敏的观察人生的视角创作的文学精品。此作问世，为志贺文学增色不少。"为文不为稻粱谋"、只顾顺随诚实个性之自由流动而创作的志贺②，借助《学徒的神仙》产生的艺术影响，在文坛上的声誉更趋卓著。高田瑞穗在新潮社文库本志贺小说集《学徒的神仙·在城崎》（1986年）的解说中，这样评价志贺：

> 志贺之所以被誉为"小说之神"，《学徒的神仙》构成其原因之一。那圆满的结构形态，似凝固的古代美术品，志贺的心灵是跃动着的，同时又是平静的。志贺在《学徒的神仙》的附记末尾注明："我原来想这样写：'可是，那个门牌号没有住宅，只有一座小小的稻荷祠，学徒大吃一惊。'若这样写，我觉得对学徒太残酷了，所以在此之前就搁笔了。"这一段话，暗示出志贺对美学和人生的关心，乃至二者的微妙关联。志贺文学是美的，但不是耽美派。

客观看来，这番话言之成理，令人信服。我想，志贺文学之所以被评论家称为"日本文学的故乡"（小林秀雄语），同给读者以深长感动的名作《学徒的神仙》不能毫无关联。此外，文学评论家正宗白鸟于《志贺直哉与葛西善藏》③里，这样褒赞《学徒的神仙》：

> 这篇作品不但充满艺术韵味，更包容着丰富的人生意味。作品中

---

① 武者小路实笃：「志賀直哉の事」、佐藤晧三（発行者）：『文芸読本　志賀直哉』、東京：河出書房新社、1976年、第154頁。

② 鸟瞰日本近代文学史主流，明治二十年代诞生了以尾崎红叶为核心的"砚友社"，明治三十年代末，掀起以告白自己为主要特色的自然主义文学运动。自然主义否定了"砚友社"的游戏文学倾向。白桦派运动则反对自然主义沉郁的绝望意识，高唱人道主义，追求理想世界。他们认定，理想没有带来幸运，也会带来向往；没有带来转机，也会带来希望。这里值得注意的是，"砚友社"和自然主义的作家，多出身于中流阶级以下，写小说、当新闻记者或教师，旨在"谋稻粱"，鹜文为生。白桦派作家则不然，他们出身于上流阶级，物质财富丰厚。安定的物质生活，使得他们有宽松的心境去从事精神活动，志贺就是一个典型代表。

③ 载『中央公論』1928年10月号。

没有滥用感伤语,幽默感天然自备。……《学徒的神仙》作为一幅人生绘画来欣赏,今日和昨日具有相同的艺术价值。再过十年,过二十年,此作也不可能变成废品。

平心而论,《学徒的神仙》获得以上评价,理所当然。如今,此作问世已达百年,它的文学生命依然活着。这是一篇出手不凡的心理小说和伦理小说。字里行间充满了真诚的人道主义思想。小说结构严整,行文精炼确切,绝无冗笔,登场人物的心理描写简洁、剔透、细腻,人物形象真实,无假大空装腔作势之嫌。艺术形式有如中国散曲中最小的独立单位、文字经济感情丰富的"小令",志贺的文学观和人生感,自然浸流于字里行间。

二、A 关爱仙吉的动机及其结果

在志贺文学作品群中,《学徒的神仙》是一篇不太多见的虚构小说。关于创作背景,志贺在其文学创作随想录《创作余谈》[①]中明确记载云:

> 关于《学徒的神仙》,一个学徒进了简陋的寿司店,拿起一个寿司,被告诉了价格后,又把寿司放回,走出了店门。我当时在场目睹的仅是这些。我一直喜欢这个短篇。[②]

可见,贵族院议员 A 的出场,纯是作者依据自己的心理流动做出的艺术构建。我们可以断言,A 的原型即志贺。从 A 的言行举止以及内心世界的诸般变化,不难看出志贺的艺术用意之所在。

志贺令 A 同情[③]素不相识的小学徒,可谓在人道之爱上的匠心独运。"学

---

① 载 1928 年改造社刊行『現代日本文学全集 第 25 篇(志賀直哉集)』。

② 原文如下:"「小僧の神樣」屋臺のすし屋に小僧が入つて來て一度持つたすしを價をいはれ又置いて出て行く、これだけが實際自分が其場に居あわせて見た事である。此短篇には愛着を持つてゐる。"笔者译。

③ "同情"(sympathy)的英文原意,并无"怜悯"之意,而是指设身处地分享他人的诸般情感,属于"人同此心,心同此理"的"同情想象"。康德提出的"共通感觉力"与"同情说"可谓异曲同工。按英国经验派哲学家休谟(1711—1776)的观点,美学上的"同情"属于"人性的本来的构造"或"心理功能"的重要组成部分。在如此同情机制内,他人的甘苦也可以因为同情和想象在某种程度上变成自己的甘苦。《学徒的神仙》中 A 的"同情",属于这个美学范畴,不是"怜悯"。

徒"一词在日语中称"小僧"。此称呼最早始于江户时代。在商界"奉公"（为企业主工作）的众人之中，数"小僧"地位最低，甚至不发工资。所以，学徒身份的仙吉是在社会上没有经济基础、没有政治地位、没有自由的贫弱者代表。

与出身这般低下的"小僧"仙吉截然相反，A出身贵族，生活于社会上层。所谓"贵族院"，乃明治23年（1890）根据明治宪法成立的、与众议院并列的帝国议会立法机构。贵族院成员包括皇族议员、华族[①]议员、敕任议员三种（据旧宪法第34条）。贵族院代表大地主、资本家、高级官僚等特权阶层，与代表国民意愿的众议院对立，是维护天皇制藩阀政府的一道坚固屏障。A就是在这种特权身份背景下，对仙吉寄予了真实的关心。他在寿司店里目睹仙吉仅为区区二分钱所困，人格迭遭侮辱，良心深受刺激，由心底涌上不快感。由此，自发地生出了同情心。他向议员B说："太可怜了。我总想为他做点什么。"

后来，A给孩子买体重秤，在衡器店内意外遇到仙吉。A为了防止别人对自己的行为以"善"和"伪善"为尺度叠加评头品足，为了能使仙吉自然地接受他人的心意，他请仙吉吃寿司，步骤必须安排得天衣无缝。至少，A的谋划必须满足如下两个条件：第一，为了尊重仙吉的人格，不伤害他的自尊心，绝不能让仙吉知道自己是他在寿司店里受羞辱时的目击者，并且不能在仙吉曾经受辱的那个店里请他吃寿司。唯有这样，仙吉才不致触起前景泛上疑心，才能轻松自如无束无缚地享受美餐之美。第二，A请仙吉吃寿司，不可让任何熟人发现，A对包括仙吉在内的任何人必须隐姓埋名。只有这样，A心中才能不感到害羞自责。所以A的此一番行为可称之为"鬼鬼祟祟"的"施恩"行为。

之所以如此，原因在于志贺（A）在意识形态上与新兴的无产阶级之间存在分歧。他认为，尽管意识形态上有分歧，但人道主义精神是可以超

[①] 明治4年（1871），各藩主把领地（版图）和人民（户籍）返还给朝廷，这场政治改革史称"版籍奉还"。"华族"指此后位于皇族之下士族（旧武士家族）之上的特权贵族。最初主要是公卿、大名的家族。后明治17年（1884）制定的《华族令》，明治维新的功臣、纳税大户的企业家，也称华族，授公、侯、伯、子、男诸爵位。第二次世界大战后的昭和22年（1947），按日本国宪法，华族身份与贵族院废止。

政治的，可以普遍存在的。然而，当时流行的阶级观强调：有产者爱无产者，这并非出自真心实意，纯属假惺惺惹厌的伪善。

在这种特殊境况下，《学徒的神仙》中的 A，有心对仙吉行"善"，又不便公开为之，只得秘密转入"地下"进行。A 精心策划，充分保证了以上条件之后，要求店里领班指派仙吉为他送体重秤。领班要 A 写下地址，以便送货到门。A 随机应变，胡乱瞎写一个假地址假姓名，否则，A 的策划很可能归于失败。A 特意与运秤的仙吉同行，途中，A 又雇人替换下仙吉。A 以仙吉为顾客送秤一路辛苦理当享受犒劳为由，将饭钱直接交给老板娘，一切巧妙安排妥当后，他让仙吉独自进店吃寿司，自己却"像逃遁似的，疾步朝电车道方向奔去"。至于仙吉心愿大遂吃寿司的场面，有以下生动的描写：

> 仙吉在那里一人吃下了三人份的寿司。他像饿极了的瘦狗意外找到了食物，大口大口地吃着，顷刻之间便吞下这么多寿司。店内没有其他客人，老板娘特意把拉门关严后离去了。仙吉无所顾忌，放开肚皮，尽畅地吃了个大饱。
>
> 老板娘倒茶来了。
>
> "再吃不下去了吗？"老板娘问。
>
> "不行，再不要了。"仙吉红着脸，低着头，准备动身回去。
>
> "那么，欢迎你再来用餐。预付的饭钱还剩了许多呢。"
>
> 仙吉沉默不语。

老板娘以为仙吉和 A 的关系，一定非亲即友，否则，世间岂能有这等"天上掉馅饼"的大好事。仙吉大饱口福后，静下心来，越寻思越觉得此事蹊跷，察觉其中必有"文章"，他百思不解。当初 A 提出请客时，"仙吉觉得这是件大好事，可是又觉得有些害怕。总的来说还是非常高兴的。他朝 A 点头哈腰连串行了三个鞠躬礼"。仙吉渴望已久但靠自力又无法实现的愿望——吃寿司，幸蒙他力之惠，如愿以偿。无疑，这对仙吉是望外之喜。仙吉心里"觉得有些害怕"，是因为他心存疑虑：A 的话是否当真？这等好事人世间是否真有？仙吉担心 A 或许存心戏弄他这个寒酸清苦的小学徒。

好事一旦成真，涉世未深的少年仙吉，无法洞彻如此离奇的仁爱现象之本质，只好天真地将这种"并非人所能为"的善事看成是超人的"神仙"所为。

这里，志贺的良苦用心不外在于：仙吉越是把富有同情心、心地善良的 A 崇敬为"神仙"，也就越反映出现实社会里人际关系的冷酷，到处是一片爱的荒漠。仙吉的这种心理现象，恰如有岛武郎在《生活与文学》中指出的那样：当人过度地憧憬理想时，他所处的现实一定存在很大的缺陷。不是吗？到处大声疾呼"献"爱心之时，此刻的人间一定是寡爱的，甚至可以说，现实中撒向人间的多是冷酷，甚至是憎恨。

恰于希望被爱之际被爱，这是一种理想实现后难以言喻的幸福，好似精疲力竭的沙漠旅人走进了草青泉流的绿洲，它能在人的心中留下鲜花一般的清纯与温馨，会激活人的内部生命。"受施慎勿忘"是蒙恩者遵循的正常感情法则，为此，生活在冷气团中的仙吉，将 A 看作自己的心灵支柱，将 A 升华为自己崇拜的光辉偶像：那位客人不是等闲之辈，"或许是神，或许是仙，或许是'稻荷'①……总之，仙吉感恩戴德，愈发强烈地觉得，那位客人是超自然的神仙"。A 给仙吉留下的是轻雾缥缈般的好梦，A 的美好形象留在了仙吉幼稚的心里，他在悲伤之时，痛苦之时，便油然想及 A。仅仅是想一想 A，也便化成一种温煦的安慰。仙吉天真地相信，不知何时，"那位客人"还会意外地携带恩惠出现在自己面前。

深思起来，仙吉崇拜神仙，那是因为在他心中，唯有神仙才能做出那种境界的事，唯有神仙才能有凡人不可能有的利他之爱的举动。在《学徒的神仙》中，我们稍加留意就会发现，身世寒微的仙吉在现实中根本得不到人的关爱。例如，仙吉在寿司店拿起一个寿司后，因缺二分钱买不起，一副窘态地戳在那里，被心地冷酷的店老板当众语言尖刻地羞辱了一顿。然后，那店老板随手拿起仙吉放回的寿司，塞入己口。这种冷酷和 A 的仁爱，相去天渊，形成鲜明对照。仙吉的人格遭受寿司店老板的肆意侮辱之后，

---

① 稻荷是日本的传统宗教神道中的神，此神主管商业繁荣、五谷丰登。日本全国有稻荷神社 3 万余座，其"总本宫"在京都伏见区。据传说，"稻荷"之祖"秦氏"是秦始皇的苗裔。关于"稻荷"的资料，可参见刘立善：《没有经卷的宗教：日本神道》，银川：宁夏人民出版社，2004 年，第 118—121 页。

他对人的爱心绝望了，只好一味天真地憧憬"神仙"的爱。

《学徒的神仙》中，对仙吉蒙A之惠的感激心理的描写，细腻而无冗句，鲜活可信，自成其理。但应当指出的是，作品中对仙吉受辱之后复杂心境的描写，一笔急骤带过，收煞全文，显得过于简略，是其不足之处，或曰败笔之处。

三、A的"寂寞"与志贺的人道主义思想

沿着作品情节推究，很容易看出，《学徒的神仙》由两个视角构成，一个是仙吉的视角；一个是贵族院议员A的视角。《学徒的神仙》前半部的重心在仙吉；后半部的重心倾斜于A的一方。志贺侧重发掘A行善之后的心理波动起伏。A和仙吉的社会地位相差悬殊，二者分别生活在不同的世界里。A向仙吉自发地表示爱心，从作品中可明确认定，A并非出自伪善的沽名钓誉和虚荣心。应当承认，A的爱是内心感情纯粹自然的流溢。世间一般认为，向他人施惠即谓善行，施惠者会因自己的行动付诸实践而获取良心上的安慰。可是A却因为惠及他人，不但没得到良心上的安慰，反而忽忽不乐，陷入"自我嫌恶"的矛盾心境中，产生了不可言喻的奇怪心态：

> A奇怪地觉得自己非常寂寞。自己先日看见小学徒可怜的样子，由心底涌起同情，如果力所能及的话，想为他做点事。今日，一个偶然机会，夙愿得偿，按说我和小学徒都该心满意足。让他人高兴不是坏事，自己理当感到一种欣喜。为什么这样奇怪地心底寂寞不快？从何处生来的此种心境？宛似背地里做了坏事之后产生的那种心情。

最后，A对善良的妻子总结道："像我这样气度狭小的人，根本不能轻率地去做那种事。"所谓"气度狭小的人"，是属于那种心事偏重、对事物善于深细内省型的人。自我中心主义者的A自知：自己同情仙吉，其行为出于自我良心的鼓动，纯是自己的本能欲求。可以断言，这种场合，A不达到自己的意愿便不能医治自己良心上的痛楚。为医治自己良心上的痛楚，A必然同情仙吉，此乃A的内心"自然"使然。所以A根本不求回酬，厌嫌被声张开去，传为美谈。既然如此，A为何一反常理，心负罪恶

感并感到"寂寞"？深掘其因，笔者认为大致如下。

第一，仅从物质方面看，A偶一为之的善事，在仙吉，是终生难忘的大恩大惠；在A，并不是费九牛二虎之力的至难之事。A在物质方面既没伤筋亦未动骨。通俗说来，即张飞吃豆芽——"小菜一碟"。A自我叩问：自己到底付出了多少？自己是否在玩弄施舍小恩小惠的把戏？自己是否以把自己装扮成境界高尚的所谓"无私奉献"的施惠者？对弱者是否有居高临下的人格歧视？加之，二者出身阶级殊异，A决定行"善"之后不再与仙吉继续保持联系。为此，A推想：蒙惠的仙吉从此再也无缘见到施惠者，他一定会把施惠者高度神格化，将其崇为所谓"无我"地奉献出慈爱（"无私奉献"）的神仙。对于如此心灵感应结果，A并不感到是一种安慰。其实，从"爱学"的深层意义推求A的爱心结构，毫无疑问，A的爱，其实质分明是"有我"，而且很"自我"。A是通过爱他人这一利他手段来驱除自己的精神郁结，清扫心室灰尘，以求清洁。可见，这是一种讲究精神卫生的行为。A的如此审美意识，与志贺的文学观别无二致。唯因于此，西垣勤评析：志贺的文学是"难以遏制的一种严肃的精神卫生行为"[①]。《学徒的神仙》中的A，他只是做了自己主动愿意做的、同时又有益于他人的事。就A与仙吉而论，首先，A的举动有益于A的精神领域，然后，有益于仙吉的物质和精神两个方面。既然这种场合的爱呈现这样一种关系，A自然是不求回报的，遂与仙吉断绝了往来，截断了二人心灵交流的通道。这在某种程度上说明了明治维新后日本近代社会实际生活中的一种资本主义文化现象，即，于一定意义上揭示了在西方个人主义影响下，在阶级分化日益激化的社会背景下，个人趋向孤寂，人与人之间难以平等向往相待，心和心之间，横隔一道坚固冰冷的高墙，孤单程度加深。为此，A备尝"寂寞"滋味。

第二，A是个自我意识强烈的个人主义者，是志贺意识特色的体现者。A的一举手一投足，无不处于志贺"自我中心论"的控制之下。志贺的自我意识促使他凝视自己性格、能力和使命。作为志贺分身的A，他非常担忧世人以世间流行的善恶尺度来衡量自己出于内部自然的举动。A对仙吉

---

① 西垣勤：『漱石と白樺派』、東京：有精堂、1990年、第205頁。

的关爱，是他的自我意识中使命感鼓荡的结果，是自己真实心情的外流。其原因正如鲁迅在《娜拉走后怎样》一文中指出的那样：黄莺"因为他自己要歌唱，所以他歌唱，不是要唱给人们听得有趣，有益。"在外人看，A的行为是"舍己为人"或曰"毫不利己，专门利人"式的爱，可是按志贺的思维，A是将自己对仙吉示出的爱作为自己"个人问题"来对待和实施。在某种程度上，这种爱是在A自我意识范畴内的运动。客观而论，如此格调的爱，确系诚实的爱。志贺（A）自悟：对于源出自我本能中的如此感情，无论世人用真善或伪善的伦理道德标准横测竖量，归根结底都是一件无聊的事情。

第三，A的"寂寞"由志贺的人道主义思想中可以觅得根源。志贺的人道主义派生于他的个人主义，是个人主义的延长[①]。日本学者有高论云：

> 贵族地位与小学徒的存在相映照，A的贵族意识本身，使他感到"寂寞"。……善良的、有良心的贵族在贫困的民众面前，意识到自己的存在是无价值的，是有罪恶的。由这种心境中生出了"寂寞"。……在有良心的贵族看来，世间存在应该同情的小学徒，这种现实本身就是一种令人深感"寂寞"的事情。A同情仙吉之后，却无力救助其他所有的小学徒。一方是所有的小学徒无法得助；一方是自己过着完全无忧无虑的自由生活。这种社会矛盾变成了A心中的一种说不清的"寂寞"。《学徒的神仙》表现了志贺的良心特性。同时，也表现出这个作家的孤立性。[②]

笔者同意这一观点。A因自己阶级的优越而生出"寂寞"，这是白桦派人道主义思想中突出的共性。例如，有岛武郎就是历经这种"寂寞"甚至罪恶感的折磨之后，最后自发地向佃户们无偿解放了自家的农场[③]。

[①] 关于志贺直哉的人道主义思想，可参见刘立善：《日本白桦派与中国作家》，沈阳：辽宁大学出版社，1995年，第一章。

[②] 岩上顺一：『志贺直哉』、東京：三笠書房、1955年、第159頁。

[③] 关于有岛解放农场的人道主义理论根据，可参见刘立善：《日本白桦派与中国作家》，沈阳：辽宁大学出版社，1995年，附录《有岛武郎随笔选译》中的《告别佃户》。

川上英明认为，《学徒的神仙》的主题，是推究实施某种行为之后产生的波纹扩散的结果。这一点与《正义派》①异曲同工，A咀嚼的"寂寞"，是作者志贺的重要着眼点。是志贺对于当时流行的缺乏深度和厚度的人道主义，以及对于《学徒的神仙》问世的前一年武者小路掀起的"新村运动"的一种认真严肃的思考②。

抨击非人道的现实，抨击者首先必须具有朴素的人道意识。志贺的一些作品中，不乏自然贯通着富于正义感的清亮干流——人道主义思想。举凡《正义派》《十一月三日午后的事》《护城河畔的住宅》《山形》《灰色的月亮》等，无不如此。在这些作品中，志贺对命运悲惨者、受侮辱的社会弱者，寄予了真挚的同情；对玷污人性和摧残人的正当权利的社会浊流，他表示出深深的厌恶。

人道主义是源于意大利席卷全欧洲的文艺复兴的产物，文艺复兴这一概念与人道主义（或曰人文主义和人本主义）有着密不可分的关系。作为人的生活理想的人道主义，其原始的最大特色就表现在它相对于基督教的"神权中心论"而存在。至于志贺与文艺复兴的关系，有学者指出：

> 不言而喻，志贺氏作为白桦派作家的一员，他立志文学的首要动机，是要在日本的文学世界确立文艺复兴式的自我解放精神。③

人道主义与基督教的冲突，在志贺的思想结构中表现得也很明显。因此，《学徒的神仙》中流露的人道主义之爱，不同于宗教领域里的"恩赐""施舍"和"慈善"。志贺曾因接触著名宗教家内村鉴三，进而信仰基督教。后来，追求精神解放和自我中心主义的志贺，放弃了长达八年（1900—1908）的宗教信仰。他实在受不了"追求来世，神主人从"式来世主义和禁欲主义的束缚。志贺要崇拜自我的尊严，探究自我潜能极限，追求个性自由和人性的全面发展，他向往的是"一切在今世，人乃一切的中心"这

---

① 关于《正义派》与中国现代文学的关系，参见刘立善：《日本白桦派与中国作家》，沈阳：辽宁大学出版社，1995年，第86—87页。
② 参见本多秋五：『「白樺」派の作家と作品』、東京：未来社、1975年、第185頁。
③ 斎藤正直：「芸術家の良心の二重性」、日本文学研究資料刊行会編：『日本文学研究資料叢書　志賀直哉』、東京：有精堂、1987年、第85頁。

样一种精神境界。对基督教"始信终弃",这一思想发展进程,是白桦派作家又一共同特色。志贺在《学徒的神仙》等作品中表现的爱,与宗教之爱最显豁的区别在于:前者的爱肯定实有的今世,肯定自我,肯定自爱,爱的价值在于丰富人的精神内核,健全今世人的人格,对社会的发展具有进步的现实意义;后者的爱,否定实有的今世,否定自我,鼓吹神主人从,人必须无条件地爱神,人为神而存在,因果报应,"行善"旨在积"阴德",祈愿自己享受虚无的来世幸福。质而言之,在白桦派作家看来,基督教的虚伪之处在于:以"利他"(爱他)之美名,行"利己"(爱己)之实。对于否定今世、追求来世的宗教观,有岛武郎在《〈利文斯通传〉第四版序言》中明确提出批判意见:

> 人类有未来的生活,真正能痛感人类生活之缺陷的,必会在痛感之后的瞬间,力图改善现实。远离人类生活,企图求慰藉于来世者,可谓是一种难以拯救的、卑劣贱陋的阿谀献媚之人。这种人是人类的叛徒。对待此辈,应该令其尽快退出现世生活的舞台。①

以有岛上述的观点来证明志贺的宗教观,笔者认为是十分恰当的。志贺是站在极端看重今世这一立场上,坚守自己独特的自我立场,始终一贯地忠实于自己自然的感情。在文学世界里,志贺力所能及地爱着自己认为应当爱的对象。志贺的此种主体意识,在《学徒的神仙》中印下了明晰痕迹。志贺洞察到造成千万个受歧视的仙吉贫困命运的原因,同时深感自己爱力之微弱,乃至爱力所不能及的悲凉与无奈。恰恰是如此意义的悲凉与无奈,构成了主人公 A 的"寂寞"。

---

① 原文如下:"人類生活には未來がある。眞に人類生活の缺陷を痛感する者は次の瞬間をよりよくしようと思ふ筈だ。人類生活からかけ離れた未來世に其慰藉を求めようとするのは一寸濟度し難い程の陋劣卑賤なおべつか使ひだ。そんな人間は人類生活の裏切り者として一刻も早く此世の生活から暇を取つて貰ふべき輩らだ。"有島武郎:「第四版序言[『リビングストン傳』序]」、有島武郎:『有島武郎全集 第七卷』、東京:筑摩書房、1980 年、第 372 頁。笔者译。

正直的志贺憎恶军国主义的残暴。日本侵华期间，他拒绝顺应"国策文学"，不与那些遵命文学作家同流合污。他宁肯折笔，保持沉默，也不违心阿世媚俗，为不义战争涂脂抹粉。这种狷介孤洁的性格，在日本近代文坛上实属难能可贵。志贺始终认定，文学是自我意识的流露，是富有生机的内心感觉的自然倾向在心宫之外的展现。它从不考虑外界的时尚。志贺反对文学违心地努力迎合政治，无论资产阶级政治还是无产阶级政治。那种迎合政治的文学，与艺术风马牛不相及。一言以蔽之，志贺的文学观旨在表明：文学唯有诚实地表现作家吸收外界营养经过消化后形成的独特的内部生活，才能产生永恒的艺术价值；文学本身自成体统，自有灵魂，绝非可以随便脱下、穿上甚至糟践抛弃的廉价时装；文学的领地，不容任意侵犯。志贺对政治不感兴趣，反对暴烈革命。关于社会进步，志贺只是在文学世界里憧憬以人道主义之爱作为动力，温良地、渐进地、自然地去改良社会。

　　毋庸置疑，志贺的人道主义思想，首先是他的主观需要，社会需要志贺特色的人道主义之爱，这是推进社会改良的必要的文化力量。但应看到，志贺的人道主义之爱，力度远不及白桦派的有岛武郎那样强烈，其范围远不及有岛武郎那样宽广。靠志贺如此层次的人道主义之爱的力量，一个畸形社会到底能得多大程度的改良，是值得深思的。然而，为贵族阶级意识所束缚的志贺[①]，他心甘情愿地停留在这种水平上，不再向前跃进。志贺认为：自己的自我意识的力度与广度，至此已达极限，假若进一步扩大，非但力不能及，心亦不能及。在力与心皆不能及的境况下，若勉强为之，那便是无聊乏味令人生厌的虚伪。志贺文学规模和视野之所以偏于狭窄，其原因正存乎此处。《学徒的神仙》可以说正是志贺以上意识的集中显证。

　　《和解》问世之后，志贺致密的精神结构尤其看重由"爱"与"调和"合成的意识力量。他曾经依靠这种力量化解了与父亲长达十数年的冲突对立，进入了和谐的精神境界。《学徒的神仙》诞生之后，《暗夜行路》的问世，

[①] 志贺想超越阶级但又无法超越，譬如，在《大津顺吉》中，顺吉努力要与女仆实现超越阶级的恋爱，终之以失败。《学徒的神仙》中的 A 也是因为无法超越阶级意识，拒绝与仙吉继续做平等的交往。

标志着志贺依靠"爱"与"调和",达到了人与自然在灵魂层次上的高度调和融贯。但是,志贺的"爱"与"调和",表现在身为社会上层人物的A与社会下层人物的仙吉之间,换言之,即表现在阶级差别的现实面前,其力量显然微弱而苍白,它无法摧毁耸立于两个阶级之间的高墙,不调和的阶级现实,依然存在。

第六篇

横光利一－《苍蝇》（1923）

原作《苍蝇》（『蝿』）首次发表于《文艺春秋》（『文芸春秋』）1923年5月号。收于文艺春秋丛书《太阳》（『日輪』），东京：春阳堂，1924年。又收于第一创作集《宝贝儿》（『御身』），东京：金星堂，1924年。

作者简介

横光利一（1898—1947），日本小说家。1898年3月17日生于福岛县北会津郡东山温泉，幼年在母亲家乡三重县阿山郡度过。1916年4月入早稻田大学预科，未能毕业。早期受志贺直哉影响很大，创作了很多取材于自身生活的短篇小说，如《姐弟》（1917）等。1919年结识菊池宽，后在文学和生活上长期受其关照。1921年与川端康成结识，终生相交甚笃。1923年开始在菊池宽创办的杂志《文艺春秋》上发表文章；同年5月发表短篇小说《苍蝇》和《太阳》，引起文坛瞩目。这两部作品在作品结构、文体上大胆革新，后被视为新感觉派文学的开山之作。前者透过一只大眼苍蝇的视角象征性地呈现出人类不可逃避的生死命运，后者写上古时代王子们为追逐太阳般光辉美丽的卑弥呼而互相杀戮的故事。

1924年10月与川端康成、中河与一、片冈铁兵、今东光等人创办杂志《文艺时代》。评论家千叶龟雄在《新感觉派的诞生》(1924)一文中将《文艺时代》作家们命名为"新感觉派",并指出这一派别的特征在于以小见大,通过微小的暗示与象征,从小孔中窥探"内部人生"的真实。横光利一的《感觉活动》(1925)一文是新感觉派自我主张的代表。他十分关注人的内部世界,认为新感觉派的"感觉"是由包括纯粹客观、形式假象及各种意识表象在内的主观性形式统一体触发而生的,是需要理性支持的感觉。同时也强调了未来派、结构派、象征主义等西方现代主义文学与新感觉派的关联,认为这些不同于传统写实主义的表现手法都可以纳入到新感觉派中来。

横光利一对社会、人事和语言等具有敏锐的感受力和深刻的表现力,被视为最典型的新感觉派作家。他的创作受西方表现主义、结构主义和乔伊斯意识流的影响,在小说中追求快节奏的特殊文体。其短篇小说《头与腹》(1924)是风格鲜明的新感觉派代表作。小说中无人理会的小伙计却最终取得了胜利,这可视为一个隐喻,在面对现实社会时,横光利一试图提出一种不同以往的、全新的价值观以对抗当时的主流。《静静的罗列》(1925)、《拿破仑与疥癣》(1926)、《春天乘着马车来》(1926)、《上海》(1928—1931)等作品均延续了文体与主题上的新感觉派特质。

新感觉派文学运动之后他转向新心理主义,发表小说《机械》(1930)等,巧妙地刻画出在复杂的社会关系中逐渐迷失自我的主人公的心理,思考人性和社会。以内心独白式描写为中心,认为对外在的描写仅在作用于心理真实时才有意义。此后的重要作品还有小说《寝园》(1930—1932)、《家徽》(1934)等。这一时期老作家们复出,横光利一看到了表面"复兴"的"纯文学"背后的危机,于1935年发表重要评论《纯粹小说论》。《纯粹小说论》试图整合纯文学与通俗文学之间的关系,开篇即语出惊人,指出要实现"文艺复兴"就必须变纯文学为通俗小说。认为日本近代以来形成的以自然主义文学和私小说为代表的"纯文学"主张的是倦怠、无力的日常性,排除了最能给读者以感动的偶然和感伤性。横光利一基于文学变革者的立场否定了这一文学传统,指出以陀思妥耶夫斯基《罪与罚》为代表的"纯粹小说"兼具思想性和现实主义,是高于纯文学的小说形式。要颠覆近代日本纯文学传统必须依靠文体,作家必须坚定地贯彻实证主义精神,将重心放在人的外部和内部之间,关注存在于外部行为和内部思考之间的自我意识,创作出表现大多数人的"通俗"活动的"纯粹小说"。这可视为横光利一对新感觉派时期文艺主张的"补充与完善,是他在新的文学时期对现代主义文学的一种认识变革"①。在20世纪20年代到30年代的日本文坛居于主导地位,不断探索文学的出路,进行各种实验,对日本现代文学影响深远。其文学评论与创作活动一脉相承,在日本文论史上亦占有重要地位。

1936年2月横光利一作为报社特派员赴欧,8月回国。1937年开始写作《旅愁》,立足于欧洲之行的见闻和感受,深入反思东方与西方、宗教与科学等根本命题,写出了一批身处异境(欧洲)的近代知识分子对于文化、传统问题的思考与抉择。近代以来西方理性精神席卷日本,与日本原有的东方精神相撞后呈现为持续、猛烈的对抗和相互作用。《旅愁》是近代日本人探究实验性知性精神的真实写照,被称作"一种思想小说",超越了新感觉派的创作方法而趋于"圆熟的写实"。《旅愁》的写作一直持续到1946年,未完中止。最后一部日记体长篇小说《夜靴》(1947)记录了横光利一在二战时及战后的生活和感受。1947年12月30日因胃溃疡并发腹膜炎去世。

感觉与象征

一、引子

1924年10月,菅忠雄、今东光、横光利一、川端康成、片冈铁兵等一群年轻作家不满于守旧的日本既有文坛,创办了新刊物《文艺时代》,力图革新"文坛上的文艺"和"人生中的文艺"。随后,评论家千叶龟雄发表文艺时评《新感觉派的诞生》(《世纪》1924年11月号),将《文艺时代》的新进作家们命名为"新感觉派",指出:"这是站在特殊视野的绝顶,从其视野中透视、展望,具体而形象地表现隐秘的整个人生。……

---

① 于荣胜:《〈新感觉派的诞生〉与横光利一的文学论》,《日语教育与日本学》第1辑,上海:华东理工大学出版社,2011年,第101页。

它，不仅把现实作为现实来表现，同时通过简朴的暗示和象征，仿佛从小小的洞穴来窥视内部人生全面的存在和意义。"[1] 由此，新感觉派作为日本文学史上第一个现代派登上文坛，在西欧各种现代主义文艺思潮的影响和刺激之下，展开了日本现代文学变革的实验。

横光利一是日本文学界公认的新感觉派的心脏和灵魂，是最典型的新感觉派作家。他与川端康成分别高举创作和理论两面大旗，被誉为"新感觉派的双璧"。横光利一的短篇小说《苍蝇》创作于1921年，后于1923年5月发表在杂志《文艺春秋》上，与另一部中篇小说《太阳》同为横光利一的文坛成名作。从时间上来看，这两部作品发表在新感觉派形成之前，但"新感觉派式的文体与表现在这两部作品中已初露端倪"[2]，贯穿横光利一整个创作生涯的文学主张也充分体现出来。川端康成指出，这些"素朴的短篇更是吸引我，从中能够了解横光君其人及其内心。读初期的象征风格的短篇，让我想起了横光君所说的从象征出发又归结于象征这样的话"[3]。其中，《苍蝇》被广泛阅读，在日本，"野中润氏依据阿武泉氏制作的数据库所做的调查显示，横光收入战后高中教科书的作品中，《苍蝇》入选的教材最多（26册）"[4]。在中国，《苍蝇》日文原作也被全文收录到十数本日本近现代文学教材中，并有兰明、唐月梅、商雨虹等多个中译本出版。"这部小说是宣告新感觉派骁将横光利一之诞生的划时代之作，该评价已

---

[1] 叶渭渠：《日本文学思潮史》，北京：北京大学出版社，2009年，第320页。

[2] 于荣胜编著：《日本现代文学选读》（上卷）（修订版），北京：北京大学出版社，2006年，第78页。

[3] 原文如下："新感覺以前の素朴な短篇にむしろ心を惹かれた。横光君の人と心とを知る意味においてである。また、初期の象徴風な短篇を見て、横光君の象徴から出発して象徴に歸着するといふやうな言葉も思ひ出した。"川端康成：「新感覺派」、原載『文藝』1952年6月号、后收入川端康成：『川端康成全集　第十九巻』、東京：新潮社、1974年、第155頁。笔者译。

[4] 原文如下："阿武泉氏作成のデータベースに依拠した野中潤氏の調査によれば、横光の作品のなかで戦後の高校教科書に最も多く採用されたのが「蠅」（26冊）である。"横光利一文学会：「（第七回）研究集会のアウトライン」、至文堂編：『国文学　解釈と鑑賞』2007年2月号、東京：ぎょうせい、第175頁。笔者译。

成定论。"①

　　《苍蝇》篇幅短小，日文全文不过 3500 多字，分为十个小节。盛夏乡村驿站的一角，一只大眼苍蝇被蜘蛛网粘住，好不容易死里逃生，慢慢爬到了马背上。驼背的马车夫正在驿站旁边的豆包店前下象棋。乘客们陆续赶来。接到儿子病危通知的农妇着急赶去见儿子最后一面；一对私奔的青年男女试图逃向远方；被母亲拉着走入驿站的小男孩欣喜地看马吃草；一夜暴富的乡绅满心盘算着归乡后如何发达。老车夫无视乘客们的焦急等待，只管等着豆包蒸好。对这个有洁癖的单身车夫来说，吃谁都没有碰过的、刚出笼的热豆包是每天最大的安慰。快到正午时豆包才出锅，车夫揣着豆包载着六位乘客出发。饱食豆包后的马车夫昏昏然进入梦乡，无人驾驭的马车偏离了狭窄的山路，此前没能意识到危险的人和马惨叫着坠入崖下。大眼苍蝇洞察了这一切，在马车坠落之际悠然飞向高空。

　　作者横光利一回顾《苍蝇》的创作时说："关于《苍蝇》，最初是按照讽刺笔法来写的，但在盛夏的炎热之中，之前聚集在一起聒噪的人们突然之间沉默了，与之相反，一只苍蝇一下子活泼泼新灿灿地展开了活动，这种状态开始放射出一种突破了讽刺的不可思议的感觉，如果能够完全表达出那种感觉，那么仅仅从那一感觉之中也一定能够喷涌出象征着生活与命运的哲学。"② 横光利一认为小说的最后一幕是一种"突破了讽刺的不可思议的感觉"，这一感觉中有"象征着生活与命运的哲学"。那么，这种感觉之中的象征哲学究竟是什么？在小说中是如何表达的？该如何把握这一主题？本文拟对此作出解读与分析。

---

　　① 原文如下："この作品はまさに新感覚派の驍将横光利一の誕生を宣言する画期的なものだ、という評価は不動のものとなる。"小森陽一：『構造としての物語・増補版』、東京：青弓社、2017 年、第 355 頁。笔者译。

　　② 原文如下："『蠅』は最初風刺のつもりで書いたのですが、真夏の炎天の下で、今までの人間の集合体の饒舌がぴたりと急に沈黙し、それに変つて遂に一疋の蠅が生々と新鮮に活動し出す、と云ふ状態が風刺を突破したある不可思議な感覚を放射し始め、その感覚をもし完全に表現することが出来たなら、ただ単にその一つの感覚の中からのみにても生活と運命とを象徴した哲学が湧き出て来るに相違ない。"横光利一：「最も感謝した批評」、原載『新潮』1924 年 1 月号、后收入横光利一：『横光利一全集　第 14 巻』、東京：河出書房新社、1982 年、第 16 頁。笔者译。

二、"构图的象征性":人与苍蝇的对立

川端康成在解说横光利一的作品时,引用了《三代名作全集》之《横光利一集》(河出书房,1941)中横光利一所写《代解说》的内容:

> 在初期作品中,我最先写出的是《苍蝇》。然后是《被嘲笑的孩子》《宝贝儿》《红颜色》《弄丢的恩人》《碑文》《芋和指环》,是这个顺序,这些都是我在20岁到25岁之间的作品,那一时期我还不知道严谨地表达是什么,只是凭着一腔极度严格的写作态度在执笔。那一时期,我最重视的是艺术的象征,那时的我相信,与写实相比,其实美更是存在于构图的象征性之中。换言之,那时我把文学空想成是和雕塑同样的艺术,是我浪漫主义的盛期。①

对此,川端康成评论说:"这里所说的'顺序'是否真正属实还是有争议的,但不管是《苍蝇》还是《太阳》,都是意识到'构图的象征性'写出的'雕塑'式作品,这一点毋庸置疑。"② 由此,外部的视觉"构图的象征性"成为《苍蝇》先行研究中论述的重点,多有论者从"构图"和"象征"两个关键词及其结合来考察小说内涵。

> 盛夏的驿站一片空虚。只有一只大眼苍蝇挂在了阴暗马厩角落里的蜘蛛网上,正用后肢在网上蹦跶,一时间颤悠悠地晃个不

---

① 原文如下:"初期の作品の中で一番初めに書いたものは「蠅」である。次ぎに「笑はれた子」、「御身」、「赤い色」、「落された恩人」、「碑文」、「芋と指環」といふ順序であるが、これらは皆、私の二十歳から二十五歳までの作で、表現とはいかなるものかを巖密にはまだ知らず、筆を持つ態度にのみ極度に巖格になつてゐた一時期の作である。この時期には、私は何よりも藝術の象徴性を重んじ、寫實よりもむしろはるかに構圖の象徴性に美があると信じてゐた。いはば文學を彫刻と等しい藝術と空想したロマンチシズムの開花期であつた。"笔者译。

② 原文如下:"ここに言ふ「順序」がそのまま正確なものか、どうかは問題のあるところだが、「蠅」といひ、「日輪」といひ、「構圖の象徴性」を意識した、「彫刻」的な作品であることはたしかである。"川端康成:『川端康成全集 第十九卷』、東京:新潮社、1974年、第193頁。笔者译。

停。（一）①

小说第一节开头从空虚的驿站写到挣扎的大眼苍蝇，刻画出由长镜头到短镜头聚焦式的快速转移的构图。第一节中苍蝇挣脱蛛网爬到了马背上。第二节场景转换，马叼着一根枯草寻找驼背老车夫的身影。老车夫正在豆包店前面下象棋。第三节到第八节农妇、年轻男女、小男孩和母亲、乡绅暴发户顺序登场，老车夫执着地等着豆包出锅。"马车到什么时候会出发呢？这谁都不知道。如果说有什么东西能知道的话，那就是这豆包店锅灶中渐渐膨胀起来的豆包。之所以这么说，是因为这驿站的驼背车夫每天最大的安慰，就是第一个拿到谁都没有碰过的刚蒸好的豆包，因为洁癖如此之深，以至于他不得不经年累月过着独身生活。（七）"②第九节马车终于出发，大眼苍蝇趴在车上一起摇晃着前行。第十节中间部分开始再次聚焦于苍蝇，这大眼苍蝇眺望、仰视、俯视、倾听，老车夫饱食了豆包后一直在昏睡，马车透过眼罩顺着道路拐弯，车轮偏出道路。结尾处，

  突然，马被车体架住竖直了身子。瞬间，苍蝇向上飞起。然后，看到了和车体一起向崖下坠落而去的马那放松的肚子。接着，人马高声悲鸣之后，河滩上，压在一起的人、马和碎木板堆成一堆，沉默着一动不动。而那大眼苍蝇，把力气集中到已经完全休息过来的翅膀

---

 ① 原文如下："真夏の宿場は空虚であつた。ただ眼の大きな一疋の蝿だけは、薄暗い厩の隅の蜘蛛の網にひつかかると、後肢で網を跳ねつつ暫くぶらぶらと揺れてゐた。"本文引用的《苍蝇》小说原文，由笔者根据『現代日本文学大系　51　横光利一・伊藤整集』（東京：筑摩書房、1970 年）译出，在原文后面随注小说中的节号。以下同。

 ② 原文如下："馬車は何時になつたら出るのであらう。これは誰も知らない。だが、もし知り得ることの出来るものがあつたとすれば、それは饅頭屋の竈の中で、漸く脹れ始めた饅頭であつた。何ぜかと云へば、此の宿場の猫背の馭者は、まだその日、誰も手をつけない蒸し立ての饅頭に初手をつけると云ふことが、それほど潔癖から長い年月の間独身で暮さねばならなかつたと云ふ、その日その日の、最高の慰めとなつてゐたのであつたから。"笔者译。

上，独自一人，悠悠然向着蓝天飞去。（十）①

马车夫、马和乘客全都坠崖身亡，大眼苍蝇独自悠然地飞向高空。就这一结尾来看，"一系列的偶然造成了一场惨剧的发生，几个白软的豆包决定了一群有着不同人生的人的命运。偶然的小事，不起眼的豆包，在作者的笔下，不再是不屑一顾之物，他们有着重大的象征意义，象征着物质世界，象征着决定人们命运的强大外力"②。由此，诸多研究认为，该作品象征着人的存在是何等不安和凄惨。该类分析基于小说文本而发，是对小说象征意义的一种恰适解读。

再有，梶木刚认为，这里人和苍蝇形成了"愚"和"智"的对照，遇难的是"愚蠢的日本国民"，而飞向蓝天的苍蝇是"聪明的"，认为苍蝇的眼与作者的眼具有重合性③。关于苍蝇的象征与作者横光利一的关系，玉村周也认为："通过这篇小说，横光冷静、客观地注视着人生，那是为某种无意义的，但又是人的力量无法控制的命运类的东西所操纵的人生。横光是要把凝视这人生的自己的态度，由俯视背负着悲喜各色人生的人们的死、独自一人向上飞起的苍蝇而象征出来。"④ 即，苍蝇的大眼的俯视、苍蝇向上飞起的行为，象征着横光利一冷眼观人生的态度。

---

① 原文如下："突然、馬は車体に引かれて突き立つた。瞬間、蠅は飛び上つた。と、車体と一緒に崖の下へ墜落して行く放埒な馬の腹が眼についた。さうして、人馬の悲鳴が高く発せられると、河原の上では、圧し重つた人と馬と板片との塊りが、沈黙したまま動かなかつた。が、眼の大きな蠅は、今や完全に休まつたその羽根に力を籠めて、ただひとり、悠々と青空の中を飛んでいつた。"笔者译。

② 于荣胜编著：《日本现代文学选读》（上卷）（修订版），北京：北京大学出版社，2006年，第79页。

③ 参见梶木刚：『横光利一の軌跡』、東京：国文社、1979年。

④ 原文如下："横光はこの小説によって、何かつまらない、しかし人間の手ではどうすることも出来ない運命のようなものに操られている人生といったものを、冷静に、かつ客観的に見つめて行くのだ、という自らの姿勢を、悲喜こもごもの人生を背おった人々の死を見下しながら、ただひとり飛び上がる眼の大きな蠅の姿に象徴させようとしているのである。"浅井清等編：『新研究資料現代日本文学　第一巻』、東京：明治書院、2000年、第195頁。笔者译。

对于梶木刚和玉村周的看法，小森阳一提出了不同意见①。他分析了《苍蝇》中视点的转换与交错，指出：通过摄像机镜头般视界的转换，现实中的读者的视觉随着意识时而被导入到小说世界内部，时而又回归现实，通过时间等的节奏变换使读者的意识流动在紧张和迟缓之间交替。如果把"大眼苍蝇"这个意象视觉化，应该就是充满整个屏幕的放大的"苍蝇的复眼"。"这一瞬间，看着屏幕的人（处于外部视角的读者）在看这'眼'的同时，也正被苍蝇的'眼'盯着看。"②在文本的开头和结尾处，空洞洞的苍蝇的眼回望向读者，令读者毛骨悚然。紧张与迟缓的意识转换通过被投影到小说世界内的读者身体而完成。《苍蝇》调动起了"暗隐的读者"的体验，这是横光利一初期小说群的特质。之所以能够达成这种效果，是因为《苍蝇》中的"摄像机镜头"是一种"内在于小说的'眼'"，把苍蝇和它的大眼也都收入镜头之内。作家横光的"眼"，并非贴近俯视跌落的马车的苍蝇的"眼"，而是望向了自行跌落崖下的"沉默"的"一堆"——把存在还原到了"物"。小森阳一结合文本论证了《苍蝇》中隐含的"看"与"被看"的关系，区分指出苍蝇的"眼"和作者的"眼"并不等同，这可以理解为对横光利一所说"突破了讽刺的不可思议的感觉"的一种注释。

关于梶木刚所说的"愚""智"对照的讽刺，小森阳一结合《宝贝儿》等初期作品中的情节指出，如同着急赶去探望病危儿子的农妇所代表的，"对于骨肉至亲和所爱的人的死、肉体的毁损的预感，受到这种预感威胁却又无可奈何的危机意识，是初期横光堪称资质般执着的主题"，"也可以说，这农妇的危机意识——紧张的主题是这部小说的主旋律，所以对于把这等闲视为'愚蠢的日本国民'加以唾弃的立场，我难以认同"。③这里回到了《苍

---

① 小森陽一：『構造としての物語・増補版』、東京：青弓社、2017年、第355—358頁。

② 原文如下："この瞬間、スクリーンを見る側（外側の視座に立つ読者）は、この<眼>を見ていると同時に、蠅の<眼>から見られてもいるのである。"笔者译。

③ 原文如下："肉親・愛する者の死や肉体的な破損の予感にどうしようもなく脅かされる危機意識は、初期横光のいわば資質的な執着ともいえるモチーフである"，"この農婦の危機意識 ― 緊張のモチーフはこの小説の主旋律ともいえるもので、これをひとしなみ「日本的愚衆」などと切り捨てる立場には同意しがたいのである。"小森陽一：『構造としての物語・増補版』、東京：青弓社、2017年、第359頁。笔者译。

蝇》的主题，小森阳一看到了横光利一文学中对人的关怀。但如同小说中农妇的危机并没有打动老车夫一样，对人的关怀的主题往往被论者和读者所忽视，代之备受瞩目的，是处于小说前景的人生的无力、人与人之间的"不联通"以及人的自我解体。

日置俊次认为，《苍蝇》中聚在驿站的人们的人生处于相互之间"不联通"的状态，"在横光世界感觉的根底，有自我与他者、或者说自我内部的分裂这一认识，有对这一分裂横沟的关注。该世界感觉与横光的创作态度密切相关，即，感受着现实与作品之间、作者与读者之间的'不联通'，在作品中有意识地设置'不联通'或是超越之"。"新感觉派的表达中所见的'表现对象的均等化'及拟人手法，反过来也可以辅助加强对象之间的不联通"，在横光看来，相信作者与读者可以直接互通的私小说就如同陶醉在自我欺骗的幸福中一般。而"表现这种多元化的不联通，就是新感觉表达的本质。"[1] 日置俊次强调的是人与人之间、作者与读者之间的"不联通"，而小森阳一认为，乘客们最终为老车夫的身体欲望的对象——豆包——这一"物"束缚住，人的意识不得不受制于藏在外部身体中的欲望，或者说，某些时候限制住意识的外部身体才是"自我的实体"，这可以理解为个体的意识（内部）与身体（外部）分离之后的"解体的'我'"[2]。日置俊次和小森阳一对《苍蝇》中人的"不联通"和自我解体的理解，都与对小说"摄像机镜头"式视点、拟人写法的认识有关。

说到"摄像机镜头"，"19世纪末发明了放映机，到20世纪时发展为电影，由此产生了摄像机镜头这一虚无的视点，这与促使科学技术发展并普及到社会中的资本主义、以资本主义为前提出现的大众化社会等20世纪近

---

[1] 原文如下："横光の世界感覚の基底には自己・他者、あるいは自己内部の分裂という認識があり、その分裂の溝への興味がある。この世界感覚は、現実・作品間の、また作者・読者間の「不通線」を設けたりそれを越えたりする創作態度に結びつく。""新感覚派の表現に見られる「表出の対象の均等化」や擬人法は、逆に対象間の不通線付設とも呼べる。""そんな多元的不通線を一気に明るみに出して見せることが新感覚表現の本質ではなかったろうか。"日置俊次：「横光利一における象徴の意味」，『東京医科歯科大学教養部研究紀要』1996 年 3 月号，第 1—4 頁。笔者译。

[2] 小森陽一：『構造としての物語・増補版』，東京：青弓社，2017 年，第 362 頁。

代社会的变革不无关系"。透过冰冷的摄像机镜头，小说《苍蝇》与日本近代文学一贯的"以人为中心的自我认识、自我意识的物语结构相异质"，其文本结构"把'生物'或物与人等同视之的物象化体制突出于前景"①。这与日本国语教材在20世纪80年代以后围绕对自我认识和自我意识的认同来选录小说的标准不相符合，被认为不能很好地在教室中进行"同化阅读"，因此遭到教材研究者的诟病，但山崎义光认为，这样的诟病中显示出来的并非《苍蝇》这部小说的缺陷，毋宁说是显示出了近年来日本教材中脱离历史语境的"同化阅读"本身的局限性。②

关于日置俊次等指出的"加强了对象之间的不联通"的拟人手法，片冈良一认为这是体现新感觉派特质的技法。他指出，横光利一把人类视为"低于苍蝇"的凄惨存在，这一方面是由于日本近代文学传统从未确立起自主性人道之路，另一方面与大正末年唯物论的流行、金融霸权导致自由主义风潮暂时低落、机械压制人类等现象直接相关。横光关注人类生活的断片，凭对当时时代的敏锐感受力，巧妙地将时代感觉图式化，但却将之归于主观的、非科学的神秘力量，"没有准确抓住那些现象背后的原因"。"一方面展示出虚无的否定观的阴暗，另一方面又得以将与那些阴暗直接相关的问题随意处置"，他本身也显示出了那个"分裂时代中真实的人的样貌"。"横光氏等新感觉派的人们沉湎于自己第六感式的内部感觉，以之为触发生命感受的感觉，在此基础上更进一步，感受到万物皆是有生命的，并且认为那贯通于万物中的生命制造出了流动与发展的不停息的过程。"这在表达上体现为多用"拟人手法"，"当时川端康成氏称之为极其朴素的灵

---

① 原文如下："十九世紀末に映写機が発明され、二十世紀に発展した映画が、カメラ・アイという虚無的な視点を生み出したわけだが、それは科学・技術の発展と社会への普及を促す資本主義、資本主義が生み出し前提とする大衆化社会といった二十世紀近代社会の変容とも無縁ではない。"小説「蠅」は、"人間中心的な自己認識・自己意識の物語構造とは異質で"、"＜生きるもの＞やモノと人間を同列に把える物象化システムを前景化する構造"を持った。山崎義光：「教室のなかの『蠅』と文学史のなかの『蠅』」、至文堂編：『国文学　解釈と鑑賞』2007年2月号、東京：ぎょうせい、第182頁。

② 山崎義光：「教室のなかの『蠅』と文学史のなかの『蠅』」、至文堂編：『国文学　解釈と鑑賞』2007年2月号、東京：ぎょうせい、第183頁。

肉一如主义的表达,这直接把客观的事实与主观的印象飞跃般结合在一起,由此可以明确地看出新感觉派独特的特质,可以说这就是新感觉派特质般的技法"[①]。片冈良一分析了横光利一文学中的拟人手法体现出的作家敏锐的感受性,是"万物有灵"世界观的体现,是客观与主观结合的表达。这一评价与横光利一本人在《感觉活动》(《文艺时代》1925年2月号)和《纯粹小说论》(《改造》1935年4月号)中的文学主张相一致。

综合以上先行研究,各家在分析《苍蝇》"构图的象征性"时,多集中于"摄像机镜头"式的叙事视角和拟人手法,认为在人与苍蝇的象征性构图之中体现了人的无力、凄惨、封闭与自我解体,是一种负面的人生认识。上述分析不可谓不深刻,但对于《苍蝇》的象征意义,其实是从小说把人"物象化"、把人降低到"物"这样一种下降性思维来把握的,本质上强调的是人与苍蝇的"对立",其深层还是以人为最高、最大的"人类中心论"。而横光利一在初登文坛时有强烈的与日本自然主义文学、私小说等对抗的心理,反对"知识阶级过剩的自我意识"。下面将尝试从"把苍蝇视为人"这样一种与"物化"相反的方向,结合横光利一的文学主张,重新思考《苍蝇》中构图的象征性的意义。

三、颠倒的"构图的象征性":消解人与苍蝇的对立

承接上文,关于《苍蝇》的主题,小森阳一分析认为,第九节中苍蝇再次出场,使文本转换到第一节中〈束缚〉→〈下落〉→〈逃脱〉这一记

[①] 原文如下:"一方には虚無的な否定観の暗さなどをも示しながら、他方その暗さと直接つらなる問題をこうして明るく安易に処置し得ていたところに、やはり争えない分裂時代の人間らしい相貌が氏にもあったわけかと思う。""横光氏等新感覚派の人々は、その第六感的な内部的感覚への沈湎を生命観の触発と感ずるところから更に一歩を進めて、万物すべてが生命を以て生きているものと感じ、然もそうして万物に貫通する生命は、流動と発展の絶えざる流れを形造っていると考えたのである。""当時川端康成氏はこれを極めて素朴に霊肉一如主義の表現などとも呼んでいたのであったが、そこに客観的な事実と主観的な印象とをいきなり飛躍的に結びつけるという此派らしい特質が認められる点で、これなど此派としても特質的な技法であったということが出来るのではないかと思う。"片岡良一:「新感覚派時代の横光利一」、『現代日本文学大系 51 横光利一・伊藤整集』、東京:筑摩書房、1970年、第388—395頁。笔者译。

忆中苍蝇的运动模式上。"据此，马汗映出的颠倒的风景成为〈下落〉的象征，即将出现的〈下落〉的意义与开头苍蝇〈下落〉的意义——逃脱、解放——完全颠倒，意味着死和永远的束缚。可以说，这种紧张与迟缓、把景别（取景范围）和立场的转换与交错很好地结构起来的文体的变化，就是《苍蝇》通篇最大的魅力所在。"① 小森阳一从摄像机景别和立场的变化、交错角度谈节奏与主题的变化，注意到了小说中风景的"颠倒"，并且认为是与苍蝇开头处的"下落"完全相反的死亡的预告。小森阳一在这里仍然延续着本文前面指出的以马车上的人为中心的"下降性思维"来看待"颠倒"。

如前所述，《苍蝇》中的象征与拟人手法相关，该手法有两个方面："对物的拟人化描写，对人的拟物化表现"②。包括小森阳一在内的前述先行研究，多从"对人的拟物化表现"方面来分析，却少有人关注文本中随处可见的"对物的拟人化描写"所蕴含的"万物皆有生命"这一方面的象征意义。小说在描写苍蝇、马、阳光、炉灶、森林等非人存在时，都使用了拟人化描写。如果把苍蝇真正地当成与人平等的存在，顺着由苍蝇上升到人的"上升性思维"，《苍蝇》中的感觉与象征也可以呈现为"生命向上"的"颠倒"性解读。这种解读与横光利一创作有感觉的文学、以个人的偶然抵达人生的必然的文学主张是一致的。

横光利一强调文学与"感觉"的关系。他在《感觉活动》一文中说，"没有感觉的文学，肯定必然毁灭"，"认识活动的质料是感觉"，"一言以蔽之，感觉就是精神爆发的比喻"。以清少纳言的创作为例来说明"感觉"不同于"官能"："清少纳言的感觉，那不是感觉，只是其官能冷静

---

① 原文如下："そのことによって馬の汗に映る逆転した風景は＜落下＞の象徴となり、迫りくるその＜落下＞は、冒頭での蠅の＜落下＞の意味——脱出・解放——とはまったく逆転した意味——死・永遠の拘束となるのである。『蠅』一編の最大の魅力は、こうした緊張と弛緩、ショットサイズと視座の転換と交錯とを、見事に構成した文体のドラマにあるといえるだろう。"小森陽一：『構造としての物語・増補版』、東京：青弓社、2017年、第360頁。笔者译。

② 于荣胜编著：《日本现代文学选读》（上卷）（修订版），北京：北京大学出版社，2006年，第78页。

强烈。……新感觉的表征至少应该通过悟性使内在的直觉表征化。也就是说，它应该是从形式的假象获得的、内在直觉的感性认识表征。"① 在《纯粹小说论》中，横光利一肯定了通俗小说中一直为日本近代"纯文学"所抛弃的"偶然性"和"感伤性"。他说，这里的"偶然"，又称"一时性"，其反面是"必然性"，这个必然性通常又被认为是"日常性"的表现。"感伤"则是感觉的感知。《罪与罚》《战争与和平》中都有偶然性和感伤，但是却被认为是"纯粹小说"，原因就在于其中有"可以经得起理智批评的思想性以及与之相应的现实性"。要表达出这种带有"偶然性和感伤性的现实"，就必须注意："纯粹小说中的偶然（一时性或特种性），要么是在小说的大部分结构所表达的日常性（必然性或普遍性）的集中处必然发生的某种特殊运动的畸形部分，要么是因为发生了那种偶然而更加强化此前的日常性"②。而具备"第四人称"的"作家之眼"的作家，要把形形色色的人物所思所想的旋转面的集合与作者的内部保持相关关系并向前推进，在这个前进过程中才能出现称得上思想的某个时间。作家要把重心放在人的外部（行为）与内部（思考）中间，而在这中间的重心里存在着自我意识这一媒介物，它起着分裂人的外部与内部这样的作用，使人的行动呈现出偶然、突发之状。然后，无数人所拥有的偶然的集合会变成"大偶然"，

---

① 原文如下："認識活動の触発する質料は感覚である。""感覚は要約すれば精神の爆発した形容である。""清少納言の感覚は、あれは感覚ではなく官能が静冷で鮮烈であつたのだ。……新感覚の表徴は少なくとも悟性によりて内的直感の象徴化されたものでなければならぬ。即ち形式的仮象から受け得た内的直感の感性的認識表徴で（ある）。"横光利一：「感覚活動」，『現代日本文学大系　51　横光利一・伊藤整集』，東京：筑摩書房，1970年，第193、196頁。中文译文参考自于荣胜：《〈新感觉派的诞生〉与横光利一的文学论》，《日语教育与日本学》第1辑，上海：华东理工大学出版社，2011年。

② 原文如下："純粋小説であるといふ定評のある原因は、それらの作品に、一般妥当とされる理智の批判に耐え得て來た思想性と、それに適当したリアリテイがあるからだ。""純粋小説に於ける遇然（一時性もしくは特種性）といふものは、その小説の構造の大部分であるところの、日常性（必然性もしくは普遍性）の集中から、當然起つて來るある特種な運動の奇形部であるか、あるひは、その遇然の起つたがために、一層それまでの日常性を強度にするかどちらかである。"横光利一：「純粋小説論」，原載「改造」1935年10月号，后收入『近代文学評論大系　第7巻』，東京：角川書店，1972年、第145頁。笔者译。

互相拥挤在日常所到之处，这就是近代人的日常性和必然性。世界一流作家必定能够抓住这样的偶然和感伤，迫近人类活动的"真"。①

横光利一的上述主张看似拗口难解，其本意是要反对以自然主义、私小说为代表的日本近代"纯文学"排除给生活以感动的偶然、错以自己倦怠无力的"日常"为"现实主义"的文学传统，去除知识阶级过剩的自我意识，呼吁创作具备"经得起理智批评的思想性以及与之相应的现实性"的文学。"通过悟性使内在的直觉表征化"、抓住偶然与日常性的相互作用表达人生的感动，《苍蝇》可以说是该文学主张的一个缩影。变"由人到物"为"由物到人"，消解人与苍蝇的对立，可以挖掘出小说中通过悟性表达出的偶然与日常性的转换及其意义。

这里的"悟性"一词，可以理解成中文的"理性"，横光利一借此强调他所说的"感觉"是带有深层思考的内在直觉，在作品中则表现为客观与主观、外部行为与内在思考的直接结合。《苍蝇》通篇在写人的言行的部分之外，大量采用通感、拟人和比喻的方法去写包裹着人的物和环境，调动起读者的各种感官，使读者得以体会作者所要表达的深层感觉——偶然与日常性的交替和转化。

小说开篇首句"盛夏的驿站一片空虚"，挣脱了蛛网的苍蝇"像豆子一般啪嗒掉了下来。然后，它沿着斜立在马粪的重量之中的稻草边缘爬上了裸体的马背。（一）"②"空虚"一词把驿站空无一人的景象和人空洞的内心感受联结在一起，"豆子""重量""裸体"等词把画面具象化。这些联结外部行为与内部感受的描写与小说中人物的言行有机穿插在一起，形成了人物的生活环境；需要注意的是，动态的具象描写更是使其本身就成为生活的一部分，而不仅仅是对人物的背景衬托。"从房檐漏进来的太阳光，顺着他的腰跨上那圆包裹般的驼背。（二）"③"歪斜不整的榻榻米

---

① 横光利一：「純粋小説論」、原載「改造」1935年10月号、后收入『近代文学評論大系　第7巻』、東京：角川書店、1972年、第143—154頁。

② 原文如下："豆のやうにぽたりと落つた。さうして、馬糞の重みに斜めに突き立つてゐる藁の端から、裸体にされた馬の背中まで這い上つた。"笔者译。

③ 原文如下："廂を脱れた日の光は、彼の腰から、円い荷物のやうな猫背の上へ乗りかかつて来た。"笔者译。

上扔着一只茶碗，酒红色的粗茶兀自静静地从里面流出来。（三）"① 这些非人存在的描写的感觉基础是静谧的日常生活。横光利一以敏锐的感受性刻画出了生活感觉，这些感觉是日常性的，而偶然就蕴含在日常的必然之中，是"日常性（必然性或普遍性）的集中处必然发生的某种特殊运动"。《苍蝇》中的偶然与日常的生活感觉结合在一起，比如，私奔的青年男女赶来驿站时，小说写道：

> 原野尽头的阳炎中传来了敲打紫云英的声音。/ ……"要是被发现了可怎么办啊？"姑娘说着，脸上快要哭出来了。/只有那敲打紫云英的声音，如同脚步声一般隐约地紧紧传来。（四）②

夏天把结籽的紫云英用连枷敲打之后可以作为牲畜饲料，有节奏地"敲打紫云英的声音"原本是一种富含生活感的夏日日常感觉，在小说中却与私奔青年男女的心情结合起来，仿佛变成了隐约追来的紧张的脚步声。而当农妇等人在焦急等待发车的时候，

> 驿站的表敲响了十点。豆包店的炉灶冒着蒸汽叫了起来。
> 咔嚓，咔嚓，咔嚓。驼背车夫切了马草。马在驼背旁边喝饱了水。（八）③

"鸟鸣山更幽"，表的声音、蒸汽的声音和切马草的声音本来都是宁静的日常，却因乘客们的焦急等待而愈发突出了整个画面的紧张感。马车终于发车了，上文小森阳一谈到的"颠倒的风景"，在小说中的描写如下：

> 马车在烈日下奔跑着。穿过林荫道，经过长长的红豆田边，不时

---

① 原文如下："歪んだ畳の上には湯呑が一つ転つてゐて、中から酒色の番茶がひとり静に流れてゐた。"笔者译。
② 原文如下："野末の陽炎の中から、種蓮華を叩く音が聞えて来る。/……「知れたらどうしよう。」と娘は云ふと一寸泣きさうな顔をした。/ 種蓮華を叩く音だけが、幽に足音のやうに追つて来る。"笔者译。
③ 原文如下："宿場の柱時計が十時を打つた。饅頭屋の竈は湯気を立てて鳴り出した。/ ザク、ザク、ザク。猫背の馭者は馬草を切つた。馬は猫背の横で、水を充分飲み溜めた。"笔者译。

晃过亚麻田与桑田的间隙，挤进了树林里，于是，绿色的树林映在马额头上一时积下的汗水中，呈颠倒状摇晃着。（九）①

和紫云英一样，红豆田、亚麻田和桑田也是极其普通的日常，红豆田还和上面第七节中独身老车夫对豆包的欲望连接起来，吸引读者进入文本。马车穿过漫长的日常生活，风景颠倒着映在马额头的汗水上，即将迎来偶然事件的爆发。可以说，《苍蝇》整部小说一直是日常的积聚和酝酿，在日常之中偶然发生了。但日常并非仅仅为了偶然而准备的，从对日常的多样描写中能够读出横光利一对于生活、对于人的关心。一大早踏着露水赶来的农妇心系儿子，彷徨无策；私奔的青年男女带着恐惧出逃，心里充满对未来幸福的期盼；心不在焉的母亲仿佛满腹心事，幼稚的孩子充满生气，对一切都充满好奇；穷苦半生后终于一夜暴富的乡绅也惦记着给儿子买鞋和西瓜，憧憬未来能够更好。嵌入日常中的人，表面或者因陷入各自的人生际遇无法自拔而显得"愚蠢"，但实际上却是各有生活需要奔波，是值得同情的普通人。赶来驿站坐马车出发，是向前努力生活的状态的象征。

这种日常被偶然截断了，第十节中，马车带着车夫和乘客坠入崖下，成了沉默的"一堆"。但需要特别注意的是，在这个结尾处有一处变化不容错过：在小说此前的描写中，虽然对苍蝇用了拟人手法，但总是称其为"一只"（「一疋」「一匹」）苍蝇，如第九节中喇叭和鞭子响过、马车出发时，苍蝇再次登场："那只大眼苍蝇从马腰部隆起的肌肉的气味中飞起来"②，停在马车顶部休整。而在第十节中老车夫饱食豆包后一直昏睡着，"然而，在这些乘客之中，知道那车夫正在睡觉的，好像就只有这一只苍蝇"③。这里把苍蝇算到了乘客中，却仍然以"一只"来描述它。到了小说最后一句时，"那大眼苍蝇，把力气集中到已经完全休息过来的翅膀上，独自一人，

---

① 原文如下："馬車は炎天の下を走り通した。さうして並木をぬけ、長く続いた小豆畑の横を通り、亜麻畑と桑畑の間を揺れつつ森の中へ割り込むと、緑色の森は、漸く溜つた馬の額の汗に映つて逆さまに揺らめいた。"笔者译。

② 原文如下："眼の大きなかの一匹の蠅は馬の腰の余肉の匂ひの中から飛び立つた。"笔者译。

③ 原文如下："併し、乗客の中で、その馭者の居眠りを知つてゐた者は、僅にただ蠅一疋であるらしかつた。"笔者译。

悠悠然向着蓝天飞去"。这里称苍蝇为"独自一人"（「ただひとり」），作者把苍蝇彻底人化，使之上升到了与人同为生命的存在，人和苍蝇之间的对立由此消解。从由苍蝇到人这样的上升逻辑来重新审视最后一幕，"聚集在一起聒噪的人们突然之间沉默了，与之相反，一只苍蝇一下子活泼泼新灿灿地展开了活动"，不管是人还是苍蝇，都是生命，有的生命消失了，有的生命继续存在，与小说开头苍蝇从蛛网挣脱的一幕结合来看，小说呈现出生死循环的环状结构。横光利一所说的"突破了讽刺的不可思议的感觉"，或许也是对这种受制于环境的偶然而有死有生的必然的生命过程的感受。

四、结语

"感觉"与"象征"是横光利一文学的两个关键词。关于感觉，横光利一将其解释为"精神爆发的比喻"，"新感觉的表征至少应该通过悟性使内在的直觉表征化"。将带有理智思考的直觉表达出来，把客观事实与主观印象直接结合在一起，在文学中就形成了象征。横光利一回顾自己的文学之路时说："想来，可以说我一生都没有将象征主义打破。我一直难于舍弃的思想是：写实的象征正是文学的终极目的，是亘古不变的美的最高观念。"[①] 从处女作开始，"人无法完全解脱"这种观念就像命运一样伴随着作家。"写实的象征"是他一贯追求的写作理念，初期的《苍蝇》等短篇重视的是外部视觉"构图的象征性"。关于《苍蝇》的象征性主题，本书先总结了先行研究提出的人的弱小无力、冷漠与不联通、物化及自我解体等观点，在此基础上结合横光利一的文学主张分析指出，《苍蝇》通过通感、比喻、对物的拟人化描写等，写人的日常性和偶然的转化，形成了死生循环的生命结构，体现了重视写作技巧的横光利一对人的关爱。

在面对《苍蝇》时，本书尝试从关注文本中的日常性、重视作家对人生的关照这个方向进行解读，而不是将目光仅仅集中在文本中的偶然性上。

---

① 原文如下："想ふに私からは生涯象徵を砕く気風など起らぬと見え、写実の象徵こそ文学の窮極の目的であり、変じ難い美の最高の観念であると思ふ思想は、私の中から捨て去り難いものとなつて来た。"横光利一、伊藤整：『現代日本文学大系 51 横光利一・伊藤整集』、東京：筑摩書房、1970年、第398頁。笔者译。

这一思路有利于拨开文本表面的技巧性迷障，从整体上把握作家和作品。同一时间发表的小说《太阳》也是如此，古代王子们为了自身的爱和欲望不顾一切肆意杀戮，但到了最后，已经如太阳般耀眼的卑弥呼却哭倒在剑上请求卑狗大兄和长罗的宽恕，这是善良的卑弥呼内心的呼声，体现出横光利一对作为人的卑弥呼的强调和关注。横光利一初期的文学是"冷酷、抽象的语言表现"与"'抒情性'（河上彻太郎）、或者说是构成其根本的'青春的实际生活体验'（河上彻太郎）、'人类观'（伊藤整）"的结合体，"即他青春之中对爱情的体验、性的认识，之后失去母亲和妻子而得到的死亡认识"①构成了其文学的底层。到了《春天乘着马车来》（《女性》1926年8月号），横光利一根据照顾病妻小岛君子的真实生活经历和感受，从丈夫的视角展开叙述，勾勒出了情感质朴、真实生动的作家形象。对人的关怀一直存在于横光利一的文学之中，在不同时期以不同的文学形式表达出来。

---

① 原文如下："すなわち、彼の青春における愛の体験と性の認識、ついで母や妻を失って、死の認識を得たことだ。"瀬沼茂樹：「横光利一・その研究小史」、『現代日本文学大系　51　横光利一・伊藤整集』、東京：筑摩書房、1970年、第404頁。笔者译。

第七篇

川端康成《伊豆的舞女》(1926)

原作《伊豆的舞女》(『伊豆の踊子』)首次连载于《文艺时代》(『文芸時代』)1926年1月号和2月号。收于短篇集《伊豆的舞女》(『伊豆の踊子』),东京:金星堂,1927年。

作者简介

川端康成(1899—1972),日本小说家。1899年6月11日生于大阪市一开业医生家庭。川端康成二岁失怙,三岁失恃,由祖父母抚养。七岁失去祖母,十岁失去姐姐,与祖父相依为命。十五岁时祖父离他而去,成为孤儿,寄人篱下。亲情的缺失造成他性格和心理上的缺陷。如何克服和弥补这些缺陷,成为川端康成日后人生的一大课题。

川端康成中学二年级时立志成为作家。1917年9月去东京读旧制官立第一高中时开始给刊物投稿,尝试用写作疗愈自己的精神疾患。1920年9月考入东京大学英文科。1921年2月与同窗创刊第六次《新思潮》杂志。同年转学国文科。1923年2月与菊池宽成为同人。1924年3月大学毕业。同年10月与横光利一等创刊《文艺时代》,结成"新感觉派",主张借鉴西方先锋派文学,进行"文学的革命"。1927年5月《文艺时代》停刊后,《近代生活》(1929年4月)、《文学》(1929年10月)、《文学界》(1933年10月)等,也为他发表各类作品提供了园地。

川端康成一生创作甚丰,写有小说、小小说、散文、诗歌、杂文、文艺论等,其中小说创作的成就最高。从1921年4月正式发表第一篇小说《招魂节一景》,到1964年1月连载完最后一篇小说《一只手臂》(1963年8月—1964年1月),为时近44年,数计500余篇(含120篇小小说)。作品大致可以分为三类,分别代表三个不同的时期。初期创作,以《招魂节一景》和《伊豆的舞女》(1926年1月、2月)为代表,自传成分较多,一般都带有孤独、寂寞、忧郁和伤感的情调。这同他的孤儿身世,初恋失意,以及对生活的独特认识是分不开的。《伊豆的舞女》是川端康成的成名作,写一个高中生与舞女之间纯真朦胧的恋情,用"爱"与"被爱"表现了对爱情的向往以及对人生的感悟。写得很清新,是作者的青春记忆,曾多次搬上银幕。中期创作,是作家形成自己创作个性和艺术风格的成熟时期,写有《禽兽》(1933年7月)和《雪国》(1935年1月—1947年10月)等作品。从中期开始,川端康成小说创作中的自传成分减少,几乎都描写男女间的性爱,且带有性即人生的味道,格调趋于颓废和虚无。连作者本人都承认他的作品"有背德的味道"。《雪国》写已有妻室的纨绔子弟岛村在不到三年的时间里三次到雪国与山村艺妓驹子厮混的故事。初到雪国,岛村在温泉客栈结识了舞蹈师傅的女弟子驹子——一个"洁净得出奇"的山村姑娘,尽了云雨之欢。尽管驹子钟情于岛村,但岛村认为一切都是徒劳的。岛村二到雪国,在火车上看到年轻美貌的姑娘叶子正心无旁骛地照料病危的舞蹈师傅的儿子行男。叶子"近乎悲哀的美"使岛村为之销魂。而此时的驹子为了挣钱给行男看病已沦为艺妓。岛村三到雪国,一面同驹子虚与委蛇,一面又迷恋着叶子。最后,当岛村和驹子准备分手时,叶子却在一场突发的大火中安详地死去。小说用这样的"爱"表现了灵与肉的自我救赎,是一部抒情小说,也是一部心理小说。后期创作,尽管艺术上炉火纯青,意境更趋深远,有作者自诩写得"最优雅的"《古都》(1961年10月—1962年1月)等留世,但如《千只鹤》(1949年5月—1951年10月)、《山音》(1949年9月—1954年4月)、《睡美人》(1960年

1月—1961年11月）、《一只手臂》等却更多地描写了背伦和变态的性爱，基调越发颓废和虚无。

川端康成的小说创作曾先后获得菊池宽奖（《故园》《夕阳》1944年4月）、日本艺术院奖（《千只鹤》1951年度）、野间文艺奖（《山音》1954年12月）、每日出版文化奖（《睡美人》1962年11月）等。1961年11月，川端康成荣获日本政府颁发的文化勋章，成为国家级的杰出人物。

1948年6月，川端康成接任日本笔会第四任会长，亲力亲为关心国际文化交流。1958年3月被选为国际笔会副会长。曾荣获德国法兰克福第30届国际笔会歌德奖（1959年5月）、法国文化艺术骑士勋章（1960年）等。从1955年到1964年间，他的主要作品被相继译成多国文字，得到广泛介绍。川端康成文学走向世界。

1968年10月17日，川端康成荣获1968年度诺贝尔文学奖。获奖作品是《雪国》《千只鹤》《古都》。获奖理由是"以敏锐的感受，高超的叙事技巧，表现了日本人的内心实质"。作为继泰戈尔之后第二位获诺贝尔文学奖的东方人，也是第一位获此殊荣的日本人，享誉世界。

1972年4月16日，川端康成在神奈川县逗子市寓所含煤气管自杀身亡，未留遗书。世人为之叹惋。

感谢爱情

引　子

《伊豆的舞女》是1926年发表的，现在已成为经典。学界对它的解读，特别是有关的实证研究，可谓汗牛充栋，成果丰硕，几乎穷尽了所有的问题。但是，《伊豆的舞女》的解读是一个仁者见仁智者见智的问题。现有的解读也证明：不管你使用哪种理论和方法，也不管你从哪个角度切入，任何一种解读都会留下一些遗憾和疏漏，也会有自己的理解盲点和误区。所以是需要不断重读的。罗兰·巴特在《S/Z》[①]一书中把文本分为"可读"和"可

[①] 罗兰·巴特：《S/Z》，屠友祥译，上海：上海人民出版社，2016年。

写"两类。尽管都与阅读有关，但"可写"的文本可以让人反复阅读，并产生批评的冲动。依我的理解，这种"可写"就是重读，而且是一种主动的行为。当然，重读《伊豆的舞女》不可能每次都会有重大和颠覆性的发现，但是随着新的阅读理论和方法的出现，也随着阅读主体自身学识、阅历和经历的增长，重读会成为必然，而且每次都会有所发现和收获。

我 2017 年 3 月退休后，曾经在国内高校就《伊豆的舞女》的解读做过多次演讲①。一直是以作者的身份同作品进行对话，谈的是小说中的故事、时代、叙事和审美，关键词是"真实"。以作者的身份同作品对话，就是站在作者的立场和角度，用"明心见性"的悟证去感悟和理解文本。要做到这一点，首先必须自设一个前提，就是相信作品在艺术表现上是真实的，另外还要懂一点文学创作论。因为它要求你不仅要读出它们具体真实在哪儿，还要读懂作者为什么会这样去写真实，其中还包括它们与原生形态的真实有什么不同。

这次重读换个思路，以读者的身份来谈《伊豆的舞女》的故事、时代、叙事和审美，关键词换成"拟真"。身份变了，形式和内容也得变一下。就像日本的作品论和文本论一样，作品论是基于作家与作品的关系去解释作品的，而文本论则是从读者是如何理解的角度去解读文本的。所谓读者的理解和解读，说得简单一点，就是读者在自己的知识库里选择寻找自己认定的最佳答案。这个最佳答案是什么？学界有许多解释，福建师范大学孙绍振教授用了"规范形式"②，日本都留文科大学田中实教授用了"第三

---

① 为上海财经大学、复旦大学、山东大学、西北师范大学、首都师范大学、同济大学等。
② 是从情感审美的角度讲的，用来解读文本结构中隐匿最深的情感。孙绍振教授认为小说解读，主观和客观并不直接发生联系，而是同时与"规范形式"发生联系的。这种"规范形式"是从历年历代人类文学艺术的审美经验中积累和积淀下来的一种阶梯式的存在，是具有历史水准和规范价值的。它让后人再做审美时无须从零开始。具体参见孙绍振、孙彦君：《文学文本解读学》，北京：北京大学出版社，2015 年。

项"①，我用的是"拟真"。因为现在学界认为：小说解读不是在阅读主体与文本客体之间进行的，它们不是顺逆交叉的线性模式。在主客体之间还有一维或一者存在。所以我一直想找一个言简意赅的词来代替原来做作品论批评用的"真实"。"批评的拟真"这个词，是我在读罗兰·巴特的《批评与真实》②时看到的。但只是借用而已。因为罗兰·巴特是用它来反击论敌的。罗兰·巴特认为1965年的批评界对新批评的反对，是用"批评的拟真"在坚守传统，太保守，又毫无新意。罗兰·巴特认为"批评的拟真"有三大罪状，即客观性、品味、明晰性。但他也承认"批评的拟真"是传统、圣贤、大众和舆论等积淀于人类精神之中所建立的。所以我把它理解为是对百读不厌、常读常新的经典中的一个片段、一个场景、一段对话、一个理念的先行研究，也就是罗兰·巴特所说的"可写的东西"，对于文学的历时性研究是有借鉴和参考价值的。下面就借用"拟真"，举一漏万地谈一下现有《伊豆的舞女》解读中存在的问题。方法是细读的、个案的、实证的，个人的、非学院式的。

一、故事拟真

从小说内容讲，《伊豆的舞女》一共七节，从头到尾讲的是"我"与舞女之间的故事。有一条完整的故事链。前四节"我"与舞女从相遇、相识到相知，虽说不尽如"我"意，但倒也如愿以偿。不过到了第五节的结尾，"我"却突兀地自曝孤儿身世，说：

---

① 用来解读隐匿在小说深层结构背后的思想。田中教授认为在主客体两项之外，还有"第三项"存在，而且对于主客体来讲，这个"第三项"都是"不可知的他者"。田中教授认为解读文本的深层结构，就是接近或面对这个认识论中的他者问题。只有跳出主客关系，站在其外部和上层，才能认识和解读这个"不可知的他者"。具体参见田中实·須貝千里·難波博孝編著：『第三項理論が拓く文学研究／文学教育 高等学校』、東京：明治図書、2018年。

② 罗兰·巴特：《批评与真实》，温晋仪译，上海：上海人民出版社，2016年。

> 我已经二十岁了，一直在严格自省自己被孤儿秉性扭曲的性格。因为无法忍受那种令人窒息的忧郁，才来伊豆旅行的。①

从情节因果和功能讲，做这样的叙事主要是用来为后两节"我"与舞女的分手和主题服务的，有叙事上的策略和意图。但是从情节相容和自洽讲，你又不能不对小说作一次回头重读，看看为什么会走到这一步？有什么蛛丝马迹？再问一个为什么？并修正此前的见解，这对于完整解读《伊豆的舞女》的故事链和故事拟真极为重要。就这一问题，日本学者三川智央曾经提出过这样的质疑：

> 如果叙事意图是为了克服由"孤儿秉性"带来的"令人窒息的忧郁"，那么为什么不更早一点提出这个问题，而且在第一节到第四节中根本就没有任何的表现呢？

这是三川智央在《〈伊豆的舞女〉论——关于〈叙事〉的多重构造》②中提出的五个存疑中的第二个。三川智央认为如果认定小说的主题是写"'我'的'精神成长'和'回归自己'"，那么这个问题是无解的。他的方案是从再次确认"我"与"巡回艺人们"的关系入手寻找解决问题的方法。

按照三川智央的提示，我重读《伊豆的舞女》，特别是"我"与"巡回艺人们"的关系后，深感小说的解读是要落到实处和细节的，对阅读中存疑的问题一定要刨根问底找出答案。

依我的重读理解："我"在伊豆旅行途中，遇到一男四女的巡回艺人，被其中一个漂亮的舞女所吸引，便要求与他们结伴同行。这里面固然有异性相吸的原因，但也有对那个男人的误解。因为此前"我"只见过巡回艺

---

① 原文如下："二十歳の私は自分の性質が孤児根性でゆがんでいるときびしい反省を重ね、その息苦しい憂鬱に堪えきれないで伊豆の旅に出てきているのだった。"本文引用的小说译文，由笔者根据川端康成：『伊豆の踊子』（東京：新潮社、1967年）译出。以下同。

② 三川智央：「『伊豆の踊子』論——〈語り〉の多重的構造について」、原善編：『川端康成「伊豆の踊子」作品論集』、東京：クレス出版、2001年、第367—368頁。

人中的三个年轻姑娘。所以一直认为那个穿长冈温泉号服的男人不是本地人，是出于好奇或看上了其中的某个舞女，才自愿帮她们拿东西一路跟了过来。虽然他们同意了"我"的同行要求，但却没有让"我"和他们住在同一个小客栈，导致"我"当天晚上苦闷烦恼至极无法入睡。原因之一是下午在巡回艺人们住的小客栈休息时，四十岁女人的一句话彻底打消了我对舞女曾经有过的"邪念"。但不知为什么，"我"还在为舞女担心，怕她被人糟蹋，心情极为复杂。第二天早晨洗澡时，在河对岸公共浴场的舞女看到"我"后，竟一丝不挂地跑出来向"我"招手。"我"明白了她还是一个小女孩，昨夜淤积心中的苦闷烦恼顿时烟消云散。第三天早晨八点，我如约去巡回艺人住的小客栈，看到他们睡在一个房间里，原来那个男人和年纪稍大的姑娘是夫妻，年纪稍大的姑娘和四十岁女人是母女，而那个男人和小女孩是兄妹，他们是一家人。至此，"我"对那个男人的误解完全消除了。有哥哥和四十岁女人在保护小舞女，"我"就没有必要再充当"保护人"夹在他们中间了，退出成为必然。这意味着小说的主题开始变奏，由写"爱"转向了写"被爱"。

从结构上讲，《伊豆的舞女》明显地分为两部分：前四节"我"与舞女的故事，主要写"我"对舞女的"爱"。故事因"爱"而起，也因"爱"而结束。后三节"我"与舞女的故事，主要写"我""被爱"的感觉和感悟。"我"为什么会有"被爱"的感觉和感悟？那自然与"我"的身世有关。从因果逻辑关系讲，在这一部分开篇的第五节提到"孤儿秉性"，也就顺理成章不难理解了。实际上《伊豆的舞女》最初就是分这样两部分发表的。川端康成日后说过："《伊豆的舞女》也罢，《雪国》也罢，我都是抱着对爱情表示感谢的心情写就的。这种心情，在《伊豆的舞女》中纯朴地表现了出来。在《雪国》中则稍微深入，作了痛苦的表现。"[1] 为什么在《伊豆的舞女》中用纯朴来表示对爱情的感谢？开始时我不甚理解，现在明白了，它连接了"我"的"爱"与"被爱"。

---

[1] 川端康成：《川端康成谈创作》，叶谓渠译，北京：生活·读书·新知三联书店，1988年，第191页。

二、时代拟真

《伊豆的舞女》是 1926 年发表的,时人把它称为"作品",有不少"作品论"用"实证"和"历史社会批评"的方法,解读过它的时代拟真问题。比如中国学者陈永岐就对作品中的"旅芸人""弁士""流行性感冒"等有关词语做过详尽的考据和实证研究[①],对解读作品的时代拟真很有参考价值。现在"作品"变成了"文本",取而代之的"文本论"则强调"文本"与"叙事"之间的关系,关注所谓纯艺术的"内部问题",只细读分析其中的"故事"和"人物",把"时代"和"背景"等都作为"外部问题"给屏蔽掉。这样的"文本论"范式给小说解读带来很大的困惑。不过客观地讲,这也不能全部怪罪于"文本论"。本来"时代"与"故事"是互为表里的,读懂了故事也应该读懂了时代。对此学界有一种说法,认为小说批评最好是在同代人之间进行,这样可以避免不必要的"误读"。那么作为隔代人在阅读时隔近百年而且是隔着国情的《伊豆的舞女》时,应该如何避免这种代际的"误读"呢?学界有一句很时髦的口号:回到历史现场。回到历史现场,说起来容易,做起来很难。它对学识有极高的要求,一般人是很难做到的。我们回到的历史现场,在很大程度上是自己虚拟的,这种虚拟里面难免会有"误读"。尽管查阅辞书或文献资料可以获得有用的知识,但那与自己隔着的,是不带个人情感体温的。小说解读最重要的是有个人情感,在解读显性的时代层面也是如此。一个词一个物体一个意象,随着时代的变迁,一般都会形成原故事的问题。如果你熟悉,你使用了,了解这段历史的人会认为你说的是真的。不了解这段历史的人则会一头雾水,会把它作为"文化符号"来理解处理。如果不用或用别的说法代替,了解的人会觉得你写的不真,不了解的人如果不求甚解、望文生义的话,那与正确的解读就是隔着的。如何解决?我认为除了用好基于知识的"实证"外,只能在带有个人情感体温的"整体细读"(从文学文本的"内部"分析解读中得出,不是纯粹的文化批评)上下点功夫。

下面谈一个先行解读中遗留的问题。《伊豆的舞女》第五节末尾,按

---

① 陈永岐:《〈伊豆的舞女〉的时代要素》,《文学教育》2016 年第 5 期。

照前后各节的惯例,本该是一个抒情和诗性的结尾,但却很煞风景地用了"一路上,每个村口都立着牌子:乞丐和巡回艺人不得入村"[①]作结。这样的结尾预示着"我"与舞女到了该分手的时候了。它是一种潜意识的心理外化,用来暗示"我"与巡回艺人之间有着无法逾越的身份差距。从文本叙事来看,虽然小说开头的第二段是写"一个期待,令我心动,催我赶路"[②]。但那是为了再次见到小舞女,是所谓的"旅情"使然。尽管后来"我"又与巡回艺人结伴而行,但"我"的心里不是没有顾虑,也不是不设防的。要不就不会通过山顶茶屋老婆婆和旅店老板娘的嘴说出那种歧视侮辱巡回艺人的话来了。从第五节的情节和叙事来看,"我"被舞女们称为好人,刚才还沉浸在自我陶醉的幸福感中,但转眼却自曝自己的孤儿秉性,又突兀地想到了分手。可见"我"的潜意识中始终是有身份差距的顾虑和心理防线的,而且一直在左右"我"的情感和意识。这种身份差距是心理的,也是社会的,更是时代的。以物见史,以人见史,这是我对时代拟真的一种整体细读。

三、叙事拟真

什么是叙事?用通俗一点的话来说,写小说,就是用语言讲故事,就是叙事。中国小说家汪曾祺在《中国文学的语言问题》[③]一书中说过:

> 语言不是外部的东西。它是和内容(思想)同时存在,不可剥离的。语言不能像橘子皮一样,可以剥下来,扔掉……语言是小说的本体,不是附加的,可有可无的。从这个意义上说,写小说就是写语言。

汪曾祺的解释很通俗也很形象。既然"写小说就是写语言",那么解读小说自然也就离不开语言了。下面用两个例子来讲川端康成在《伊豆的

[①] 原文如下:"途中、ところどころの村の入り口に立札があった。——物乞い旅芸人村に入るべからず。"笔者译。

[②] 原文如下:"私は一つの期待に胸をときめかして道を急いでいるのだった。"笔者译。

[③] 收入陆建华主编:《汪曾祺文集·文论卷》,南京:江苏文艺出版社,1993年。

舞女》中是如何用语言写景记事并把自己的情感和审美融入其中的。先看第一个例子，《伊豆的舞女》有一个写动态心情的开头：

> 山路变得弯弯曲曲了，眼看快到天城山顶的时候，阵雨把茂密的杉树林染成白花花的一片，以惊人的速度从山脚向我追来。①

而《伊豆的舞女》的原型《汤岛的回忆》②中与之对应的部分是这样写的：

> 从温泉浴场到温泉浴场串街演出的艺人们好像在逐年减少。我对汤岛的回忆，就始于这些巡回演出的艺人。最初的伊豆之旅中，美丽的舞女恍若彗星一般，而从修缮寺到下田的风景，则如同这颗彗星的尾巴，从我的记忆里一掠而过。③

看来《伊豆的舞女》没有沿用《汤岛的回忆》的开头。比较而言，尽管两者都具有诗意色彩，但写法上的差异是非常明显的。日本评论家中村光夫曾评论说："不仅仅是文章简洁，表现成人化，而且在'我'的使用上有了根本的变化。（《现代作家论》1957年7—9月）"④日本评论家长谷川泉则说：这个开头"如实描写了天城山阴晴不定的自然气候"⑤。

这个开头提到的阵雨就是天城山有名的"私雨"。因为"天城山是伊豆半岛正中央隆起的山，不论哪一面腾升的水蒸气都会碰在它的肌肤上，雨要渡过半岛，先得向天城山打招呼才能通过。只有天城山峰罩上雨云，

---

① 原文如下："道がつづら折りになって、いよいよ天城峠に近づいたと思うころ、雨足が杉の密林を白く染めながら、すさまじい早さで麓から私を追って来た。"笔者译。

② 参见中野好夫编：『現代の作家』、東京：岩波書店、1955年、第229頁。原文如下："『伊豆の踊子』も、実はまだ大学時代の大正十一年七月、湯ヶ島温泉で書いたもので、その時は『湯ヶ島での思ひ出』という題で書いたものの一部分、踊子に関するところだけを書き直したものだった。"

③ 唐纳德·金：《现代文学史上的川端康成》，许金龙译，叶渭渠等主编：《不灭之美——川端康成研究》，北京：中国文联出版社，1999年，第23页。

④ 收入清水勝（発行者）：『文芸読本 川端康成』、東京：河出書房新社、1977年、第80頁。

⑤ 长谷川泉：「伊豆の踊子」、原善编：『川端康成「伊豆の踊子」作品論集』、東京：クレス出版、2001年、第9頁。

多风。于是人们就给它起名私雨"①。

基于"写作要扎实,但必须建立在写生的基础上"②的写作理念,川端康成借用具有天城山特色的"私雨"写出了一个简洁干净直奔主题的开头。

在学校上课或校外讲座时,我都会使用影视资料,目的是想通过比较,更直观地去想象和发现艺术真实与原生真实,或是视觉叙事与文本叙事之间的差别。比较这个开头的视觉叙事和文本叙事,我们可以直观地看到:电影是全景和鸟瞰式的,雨在下,人在跑,背景在后移,在一个限定的时空内,它们全景等时地进入我们的视觉。而小说的文本叙事简洁干净,给人以有序不乱的感觉。但它是视觉叙事,或是生活原生形态的语言再现吗?我无法断言,只能说它是作者的主观产物。因为视觉叙事展开的意向群是"共时性"的全景等时,而文本叙事则是用语言"历时性"地、一个一个有所选择地展开作者想要叙述的意象。前者的长处是不破坏客观和原生的结构,后者的特点是主观选择性很强。

关于这个开头,国内的解读中,有人用了"隐含读者",也有人用了"经验自我"的概念。怎么读出来的?我没看到信服的解读,理论和解读还是两张皮。其实这些概念都是理论上的逻辑演绎,它们都有自己特定的阐释范围和对象,在这个开头上你是读不出来的。当然这并不是说这个开头就没有别的叙事变化。叙事学理论认为"故事"之所以能被"叙事",是因为它们都已然发生,符合时间关系上的先来后到。所以就有了"回顾叙述"的概念。为此,日本有学者从这个开头句末助动词 "た" 所具有的描写眼前事实的语法功能入手,认为这个开头是在一个限定的时空范围内如实描写了眼前发生的事实。结论无疑是对的,但文章作者还是采用了"内视点"的概念,把"我"等同于叙述者,并强调读者的参与,给解读增加了理论难度。

从叙事学上讲,这是一个"回顾叙述"的情节开头,里面有两个动态的意象,一个是"我在赶路",另一个是"雨在追我"。对此,我有两种解读:一、从表面看,"我在赶路"是因为"雨在追我",逻辑因果貌似

---

① 川端康成:《伊豆天城》,川端康成:《川端康成散文选》,叶渭渠译,天津:百花文艺出版社,1988年,第40页。

② 川端康成:《川端康成谈创作》,叶渭渠译,北京:生活·读书·新知三联书店,1988年,第89页。

一望而知，但却隐含着内在的情感因果，这可以从其后第二自然段的"一个期待，令我心动，催我赶路"中读出来。只是为了叙事的简洁干净，作者没有把它写进开头。① 二、"我"在弯弯曲曲的山路上奔跑，因为担心挨雨淋，所以不时地扭头张望。否则，"我"是不可能看到山脚下的雨以惊人的速度向我追来。这样的开头貌似写实，但细读后有一种在场的动态的具象感。它是由"我在赶路""雨在追我"和"我的期待"三种不同的感觉交织而成的三维的感觉"场"。是川端康成早期追求的新感觉派的"通感"手法在文体和语言上的具体外化。从中可以看到作者在叙事上的用心和匠心。

再看第二个例子：

> 出了隧道口，山路沿着一侧涂成白色的栅栏，像闪电似的蜿蜒而下。山下的景物像模型一样展现在眼前，远处可以看到艺人他们的身影。②

这是小说第二节的开头。它与《雪国》有名的开头一样，是具有叙事意义的，喻指"我"是穿过这个隧道后才与舞女有了正式的接触。1926年12月31日，为了写《伊豆的舞女》的续篇，川端康成坐汽车重游南伊豆采风。当汽车出了隧道口后，他是这样记录的："钻出隧道，来到南边，视野豁然开朗，崎岖的山路恍如一具模型，尽收眼底。"（《南伊豆纪行》1926年2月）③ 与《伊豆的舞女》的出了隧道口的描写基本一样，所不同的是没有写"一侧涂成白色的栅栏"，也没有写"像闪电似的蜿蜒而下"。

---

① 日本学者林志武认为：这个开头被追赶的场面本身具有两层意思：一是"被雨追赶"，二是"被'孤儿气质'追赶"。同时追赶的对象也有两层意思：其一是"追赶舞女"，其二是"追赶'家庭'"。林志武认为"孤儿气质"和"家庭"是需要通读作品把故事作为一个整体才能读出来的。具体参见林志武：《川端文学美的构图》，孔宪科译，叶渭渠等主编：《不灭之美——川端康成研究》，北京：中国文联出版社，1999年。第141页。

② 原文如下："トンネルの出口から白塗りの柵に片側を縫われた峠道が稲妻のように流れていた。この模型のような展望の裾のほうに芸人たちの姿が見えた。"

③ 川端康成：《川端康成散文选》，叶谓渠译，天津：百花文艺出版社，1988年，第22页。

而这两点正是解读时必须关注的。

对于第二节的这个开头,我有过两种解读。一种是比喻性的描写:"我"出了隧道口,因为兴奋和期待,把蜿蜒而下的白色栅栏比喻成一道静态的闪电。这里面的关键是"白色",因为它会反光。[①]另一种是在场的动态感:为了早一点见到舞女,"我"跑着出了隧道口。从暗处到明处,眼睛有一个适应的过程。加上出了隧道口后,"我"还在继续奔跑,所以山路一侧的白色栅栏一根一根地从"我"眼旁掠过,形成动态的闪现,感觉就像闪电一样。这种感觉亦真亦幻,是"我"在此时此地才会有的。现在重读,我取后一种解读,因为它更加符合川端康成写在场的动态的感觉"场"的文体和风格。

四、审美拟真

有观点认为小说文本的核心是情感的审美。这可以让人联想到克罗齐在《美学》(1902)中说过的:艺术把一种情趣寄托在一个意象里,情趣离开意象,或是意象离开情趣都不能成立。以及夏目漱石在《文学论》(1907)中提到的"F+f",即"感觉+情绪"的文学观。夏目漱石认为能够构成文学内容的,必须是"感觉+情绪",而且是缺一不可的。这是传统的"意象+情趣"和"感觉+情绪"模式。但学界还有"感觉+情绪+X"模式。比如前面提到的孙绍振教授的"规范形式"和田中实教授的"第三项"就是用来解读隐匿在文本背后最深的情感和难解的思想,是讲文本的深层解读。所以审美解读是有表层结构和深层结构之分的。下面要讲的是深层结构的审美。因为它涉及形式、结构和美学的统一,是很难讲好的。所以我只能述而不论,而且是非常个人的。

从生成机制讲,深层结构的审美是小说意脉的某个表层的意象,即"感觉+情绪"在外来因素的刺激下产生的一种特殊的情感变化。借用福建师范大学孙绍振教授的话来说,它是在"这一次、这一刻、这一刹那"产生

---

① 此说是受到日本学者小森阳一有关解读的启发后形成的。参见小森陽一:「意味としての言葉/イメージとしての言葉」、原善編:『川端康成「伊豆の踊子」作品論集』、東京:クレス出版、2001年。

的。这种特殊的情感变化有两个基本特征：一、浸透同化原先的表层意象，构成深层结构的审美意象；二、颠覆先前的情感认知，形成强烈的反差。从解读模式讲，它的解读，在很大程度上讲，用的是"明心见性"的悟证，与读者的审美（阅读）经验有关。

前面提到《伊豆的舞女》有一个由写"爱"转向写"被爱"的主题变奏，作为其过渡，小说的第三节有这样一段描述：

> 从微暗的浴场里，忽然跑出一个光着身子的女人，站在脱衣场边上，做出要跳到河里去的样子。两手高举，嘴里喊着什么，身上连一块毛巾都没有。那是舞女，就像一棵小桐树伸长了双腿。看着她那雪白的身体，觉得一股清泉涌入心田。我长吁了一口气，咯咯地笑了起来。她还是个孩子呢，看到我们，竟高兴地光着身子就跑到外面来了，踮着脚，挺直了身子，真是个孩子啊。因为轻松愉快，我咯咯地笑个不停。脑子像被洗过一样清澈起来。微笑久久地挂在脸上。①

我认为这是《伊豆的舞女》中写得最为精彩的一段，无论是结构上叙事上审美上都很重要。这是"我"和舞女的故事在意脉或是结构上开始真正地真假互补、虚实相生的原点。它是写人的内心活动，写情感认知的瞬间变化，把不可见的内心情感写得自然灵动，犹在眼前。它是"我"在"这一次、这一刻、这一刹那"获得的，与原有的情感认知形成巨大的反差。它让"我"抛弃了"空想"，感到"轻松愉快"。"我"曾经的"空想"是什么？对此"我"有过无问自答的解释和澄清："舞女的头发长得很厚，我一直以为她有十七八岁了。加上她打扮得像个大姑娘，所以我完全猜错

---

① 原文如下："ほの暗い湯殿の奥から、とつぜん裸の女が走りだしてきたかと思うと、脱衣場のとっぱなに川岸へ飛びおりそうなかっこうで立ち、両手をいっぱいに伸ばしてなにか叫んでいる。手ぬぐいもないまっ裸だ。それは踊子だった。若桐のように足のよく伸びた白い裸身を眺めて、私は心に清水を感じ、ほうっと深い息を吐いてから、ことこと笑った。子供なんだ。私たちを見つけた喜びでまっ裸のまま日の光のなかに飛び出し、爪先で背いっぱいに伸びあがるほどに子供なんだ。私は朗らかな喜びでことこと笑い続けた。頭が拭われたように澄んで来た。微笑がいつまでもとまらなかった。"笔者译。

了。"① 但国内的解读基本忽略了它的结构、叙事和审美价值,好像只有老老实实地承认"我"动过"邪念"才算是真实的。其实,"我"的"完全猜错了"中究竟包含了什么样的情感内涵和心理内涵?你从文本叙事中是无法实证也无法论证的,但你却能从中得到巨大的审美愉悦。

《伊豆的舞女》的主体部分叙述了"我"和舞女之间纯真朦胧的恋情,而小说开头却写了动态的心情,显然是为结尾服务的。所以在审美上要读懂最后的结尾:

> 船舱的灯火熄灭了。船上运的生鱼和潮水的味道越来越浓。漆黑之中,少年的体温温暖着我,我任凭泪水不住地流淌。脑子里变成一泓清水,滴滴答答地溢了出来。这之后,什么都没有留下,只剩下甜美的愉悦。②

这是小说的结尾,俗话说:起笔看思想,收尾见修养。如果比较视觉叙事与文本叙事,你会发现明显的差别:电影的结尾是形而下的依依不舍,让人感到遗憾和惋惜。而小说的结尾是形而上的,颇具美学意味。对于这个结尾,50岁前我没读懂,上课只按照字面意思解释成比喻性的描写。50岁后解读为叙事上的在场的动态的感觉"场"。现在重读,我用了"空无",是审美拟真上的。为什么?《伊豆的舞女》看似一部游记,纪实散漫,其实是在写人。从具体情节看,它的起、承、转、合对应了人的欲(欲望)、情(情感)、灵(心灵)、空(空无)。写"我"从欲到情,从情到灵,又从灵到空的过程,里面多少带有悲剧的色彩,但却是心灵不断受洗,不断摆脱烦恼,不断感悟真爱的过程。小说的结尾写"我"感悟到了这个"空无"。这个"空无"不是"虚无",而是一种空灵彻悟的境界。川端康成曾经说过:"不妨想一想哲学家、宗教家为了认识论不知付出了多么大的劳苦就

---

① 原文如下:"踊り子の髪が豊かすぎるので、十七、八に見えていたのだ。そのうえ娘盛りのように装わせてあるので、私はとんでもない思い違いをしていたのだ。"笔者译。

② 原文如下:"船室のランプが消えてしまった。船に積んだ生魚と潮のにおいが強くなった。真っ暗な中で少年の体温に温まりながら、私は涙を出まかせにしていた。頭が澄んだ水になってしまっていて、それがぽろぽろこぼれ、そのあとにはなにも残らないような甘い快さだった。"笔者译。

知道了。就是文学家，对现实投以强烈的凝视目光的人，早就超越了现实的彼方。也就是窥视了灵魂的深渊。这种人的观照和表现，全都是感觉的。现实是同更大的宇宙流汇合的、虚无缥缈的神的世界，不凭高度的感觉，是感觉不到、表现不了的。（《关于表现》1926年3月）"[1]这种感觉和表现就是他1924年10月在《文艺时代》发刊辞中希望的用文艺代替宗教，背后是有认识论做基础的。用游记体的形式写人记事，本来是不可能做宏大叙事的。它只能把自己内心的喜怒哀乐记录下来，是一种纯粹的个人情感的记录。但川端康成却用感觉的表现的形象思维韵化出一种抽象思维的美学理念。

所以小说的最后一节，一直在写"我"的情感认知和心灵世界是如何一步一步走向"空无"的。整个过程写得实实在在，真真切切，没有任何的遮蔽。"一切都取自朴实的现实，但又将它们原封不动地融入了审美抒情的世界。"[2]它们的心理因果和意识因果就像现在流行的一句很时髦的说法：人活到极致一定是素简一样，可以让你自然地想到：无论是渐悟还是顿悟，人悟到极致一定是"空无"。小说结尾的"这之后，什么都没有留下，只剩下甜美的愉悦"，与开头的"一个期待，令我心动，催我赶路"形成呼应，是情感的升华，是感觉上的，也是叙事上的，更是审美上的，它要靠你的审美经验来读。这样的结尾让人感觉不到丝毫的遗憾和惋惜，反而会让人为"我"的彻悟感到释然和欣慰。这种"空无"和上一个例子一样，也是在"这一次、这一刻、这一刹那"获得的一种特殊的情感变化，别具心灵的审美价值和嗣后的呼唤价值。所以现在重读，我倾向用"空无"来解读它的审美拟真。

结　语

以我的经验讲，四个拟真中，审美拟真是最难解读的。因为它的生成机制和解读模式完全是因人而异无法套用的。为什么说"小说解读没有正

---

[1] 川端康成：《川端康成谈创作》，叶渭渠译，北京：生活·读书·新知三联书店，1988年，第55页。

[2] 瀬沼茂樹：「『伊豆の踊子』——成立について」、原善編：『川端康成「伊豆の踊子」作品論集』、東京：クレス出版、2001年、第8頁。

解""有一百个读者就有一百个哈姆雷特",我想大概都源出于此。我个人认为:小说从根本上讲是写真善美的,三者中都有客观理性的"感觉"和主观感性的"情绪",都会涉及四个拟真的解读问题。但故事、时代和叙事的拟真,尚可以通过实证考据、细读分析和叙事研究,在自己的知识库里选择寻找到某种程度的拟真,但审美拟真就很难做到了。因为一个作者要把在"这一次、这一刻、这一刹那"获得的、已经完全浸透同化于"感觉"的特殊的情感变化丝毫不差地转化为约定俗成的、众人皆知的语言,基本上是不太可能的。所以许多审美个案的解读就变得"只可意会不可言传"或是"羚羊挂角,无迹可寻"了。

第八篇

谷崎润一郎《春琴抄》（1933）

原作《春琴抄》（『春琴抄』）首次发表于《中央公论》（『中央公論』）1933年6月号。收于单行本《春琴抄》（『春琴抄』），东京：创元社，1933年。

作者简介

谷崎润一郎（1886—1965），日本小说家。1886年7月24日出生于日本东京日本桥区商人之家，父亲仓五郎和母亲阿关的次子，作家、英国文学研究者谷崎精二的哥哥。祖孙三代都是纯粹的"江户儿"，在町人家庭的纯日本氛围中长大。小学时代受到恩师稻叶清吉先生的熏陶，接触到日本的古典文学以及阳明儒学和禅学等，在其意识底层留下了东方主义和日本古典传统的烙印。在旧制一高英法科学习之后，1908年入东京帝国大学国文科，后退学专心写作。

以1923年的关东大地震和1945年日本战败为线，谷崎润一郎的文学创作可以划分为初期、中期、后期三个时期[①]。

---

① 以下三个时期文学的概括说明参考了浅井清等编：『新研究資料現代日本文学 第一巻』（東京：明治書院、2000年），在此表示感谢。

初期（1910—1923），谷崎润一郎文学始自在1910年创刊的杂志《新思潮》上发表剧本《诞生》，该时期的优秀作品有1910年的《文身》《麒麟》、1911年的《少年》《帮闲》《秘密》等。永井荷风在《谷崎润一郎氏的作品》（1911年11月《三田文学》）中予以高度评价，由此确立了谷崎润一郎的文坛地位。永井荷风在该文中总结出谷崎文学的三条特质：（1）自肉体的恐怖生出的神秘幽玄。是通过肉体上的残忍反向品味出的痛切的快感。（2）彻底的都市性。（3）完备的文章。①永井荷风的评价切中肯綮，再加上"恋母"这一主题，可以说完全抓住了谷崎润一郎文学的特质。当时日本文坛自然主义一统天下，谷崎润一郎的登场旗帜鲜明地宣告了新时代文学的到来。他还以《恶魔》（1912）、《续恶魔》（1913）等小说获得了"恶魔主义作家"之名。这一时期他受到西方王尔德、爱伦·坡以及波德莱尔等的影响，采用浪漫主义的题材和手法，追求恶之美，在倒错的世界中享受病态的快感。除《杀艳》（1914）等作品外，还写有《路上》（1920）等推理小说，对江户川乱步和横沟正史等产生重大影响。该时期作品还有《恋母记》（1919）、《富美子的脚》（1918）等。

中期（1924—1944），1923年9月1日关东大地震，次月谷崎润一郎移居关西，从此再未返回东京。《痴人之爱》（1924）在移居关西后写成，充分表达了女性崇拜和受虐主题，堪称其初期的集大成之作。从大正到昭和，谷崎润一郎的个人生活也发生了巨大变动。其第一任妻子石川千代（1915年结婚）并非谷崎理想中的女性，夫妻不睦，佐藤春夫同情千代夫人。谷崎润一郎一度同意了千代与佐藤春夫的婚事，后又反悔，佐藤春夫一怒之下与谷崎润一郎绝交。直至1930年三人才签署了"让妻"协议，谷崎润一郎将妻子千代"让给"了佐藤春夫。期间谷崎润一郎与妻妹静子往来密切，静子即是《痴人之爱》中娜奥密的原型。但进入昭和时代以后，谷崎润一郎的关注点又转移到后来的松子夫人身上。1931年，刚刚恢复单身不久的谷崎润一郎忽然和小他20岁的古川丁未子结婚，但由于与根津松子的交往日益密切，第二次婚姻出现破绽。与丁未子结婚后发表的《盲目物语》

---

① 原文如下："肉体的恐怖から生ずる神秘幽玄""肉体上の惨忍から反動的に味ひ得られる痛切なる快感""全く都会的たる事""文章の完全なる事"。笔者译。

（1931）、《刈芦》（1932）、《春琴抄》（1933）等名作中，女主人公身上全都带有根津松子的影子。1935年他结束第二段婚姻，与松子夫人结婚。1936年发表的《猫与庄造与两个女人》即是以上述事实为基础的虚构小说。这期间发表的《乱菊物语》（1930）、《吉野葛》《武州公秘话》（1931）等系列作品显示出谷崎润一郎回归日本古典的风格。1935年9月开始进行《源氏物语》现代日语翻译，至1938年脱稿，之后直到离世前又曾两度重译。1942年（太平洋战争爆发的第二年）至1948年历时六年创作长篇小说《细雪》，其间一度被日本陆军省报道部以"背离时局"为由禁止发表。

后期（1945—1965），1945年日本战败后，谷崎润一郎旋即从疏散地返回京都。《细雪》的完成为他赢得了广大读者，1948年获朝日文化奖，1949年获日本政府的文化勋章。1953年发表恋母主题的《少年滋干之母》，1955年发表《幼少时代》及《创作余谈》等随笔。1956年在71岁高龄上发表探求老年与性欲的小说《钥匙》，饱受争议。之后又发表了《梦浮桥》（1959）、《疯癫老人日记》（1961—1962），晚年力作不断，表现出极其旺盛的生命力。

1965年7月30日谷崎润一郎因病去世。三岛由纪夫在《谷崎王朝时代的终焉》中悼念说："由于谷崎润一郎氏的去世，日本文学的一个时代随之结束了。我认为，从谷崎20岁开始直到现在的这60年时间，即使被后世概括为'谷崎王朝文学'也不为过。"①

刻意的唯美追求

谷崎润一郎奉行艺术至上论，以创作为生命，历经明治、大正和昭和三个时期，见证了日本近代文学发展的历程。他在日本近代文学史上经常被归入唯美派，其文学主题始终围绕"恋母""永恒的女性""异国情调""官能感受""恋物癖"等展开，贯穿其从《文身》（1910）经《痴人之爱》（1924）

---

① 原文如下："氏の死によって、日本文学は確実に一時代を終った。氏の二十歳から今日までの六十年間は、後世、『谷崎潤朝文学』として概括されても、ふしぎはないと思われる。"转引自千葉俊二：『谷崎潤一郎必携』，東京：学燈社，2002年，第180頁。笔者译。

直至《疯癫老人日记》（1961—1962）的整个创作生涯，标记着谷崎润一郎在日本近代文学史上的特殊性。同时，他重视小说形式，认为"表现（形式）即艺术，若离开表现，艺术则无法存在"①。创作于昭和八年（1933）的短篇小说《春琴抄》，堪称谷崎润一郎唯美主义作品中主题和手法完美结合的巅峰之作。

《春琴抄》以大阪为舞台，写生于文政、卒于明治的盲人琴师春琴与佐助二人离奇的生平际遇。小说自问世以来就备受瞩目。1933年《新潮》7月号的《文艺时评》中，川端康成评价该作品说："是让人唯有叹息、不可言传的名作"②；正宗白鸟评价说："让人感到，即使圣人重出，也不能再多插一语，深受感动"③。《春琴抄》相关的先行研究涉及作品主题、叙事以及具体内容等方面。关于主题，有将其归入"唯美主义""女性崇拜""女性跪拜主义"者，有极力主张其"永远的女性"主题与基督教圣母玛丽亚之间的关联者；在叙事方面，谷崎润一郎自己在《春琴抄后语》（1934）中将这种把会话有机插入叙述中的形式概括为"物语风"，诸评论家对该种方式多持肯定意见；具体内容方面，评论界进行过关于致春琴毁容、佐助自残双眼的"热水烫伤事件"的论争（「お湯かけ論争」），有佐助犯罪说、春琴自残说、原因不明说和利太郎犯罪说等诸多说法。

本文在参照各家之言的基础上，将《春琴抄》中所展示的美概括为"手造的崇高"，以此为关键词，分析小说中春琴与佐助关系中体现的美的主观性和人工性，在此基础上考察唯美主义作家谷崎润一郎刻意的审美理想和艺术主张，最后分析小说"唯美"的呈现方式——谷崎润一郎"物语风"的文体特征。

---

① 原文如下："表現することが即ち藝術であつて表現を離れて藝術はあり得ない。"谷崎潤一郎：『谷崎潤一郎全集　第十六巻』、東京：中央公論社、1958年、第269頁。笔者译。

② 原文如下："谷崎潤一郎氏の『春琴抄』は、ただ嘆息するばかりの名作で、言葉がない。"笔者译。

③ 原文如下："聖人出づると雖も、一語を挿むこと能わざるべしと云つた感に打たれた。"笔者译。

一、手造的崇高：春琴之美的主观性

康德的经典美学论著《论优美感与崇高感》（1764）将人类的美感分成两大类，即优美与崇高。根据康德的论述，崇高的感情是愉快但令人畏惧的，如崇山、暴风雨、弥尔顿的地狱国土、高大的橡树、神圣丛林中孤独的阴影；而优美的感情是欢乐的、微笑的，如鲜花怒放的原野、溪流和牧群的山谷，极乐世界，低矮的篱笆等。崇高必定是伟大的、纯朴的，而优美则可以是渺小的、着意打扮和装饰的。崇高是能震撼人心灵的美，通过与人的日常经验所不同的景象和感觉来打动人，如"大漠孤烟直，长河落日圆"。"康德认为，崇高不在对象之中而存在于超越感性有限性的理智之无限性中。'对于自然之美，我们必须在我们自身之外去寻求其存在的根据，对于崇高则要在我们自身的内部，即我们的心灵中去寻找，是我们的心灵把崇高性带进了自然之表象中的'（《判断力批判》）。"①而之前罗马古典主义的代表朗加纳斯在其著作《诗艺》中也曾将崇高的艺术的特点论述如下："相信或不相信，惯常可以自己作主；而崇高却起着横扫千军、不可抗拒的作用；它会操纵一切读者，不论其愿从与否。"②

在《春琴抄》中，谷崎润一郎也向读者奉献出这样一种崇高的美，它体现在春琴和佐助不同寻常的恋情故事中，体现在他们为达成各自的追求所采取的惊世骇俗的方式之中。他们的故事给读者造成一种不同寻常的冲击力，催人默想。

《春琴抄》可以当成春琴与佐助二人的爱情故事来读，从童年直到先后去世，他们用互相扶持的人生经历，实现了相互依存的各自的美和幸福。

小说开头便交代了两人墓地的情况。春琴的墓坐落在平缓的空地上，碑上刻有法名，侧面刻着"弟子温井佐助建"。其左侧是佐助的小墓。对于两人墓碑的大小、位置以及铭文，诸家均有论述，从中可以窥见春琴与佐助的主从关系以及佐助对春琴至死未了的崇拜之情。另一方面，春琴的

---

① 柄谷行人：《日本现代文学的起源》，赵京华译，北京：生活·读书·新知三联书店，2003年，"中文版作者序"第1—2页。

② 伍蠡甫等编：《西方文论选》（上卷），上海：上海译文出版社，1979年，第122页。

墓并不在其娘家鵙屋家族的墓地中，而是在一个通向高台的陡坡上；佐助更是没有与其家族同葬，而是葬身他乡，陪伴在春琴墓旁。两座墓构成一个相对孤立却并不孤单的世界。他们在高坡上俯瞰大阪城的变迁，岁月匆匆，沧海桑田，所有的故事最后都不再有人讲述，但这两座坟墓却一如既往，就如两人生前一样，陪伴在一起。

春琴与佐助的关系开始于佐助为春琴牵手引路的主从关系。佐助13岁到鵙屋家做工，见到9岁的小姐春琴，其时春琴已盲。佐助从未见过春琴光彩照人的双眸，但他直到晚年都不曾惋惜，反而深感幸福，这与后面的自残双眼呼应，成就了他心目中一贯的春琴的美丽形象。对佐助而言，春琴具有一种奇异的魅力，但他否认这其中含有怜悯的因素，"见了师傅的容貌，我从未有可怜、可惜之感！与师傅相比，倒是明眼人显得可悲！师傅花容月貌，天资聪颖，何须别人怜悯呢？倒是她……反而顾怜于我。我和你们，耳鼻俱全，仅此而已，余事无一及得上师傅，残疾人岂不是我们这些人？"①这是佐助对春琴感情的最初的告白。他将"炽热的崇拜之情深藏于心底，忠心耿耿地伺候春琴"。春琴选佐助来引路，是看中他忠厚老实，从不多言。而佐助之所以不多说话，是因为他不愿意看到春琴的笑颜。盲人笑时，相貌憨痴，十分可怜。他这样想，既成就了自己心灵之中的完美形象，同时也成就了春琴的孤高自赏。隐藏于孤高之中的，有她作为富家小姐且容貌娇美、天资聪颖的自尊，同时也有她作为盲人的、从不表露出来的自卑。春琴终其一生都保持着孤傲的姿态，对佐助则表现为"施虐狂"般的残暴；另一方面，她在人前从不多言，吃东西时也非常注意。这些都体现了春琴特有的自尊与自卑。而她这种生存方式，是因为有了佐助的膜拜和照顾才得以实现的。辅佐春琴的任务降临在佐助身上，由此决定了二者互相支持的人生命运。

在此后的章节中，作者用尽笔墨，描写了学琴时佐助对春琴的忠心照料以及春琴对佐助的颐指气使。同时，佐助在陪伴春琴时受到熏陶，萌发了对三弦琴的兴趣，甚至在夜里钻到黑暗的壁橱中练琴。但佐助在黑暗中

---

① 本文所引《春琴抄》原文参考自蔡茂友主编《春琴抄》（北京：华夏出版社，1994年）。部分为笔者自译。

并未感觉到不便,春琴也是在这黑暗里弹奏三弦,自己能置身于和她同样的黑暗世界,他感到无比欢欣。这为他以后成为盲人埋下伏笔。学琴是佐助人生的一大转折点,他与春琴的关系也发生转变。佐助学琴被发现后,春琴要求他在众人面前表演,得到认可后,春琴收佐助为徒。二人的关系,在主仆之上又加上了师徒之情,终日相伴。至此,二人开始形成了一个独立的世界。佐助专职照顾春琴并随之练琴,而春琴在学琴之余全心教授佐助。佐助对春琴的照顾,是出于其自身强烈的审美情趣与感情,而春琴对佐助的感情中,还有作为一个与周围人格格不入的盲人对可信任之人的依赖,是精神上和生活上的双重依赖。这种关系在春琴父母的推动下进一步变化,双方又加上了决不互相背弃的情人关系。这种状态维持了三年,在春琴20岁、佐助24岁时,春琴的师傅春松检校去世,以此为契机,春琴自立门户,与佐助迁出娘家。此后,佐助承担了照顾春琴的一切工作。春琴对佐助依旧刻薄暴虐,但从另外一个角度来看,春琴离开了自己的父母,把全部的生活都托付给了佐助,她对佐助是绝对信任和完全依靠的。这种依靠贯穿了春琴的整个生命。

　　佐助与春琴关系的另一个大的转折点,是热水烫伤事件。春琴37岁时,在一个夜晚被热水烫伤面庞而失去了美貌。遭此横祸之后,她禁止佐助看自己被毁坏的容颜。而佐助也仅仅看了春琴一眼之后,便不忍心再看。但是那一眼在他心中留下了一个印象:"于摇曳的灯影之下,看见了一个与人类殊异的古怪幻影。"春琴怕被佐助看到毁容后的脸而潸然泪下,佐助在自己不愿看见与以前不同的春琴这一意识的指引下,自己用针刺瞎了双眼。他感到,失去了外界之眼,却睁开了内在之眼,终于与春琴居于同一世界中了。而对于春琴而言,不管受此灾难的原因为何,却终是失去了自己(特别是作为一个女人)一直作为高傲资本之一的美貌。如果说这也是之前她得以凌驾于佐助之上的资本之一,那么现在,这种资本消失了。但是她对佐助的态度,从表面上来看,仍是一如既往,这是因为在内心深处,春琴对佐助是完全信任、完全依赖的。她在佐助刺瞎双眼之后问道:"佐助,你不痛吗?""我如今这副模样,宁肯叫别人看了去,唯独不愿让你看见。你体察了我的心意……谢谢你!"与佐助一样,春琴也为自己能与佐助处于同一个世界中感到欣慰。佐助说自己感到无上的幸福,春琴也是一样。

在双方处于共同的感应世界之后，他们更专心于艺术和生活：春琴艺术造诣更上一层楼，创作出了天籁般奇异美妙的乐曲；佐助代替春琴授课，最终获得了"检校"之名。至此，二人的心态平和了，不再靠施虐和受虐的变态方式来发泄感情。

春琴死后，佐助并没有认领他们的孩子，而是继续生活在自己与春琴两个人的回忆中。文章最后说，他"在二十一年的孤独生活中塑造了一个与在世之春琴迥异的春琴，愈益鲜明地看到了她的姿容"。至此，佐助圆满地实现了自己追求终生的美和幸福。

考虑到上述春琴与佐助的人生经历，笔者认为他们度过的是相互支持的人生，在其中获得了各自所追求的美与幸福。换言之，春琴依托于佐助而得以成为春琴，佐助依托于春琴得以成为佐助。二人心灵相通，不存在误解和隔膜。他们对相互之间的关系和感情是充分认可的。春琴认可佐助，选择他作为自己的仆人和爱人，保有了自己贵族般高傲、奢侈中独特的尊严和魅力。而佐助更是至死不渝将春琴作为崇拜的偶像、一切美的化身。他认可并且需要春琴保持一贯的高傲和残暴，供自己终身膜拜。春琴是佐助理想中的美的象征。

英国唯美主义代表作家王尔德主张灵肉合致，但他没有能够在现实人生中找到这种灵与肉和谐一致的、快乐主义和精神主义并行的美。他所体验到的，只是灵与肉的冲突和理想与现实相矛盾的痛苦。在其小说《道连·葛雷的画像》中，原本具有灵与肉双重美的道连·葛雷，用自己的双手扼杀了灵魂，同时也丧失了自己外貌的天然之美，最终只剩下了画家贝泽尔·霍尔沃德倾尽心血为道连·葛雷所画的画像，保留了亘古不变的容颜。王尔德说："道连·葛雷过着一种感官享乐的生活，要灭绝天良，同时，也杀了他自己。""像大多数的画家一样，贝泽尔·霍尔沃德过分地崇尚肉体的美。后来，他死在一个人手中，而这个人灵魂中可怕而荒唐的虚荣，正是由贝泽尔所培植的。"[①] 在阐述灵与肉的矛盾的同时，王尔德将"现实"抽象化，把活生生的天然"存在"的美转移到画布上，成为永不衰竭的人工之美。这如同《春琴抄》中佐助心中的春琴形象，经过了佐助心灵体验

---

① 赵澧、徐京安主编：《唯美主义》，北京：中国人民大学出版社，1988年，第185页。

的加工,得以芳颜永驻。

谷崎润一郎的早期创作深受王尔德影响,其小说《文身》(1910)与《道连·葛雷的画像》情节有异曲同工之趣。但王尔德作品中灵与肉的冲突,在谷崎润一郎的作品中却鲜少出现。谷崎润一郎早在《文身》开篇就提出了"以美为强者,以丑为弱者"的主张,并一直贯穿在其后的小说中,创作了诸多在女性美的力量面前完全无力、顶礼膜拜的男性形象,佐助也是其中之一。在谷崎润一郎的主人公这里,之所以能够避免肉体与精神的冲突,是因为这些"跪拜"的男性们在自己的主观世界中自行调整了世俗意义上的"恶"与"美"的关系,将之转化为自身的快感和幸福。

如前所述,《春琴抄》中佐助对春琴的崇拜,或者说是对美的膜拜,是非常刻意的。他不惜代价,"手造"了各种离奇的际遇,使自己生活在接近于春琴的世界中,让春琴在他心目中的美能够持续终生。他崇拜春琴的高超的技艺,于是不惜在黑夜中躲在壁橱和屋顶上刻苦练习。他不愿意看见春琴作为盲人的痴傻的笑颜,在引导春琴回家的路上从不多发一言。在春琴被毁容之后,佐助不忍正视她的脸,每当靠近病床时,都会自行闭上眼睛或移开视线,自己避开。为了将春琴的花容月貌永远地留在心目中,他不惜刺瞎自己的双眼,微明的视网膜上出现的是两个月前春琴那张丰满美丽而白皙的脸庞,如同佛祖一般浮现在混沌的光圈中。

之后,小说中多次出现"观念"一词。"佐助对现实闭上了双眼,飞跃到永劫不变的观念之境中。他的视野中只有过去的记忆的世界。"他不愿和春琴结婚,继续维持昔日春琴傲慢跋扈的形象。"佐助把现实的春琴当作他唤起观念的春琴的媒介",避免两人结成对等关系,比以前更加卑微地竭诚侍奉春琴。当佐助弹奏春琴创作的名曲《春莺啭》时,"(此前)他已经习惯以触觉的世界为媒介来凝视观念的春琴,现在应是依靠听觉在弥补那缺陷吧。"世人多是在梦中与故人相见,佐助却是在梦中遇见自己依然活着的爱人。小说中的"观念",意为抽象、主观的世界。佐助不惜改变和扭曲现实,强行依靠"观念"——记忆和想象——终生维持着春琴"美"的形象,并顶礼膜拜以之为人生的意义和幸福。由此可见,春琴所代表的唯美,存在于人的观念世界之中,是极其主观的。

对这种"手造的崇高"的追求,不仅表现在《春琴抄》中佐助的身上,也表现在作家谷崎润一郎的创作理想和生活方式上。刘立善评价:"《春琴抄》的美学主题是,事物未必眼见为实,所以佐助才获得永恒的美和爱。这种唯心之美与爱,距现实甚远,人们永远渴望它。谷崎的如此审美观合乎美学法则。"① 如前所述,王尔德与谷崎润一郎都是主张唯美主义的,但是与谷崎相比,王尔德更为"清醒",他认识到灵与肉的完美和谐与现实的冲突,在《道连·葛雷的画像》中将所有的"纯美"都扼杀掉,也杀死了美的顶礼膜拜者和创造者画家霍尔沃德。而谷崎润一郎在创作《春琴抄》时,却是将日本的古典之美奉为至上并投身其中,将自己对美的绝对的、完美的主观追求投射在佐助身上,描画出一种现实与理想互相纠缠的颠倒的唯美感受。

二、追求人工美:在创作与现实中奉行"艺术至上"

日本唯美主义主张"第一是艺术,第二是生活",主张"将人生与自然的价值放在官能美的享受上,以追求独自的美的创造作为其艺术的至高无上的目的。"② 谷崎润一郎即是此种主张的践行者。《春琴抄》中佐助的行为和感情惊世骇俗,让人感叹不已。如果对照《春琴抄》与谷崎润一郎的现实生活做一个考察便会发现,在对理想的唯美的追求上,谷崎润一郎如同佐助一样,是非常执拗和刻意的。一方面,他选择自己生活中的记忆,在《春琴抄》中塑造了自己理想中所期许和认可的古典女性形象,从中可以窥到其母亲阿关以及第三任妻子松子夫人的影子(创作《春琴抄》时尚未与第二任妻子古川丁未子离婚);另一方面,他又以自己手创的"佐助"为榜样,在现实生活中对女性顶礼膜拜。

谷崎润一郎的生母阿关,是财主久右卫门的三女儿。身为商人的外祖父,将店里的大伙计仓五郎招为女婿,并与女儿分家。所以谷崎父母的夫妻关系中本就带有一层主从关系。后来由于父亲仓五郎缺乏经商才能,导致家境逐渐败落,于是父亲在母亲面前多少有些抬不起头来。这种印象一直留在谷崎润一郎的脑中,成为他在作品中构筑春琴与佐助之间女性至上关系

---

① 刘立善:《论谷崎润一郎作品中的唯美意识》,《日本研究》2013年第3期,第115页。
② 叶渭渠:《日本文学思潮史》,北京:北京大学出版社,2009年,第267页。

的一个原因。

　　小说中对春琴容貌的唯一正面描写，是一张已不能清晰辨认的照片。照片上的春琴"生的矮小，身高不足五尺，脸盘、五官以及手足都长得娇小纤细，……令人担心它会于转眼间形销影逝，化入空间。"眼睛像是在闭目养神，"也许是春琴女士闭合的眼睑给人以格外慈善温柔的感觉之故，观其照片竟如拜瞻古画之上的观世音，深感其大慈大悲。"这里的描写与谷崎润一郎对自己母亲的印象是重合的。在《阴翳礼赞》中，作者说："我母亲身材很矮小，身高不及一米五十，不过那时的妇女普遍都是这样的身材。说个过头话吧，那时的妇女可以说没有肉体。我对母亲，除了脸、手，加上脚有些模糊的印象之外，对于身体其他部位没有丝毫记忆。为此，我总认为中宫寺里的观世音菩萨的塑像，似乎就是日本妇女典型的裸体像了。"①谷崎润一郎将自己母亲的形象作为日本古代美的象征，并将自己对母亲的有限感受放到《春琴抄》中，塑造了缺少具体感的观念中的美女。正因为缺少具体实感，也就不容易被否定掉。去除掉浓烈的肉体的实感，回归到日本古典女性那种阴翳的、抽象的美，谷崎润一郎得以将其作为"永恒的女性"终生膜拜。

　　在作品中，"温井一家本是日莲宗的教徒，但佐助背弃了祖祖辈辈的宗旨，改奉净土宗，葬身黄土也不离春琴左右。"这与谷崎润一郎对待第三任妻子松子夫人的经历是一致的。他奉行"艺术至上"，为了艺术，必须在现实生活中不断寻求新的刺激、获得新的可摹写对象。1923年关东大地震之后，谷崎润一郎移居关西。本来仅仅打算作为一时的避难之所，但大阪、京都、奈良等地所散发着的古老日本的魅力吸引了他，他的文学趣味、创作题材等也随之回归到了日本古典。在关西的风土之中，谷崎润一郎于1927年首次遇见了当时还是根津清太郎夫人的根津松子，并被她的古典气质吸引。松子是大阪有名的藤永田造船所家族的二女儿，嫁给了当时大阪的豪商根津清太郎。由于清太郎的放荡，根津家逐渐没落，而谷崎润一郎和松子的交往却逐渐密切。谷崎润一郎认定松子就是自己苦苦寻觅的

---

① 谷崎润一郎：《阴翳礼赞》，孟庆枢译，石家庄：河北教育出版社，2002年，第29—30页。

"永恒的女性",是自己可以倚靠的创作灵感之源泉。从 1931 年开始,谷崎润一郎自行启用了"倚松庵主人"的雅号,并于 1932 年发表和歌称"尔后唯求松之树影"①。当时谷崎润一郎借住在凤川的根津家,别墅周围恰好种有几株松树,"倚松庵"之名由此而来。不仅如此,"尔后唯求松之树影"中的"松",亦是借用了根津夫人松子之名。此后两人感情急剧升温,谷崎的创作受到了松子的强烈影响。在谷崎去世之后,松子夫人将其情书公布于世,其中一段如下:

> 从第一次见到您之日起,如果能够终生都侍奉在夫人您的左右,即使为此付出生命,于我也是无上的幸福。
>
> 特别是这四五年以来,托夫人您的福,我感觉到自己艺术上的僵局被打开了。对于我而言,如果没有可供崇拜的高贵的女性,便不可能如愿地进行创作,时至今日,终于有幸遇上了您这位贵人。实际上,在去年的《盲目物语》等篇中,我一直是把您放在心头、把自己当作盲目的按摩师来写的。我知道,今后在夫人您的庇护之下,我的艺术的境地一定能够丰富起来。即使和您分别开来,只要一想起夫人您,就会促使我的无限的创作力泉涌而出。(1932年9月2日)②

谷崎润一郎在《雪后庵夜话》(1963)中回顾他和松子夫人的交往史时说,最初将松子夫人置于头脑之中写出的是《刈芦》(1932)。当时他正处在与古川丁未子的第二段婚姻之中,在写作《春琴抄》时也尚未与松子

---

① 原文如下:"今日よりは松の木影をただ頼む。"笔者译。

② 原文如下:"はじめてお目にかゝりました日から一生御寮人様に御仕へ申すことが出来ましたらたとひそのために身を亡ぼしてもそれが私には無上の幸福でございます。/ 殊に此の四五年来は御寮人様の御蔭にて自分の芸術の行きつまりが開けて来たやうに思ひます 私には崇拝する高貴の女性がなければ思ふやうに創作が出来ないのでございますがそれがやうやう今日になつて始めてさう云ふ御方様にめぐり合ふことが出来たのでございます 実は去年の「盲目物語」なども始終御寮人様のことを念頭に置き自分は盲目の按摩のつもりで書きました 今後御寮人様の御蔭にて私の芸術の境地はきつと豊富になることゝ存じます たとひ離れてをりましても御寮人様のことを思つてをりましたらそれで私には無限の創作力が湧いて参ります。"谷崎松子:「倚松庵の夢」、『現代日本文学大系 30 谷崎潤一郎集(一)』、東京:筑摩書房、第 371 頁。笔者译。

公然同居。松子之父安松曾经在高雄神户寺内建有一座独门独户的比丘尼寺，松子陪伴谷崎润一郎在该寺中隐居了十天，《春琴抄》的大部分内容即在此期间脱稿。《春琴抄》也具有他对松子爱情告白的一面。在与松子夫人结婚之前，谷崎在给好友世沼源之助的信（1933 年 5 月 6 日）中提及自己的婚姻时曾说，希望夫人保留娘家的森田姓，他则像《春琴抄》的佐助一样与她共度一生①。在《雪后庵夜话》中，谷崎润一郎写道："我本来是不想让 M 子（松子）在户籍上成为我的妻子的……我想和 M 子之间维持像朋友那样的关系。与其说是妻子，更希望像对待他人一样多少保有一点距离来交往。当她还是根津家的夫人时，我和她一起躲避世人交往，这种阴翳，即使现在我也依然想使之存在于家中的某个地方，不想让她成为家中的糟糠之妻那样的老婆。"此后数年，松子夫人怀上了孩子。对此，谷崎润一郎感到非常恐惧，极力要求打掉这个孩子。"如果 M 子和我之间出现了实际上的血缘联系，那么我们之间的间隙、如同他人一样的礼仪、自根津时代以来的阴翳，都将消失殆尽。她将会堕落成为平凡的糟糠之妻……当我想到 M 子被人称为我的孩子的母亲时，我感到，她的周围所摇曳着的诗与梦，都会消失到不留一丝痕迹。即使是想象一下那般模样的 M 子，都是我所不能忍受的。"②这与《春琴抄》中春琴和佐助实为夫妻却并不结婚、实际生有儿女却在孩子出生后悉数送人的描写一致，反映了唯美主义作家谷崎润一郎刻意而苛刻的艺术主张和生活追求。他在现实生

---

① 参见明里千章：『自己劇化の文学』、大阪：和泉書院、2001 年 6 月、第 204 頁。
② 原文如下："私は M 子を戸籍上の妻とする気はなかったのである。（略）私は M 子とは友達同士と云ふのに似た関係でありたかった。妻と云ふよりは幾分か他人行儀の、互いに多少の間隙を置いた附き合ひでありたかった。根津家の夫人としての彼女と世を忍びつゝ逢ってゐた時代の陰翳を、今も家庭のどこやらに残して置きたかった。何よりも私は、世話女房と云ふが如き存在を家の中に持ち込みたくなかった。""M 子と私に実際の血縁のつながりが出来れば、もはや私たちの間の間隙、幾分の他人行儀、根津時代からの陰翳、と云ふものがなくなる。彼女はたゞの世間並みの世話女房に堕落する。（略）私は、私の子の母と云ふものになったM 子を考へると、彼女の周囲に揺曳してゐた詩や夢が名残りなく消え去ってしまふのを感じた。私はさうなったM 子を考へるに偲びなかった。"谷崎潤一郎：『現代日本文学大系 30 谷崎潤一郎集（一）』、東京：筑摩書房、第 338—339 頁。笔者译。

活中不惜代价维护理想中那种有距离感的美，对他而言，艺术不仅仅是来源于生活，艺术就是生活，二者必须互相仿效。用艺术来指导生活，可见作家绝对理想主义的一面。

谷崎润一郎这种对美的绝对理想主义的追求匠气十足，甚至可以说是反自然的。他所认定的美，并不是简简单单的纯天然之美，而是历尽锤炼之后的人工美。这在《春琴抄》中也有所描述。春琴耽于小鸟之乐。所谓名鸟，必须自幼鸟时起即以人为手段施加严格的训练才能养成。在欣赏名为"天鼓"的最上等黄莺的叫声时，春琴有如下论述："'天鼓'之类名鸟之啭，倘闻之，纵居家中，亦会感到幽邃静寂之山峡情趣，那潺潺之溪流声、那山尾之上繁樱如云之景色，一齐扑入心灵之耳目，鲜花彩云，俱备于其声，闻者忘己身处红尘万丈之都门，乃以技工与天然风景争其德也。"较之天然美，春琴认为人工之美更具有美的本质，实乃巧夺天工。这既是春琴的艺术观，也是谷崎润一郎的艺术观和女性观。

如同春琴饲养小鸟一样，谷崎润一郎假托于主人公佐助，人为地创造并维护心目中可供崇拜的"完美的春琴"形象，亦即与真人不符的"观念中的春琴"形象。这种创造是刻意的，甚至需要牺牲家庭，但谷崎润一郎本人对此亦有自知。这也是他的幸福所在。三岛由纪夫称谷崎润一郎为"近代的天才"，称其作品以"受虐"主题成就了"法悦与幸福"，是"肯定性的文学"。他"改变了现实，把自己的喜好原原本本付诸现实，将自己的内面投射到其上（自己并不承担任何责任），主观地把对象设想为任性、坏心眼的人。（谷崎）氏沿着这条利己主义的忘我与陶醉之直路，目不斜视专心致志地一路走来"。对他来说，"为了实现美，如果需要改变现实，去改变就好"。为了赋予美以现实性，就像人偶师赋予自己制作的人偶以生命那样，对于这种美，"把自己的'任性和坏心眼'赋予其上就好，同时，成为对方之物的'任性和坏心眼'会不折不扣地发挥其属性，让自己远离对方，带来焦躁与错乱，如此也就确保了双方间的'不可测之距离'，对美而言，这距离是一等一关键的要素"。① 三岛由纪夫尖锐地以"利己主义的忘我与陶醉"概括出了谷崎润一郎创作与生活互相作用的模式，即按照自己的喜好改变现实，把自己的内心——对"任性和坏心眼"的期待——投射到对象之上，以此改造对象，进而再从自己改造后的"任性和坏心眼"的对象处感受"不可测之距离"的美。这一作家与现实互相作用的模式典型地体现在《春琴抄》佐助的受虐倾向、对美和艺术的追求之中，成就了谷崎润一郎的生活与文学。

当然，这种"利己主义的忘我与陶醉"自有其局限性。依此模式，若非"自己的喜好"和可改造的现实与对象，则无从真切地感知并创作出美。《新潮》1933年7月号的《文艺时评》，川端康成开篇高度评价《春琴抄》是"让人唯有叹息、不可言传的名作"之后，笔锋一转抓住小说写黄莺和云雀的部分展开批判。川端康成认为，小说絮絮地写了春琴对黄莺和云雀的喜爱，但这部分"写得不到位"，只是些知识的罗列，"让人觉得肤浅"。普通读者或许会佩服写得如此之详细，但在深谙鸟雀奥秘的行家看来却显得低廉，不能从中领受到"艺术家之可贵"，可谓"名玉之瑕"。川端康成又举出本因坊名人与雁金八段、吴清源五段等对弈时的观感，说其"精神统一"让人震撼，有一种名家的"尊严"，每落一枚棋子都会有"生命力之美"闪现，是"非常纯洁的生命时刻"，非自幼修习者不能进至此种高段境界。就黄莺和云雀来看也是如此，"名鸟是人的天才和鸟的天才二者神秘地结合才能生出，十分罕见，实非轻易可成，耽溺于此道如春琴者，应有谷崎

---

① 原文如下："現実を変遷させて、自分の好むがままの形を現実にとらせ、そこへ自分の内面を投射して（自分は何ら責任を問われずに）、対象をわがままで意地悪な存在だと夢見ること。このエゴイスティックな没我と陶酔の一筋道を、氏はわき目もふらずに歩みつづけた。""美を実現するには、現実を変容させればそれでいいのだ。""その美に対して自分の「わがままと意地悪」を賦与すればよいのであるが、同時に、相手のものとなった「わがままと意地悪」が、正にその属性に従って、相手から自分を遠ざけ、焦躁と錯乱をもたらし、かくて美にとって一等大切な要素である「不可測な距離」をも確保させることになるのである。"三島由紀夫：「谷崎潤一郎論」、原載「朝日新聞」1962年17—19日、後收入日本文学研究資料刊行会編：『日本文学研究資料叢書　谷崎潤一郎』、東京：有精堂、1975年、第86—87頁。笔者译。

氏的笔致所未能写到的境地"①。谷崎氏在写黄莺云雀时,没有他写女性官能美时的实感。②没有亲身经历和感受则无法写出真正动人的文章,谷崎润一郎的资历限制了其在《春琴抄》之时难能写出艺术之高境。

川端康成的上述批评也体现出坚持唯美主张的困难。日本的唯美派作家,包括谷崎润一郎,"不得不在自己的内心掌握其对象而不仅仅是掌握其方法。内在需要方法的同时也需要对象并不使其枯竭,这就需要自己内心有一个泉源。但是,无论对谁,这只不过是一个理想。"③唯美主义要求有强烈的刺激和不同寻常的生活体验,这对作家来说是一个无法回避的难题。另一方面,作家需要思考如何有效地把这种不同于普通现实的离奇世界中的美呈现给读者。在《春琴抄》中,重视文章表达的谷崎润一郎采用"物语风"文体,以主人公之外的视角进行了对照性叙述。

三、阴翳礼赞:虚实对照的"物语风"

如上所述,《春琴抄》以离奇的故事塑造出了佐助心目中完美的女性春琴,以及春琴和佐助之间不同于一般世俗人们的审美意识和审美感受的价值体系。中村光夫评价说:在现代,读了《春琴抄》之后,当不会有人想要成为佐助。……因为佐助是即使想要模仿,也不能成功模仿的特殊人物。他们(春琴与佐助)的恋爱是依靠极为特殊的人与人的缘分而成立的,即使从当时的社会风俗来看也是极其例外的、可以说是病理学上的情况。……读了该小说的男人(限于他不是明显的受虐狂时)肯定都会想:"可能真的存在这样的幸福,但是对于我而言这是不可能的"。④这里写出了《春琴抄》故事的特殊性。为使这种非常私人的、颠倒正常价值观的审美能够

---

① 原文如下:"名鳥とは人の天才と鳥の天才との神秘な結合によって、稀に生まれるのだから、容易の技ではなく、春琴ほどに溺れれば、谷崎氏の筆致の及ばぬ境地があろう。"笔者译。

② 川端康成:「谷崎潤一郎の『春琴抄』」、『小説の研究』、東京:講談社、1983 年、第 121—123 頁。

③ 赵澧、徐京安主编:《唯美主义》,北京:中国人民大学出版社,1988 年,第 608 页。

④ 参见中村光夫:『谷崎潤一郎論』、東京:日本図書センター、1984 年、第 197 頁。

打动读者，谷崎润一郎煞费苦心，采用了虚实对照的"物语风"文体和重层结构。

关于文章写法，谷崎润一郎在《春琴抄后语》中首先对比了"小说风"和"物语风"两种。前者指的是西方近代小说重视"纯客观"的场面描写、运用直接的会话和心理描写的方式，后者指始自《源氏物语》的日本古典小说的推进方式，具体指把叙述部分与会话有机连接（会话插入叙述之中）、不特地突出会话的简练行文。谷崎润一郎认为，"说到底，就引发读者实感这点来说，越是素朴的叙事性记载则越能达成目的，如若采用小说的形式，巧则巧矣，越巧则越会失真"。"在写作春琴抄时，我的脑子里最常萦绕的问题是：采取什么样的形式才能够赋予作品以真实感呢？结果，我采取了作为一个作家最厚脸皮、最方便的方法（即物语风）。有批评认为作品没能写出春琴和佐助的心理，对此我要反问一句：为什么必须要写心理呢？作品不是已经足够清晰了吗？"[①] 同时期发表的随笔《阴翳礼赞》（1933）中，谷崎润一郎主张："美并非存在于某物，而是处于物体与物体相互之间制造出的阴翳之中。正如夜明珠放在暗处闪烁光芒，如果置于白日之下则其魅力荡然无存。离开阴翳就谈不到什么美。"[②] 对此，伊藤整指出，《春琴抄》以一册古文体写成的传记为中心，通过鸭泽照老妇人的回忆加叙事者"我"的想象再现当时的人事，这样刻画出的春琴和佐助朦胧的形象，"比细致的说明更具实在感"[③]。以作者或叙事者其人的真实存在来连接过去与现在，以现在的真实勾连到过去的物语的真实感，这

---

① 原文如下："一體、讀者に實感を起させる點から云へば、素朴な叙事的記載程その目的に添ふ譯で、小説の形式を用ひたのでは、巧ければ巧いほどウソらしくなる。""私は春琴抄を書く時、いかなる形式を取つたらばほんたうらしい感じを與へることが出來るかの一事が、何よりも頭の中にあつた。そして結果は、作者としては最も横着な、やさしい方法を取ることに歸着した。春琴や佐助の心理が書けてゐないと云ふ批評に對しては、何故に心理を描く必要があるのか、あれで分つてゐるではないかと云ふ反問を呈したい。"谷崎潤一郎：『春琴抄後語』、谷崎潤一郎：『谷崎潤一郎全集　第二十二巻』、東京：中央公論社，1959年，第49、51頁。笔者译。

② 谷崎润一郎：《阴翳礼赞》，孟庆枢译，石家庄：河北教育出版社，2002年，第30页。

③ 原文如下："そのおぼろな姿が、細かい説明以上の実在感を与える。"笔者译。

种多层结构,即是《阴翳礼赞》中日本式美学思考的运用。①这里说的"阴翳礼赞"式的美学思考,亦即虚实对照式的叙事,在《春琴抄》中可以从春琴形象的复杂性、"物语风"的相对真实、多重叙述视角的对照三个方面具体考察。

  第一,在塑造春琴形象时采用了以"恶"衬托出"美"的手法,设置了诸多的"阴翳"来体现永恒之美。春琴形象是多种矛盾的集合体。她身为富商之女,容貌美丽,天资聪颖,却又因天妒人羡招致双目失明。其后,性格日益乖戾,行事跋扈,对佐助嗜虐成性,生活豪奢,对下人又极其刻薄,对弟子极其凶暴,且贪婪成性。与此相对,她琴艺高超,对艺术有着独到的见解。在毁容之后转又研究作曲,技艺更趋巅峰。她性格中暴虐的一面,将其不同寻常的崇高的一面衬托得更为鲜明。同时,作者塑造出佐助这样一个男性来对春琴顶礼膜拜。佐助自身对美极端刻意的追求,也是对春琴崇高之美的一种补充和辅助,它帮助春琴实现了"永恒的女性"之美。春琴与佐助的关系是对照性的,如同夜明珠之于黑夜的阴翳。

  第二,作家不是让主人公直接面对读者,而是通过叙事者"我"从一本粗陋的小册子《鵙屋春琴传》上的记录(该传实际上是佐助口述而成)以及春琴与佐助后来的侍女鸭泽照老妇人的回忆中得到的资料,对春琴其人其事做了带有传奇彩色的描述。如前所述,谷崎润一郎采用"物语风"的行文方式,在文中较少使用句读,并不使用引号标注人物会话,而是将其融入"我"的叙述中。这一手法将故事内容的现实性搁置,更容易让读者接受这个虚构的物语,并引发共鸣。如果使用心理描写让主人公直面读者,反而会加强作品的不真实感。"物语风"通过冷静的第三者的讲述,在读者和主人公之间制造出距离,作家利用这种距离,进行自由描写。在这种"传奇的不真实"的前提下,春琴是不是真有其人已经不再重要,重要的是作者通过春琴这样一位女性的离奇生活,塑造了一位具有日本传统美的古典女性,实现了自己心目中"永恒的女性"的美。而读者置身其中,可以极尽想象之能事,获得一种奇异中的真实感受。

---

  ① 伊藤整:「解説」、谷崎潤一郎:『谷崎潤一郎全集　第十九巻』、東京:中央公論社、1958年、第264—265頁。

小说中春琴唯一的正面印象——一张她37岁时候拍摄的照片——已经模糊得不能辨认，犹如已经远去的记忆。对此"我"大发议论："我们只能凭借这一张朦胧的影像去想象她的风貌，此外别无他法。读者在读了上述说明后将会浮想起怎样的面庞呢？应该会在内心描画出一副不清晰的模糊面容吧，不过，即使实际看到了那张照片，估计也不会辨识得更加清楚，又或者照片会比读者所想象到的更加模糊呢。……晚年的检校（指佐助）留存在记忆中的她的样子，也是这种程度模糊不清的吧。又或者，他一直在用空想去弥补逐渐淡去的记忆，就这样创造出了和这完全不同的另外一位高贵的女性呢。"这里通过"我"的评论点题，读者和佐助依靠空想得到的春琴形象是更为有效、更为真实的。小说等艺术也是如此，美在于想象，阅读是依赖于文本的读者接受过程。

第三，小说提供了多种叙述视角，叙事者"我"的声音与《鵙屋春琴传》的记录形成了对照，促使读者思考和感受何为真实。"我"根据《春琴传》的记录和鵙泽照老妇人的回忆对春琴与佐助的故事进行推测，"我"的理解和感受直接呈现给读者，在表面上具有第一人称叙事声音的权威性。但"我"的声音处处对《春琴传》中以佐助的回忆为素材的记录进行着否定，直面读者的"我"代表了世俗一般人的眼光和看法，由此，通过"我"对佐助关于春琴的"极其主观的回忆与评价"的质疑，凸显出了春琴与佐助不同寻常的审美价值体系，吸引读者进行思辨。

例如，关于春琴失明的原因，《春琴传》上并无明确记载，但佐助却说是因为师傅春琴木秀于林以致为家中小妹的乳母嫉妒而遭此横祸。对此，"我"评论说："但是，是确有根据才这样说的呢，还是只是检校一个人的想象而已呢，这无法确定。……检校的说法可能是因为太过叹惜春琴女的不幸，于是不知不觉间带上了中伤咒骂他人的成分，不可贸然全信，关于乳母一件，恐怕不过是揣摩臆测而已。"再有，目盲之后的佐助精于琴乐，获得了检校之位后，还是经常说自己的技艺远不及春琴，全靠师傅的启发才能有此成就。对此，"我"评论认为这是把春琴捧到九天之上、万分谦卑的佐助的话，所以"不可直接全信，但技艺的优劣姑且不论，总之春琴是天分极高，而佐助则是刻苦精进下苦功夫，这一点没有疑义。"失明之后佐助认为自己非但没有世人所认为的不幸，反而觉得这个世界仿佛成了极乐净土，只他和师傅二人居于莲台之上一般，体验到了明眼时未曾体验过的幸福。对此，"我"认为"佐助所言不外是他的主观说明，到底在多大程度上与客观一致，值得怀疑，但总之，以遭难为转机，春琴的技艺是有了显著的进益啊。"这样，叙事者"我"故弄玄虚，以自己的声音去质疑佐助，而又多次暴露自己声音是不可靠的，通过不可靠的"我"的评论，实则突出了佐助独特的认知。

再有，在"物语风"的讲述中，"我"采取了多种方式予读者以现实感。小说通篇是为春琴做传的写法，以明确的年份、年龄与各种事件相对应。春琴生于文政十二年五月二十四日，卒于明治十九年十月十四日；晚年照顾二人的女门生照女自明治七年住到春琴家中，彼时春琴已经四十六岁，遭毁容之难后过去了九年。如此种种，饶有趣味地讲给读者。

同时，作者还把《春琴抄》作品发表当时的诸多人事纳入小说。在描述春琴的样貌时，插入一句："佐藤春夫曾说过这样一种观点：聋者如愚人，盲人似贤者"。把同时期的作家佐藤春夫（1892—1964）引入文本。在为春琴严厉教授门生做铺垫时，"我"讲道：人所共知，昔日学艺时多会经受严酷的训练，往往会对弟子施加体罚，"本年〔昭和八年〕二月十二日的大阪朝日新闻周日版面上登出了一则小仓敬二君写的报道，题为'人形净琉璃的修业沾满鲜血'"。作者把作品发表当年的新闻放进来，引发读者共鸣。在描述春琴身为大阪人生活极其奢侈又极其吝啬时，小说插叙："作者在《我所看到的大阪及大阪人》一文中论述过大阪人俭朴的生活状态，东京人的奢侈是表里如一，但大阪人即使看上去极其阔绰，却也必定会在人所注意不到的地方节约开支。"《我所看到的大阪及大阪人》是自东京迁居关西的谷崎润一郎在写出《春琴抄》的前一年——1932年发表的随笔，这里把"作者"链接到谷崎润一郎本人，虚虚实实。谷崎润一郎运用上述方式，在"我"对春琴过去的叙述中插入现实的现在，增强现实感，激发读者的阅读兴趣。现实性的插叙与春琴故事的传奇性虚实相间，丰富了小说的层次，对照性地突出了处于小说核心的春琴故事。

《春琴抄》中春琴的施虐、洁癖、贪婪以及毁容，对于佐助而言都具有恶魔般的魅力。佐助并不以之为折磨，他内心中一直充满对春琴的敬仰之情，理解春琴对自己的期望和依赖，敬佩春琴所拥有的极高天赋和技艺，并沉溺于春琴肉体的玲珑华润之中。他采取了与春琴的生存方式和经历相对应的手段来实现自己独特的对美的追求,尽管这些行为手段是反常规的。谷崎润一郎以"物语风"文体讲述了明暗对照之间的阴翳之美,其中充满了病理学的、不正常的色彩,如施虐狂与受虐狂、官能享受、恋物癖等。吉田精一评价说:"谷崎润一郎的创作风格是以空想和幻想作为生命,意味着不涉及现实的正道。用一句话来说,就是罗曼蒂克。这意味着他通过不应有的世界、恶魔般的艺术,发挥了使读者陶醉的魔力。"① 谷崎润一郎将他的理想世界放置在一个特殊的语境中,从而赋予了作品远离客观世界的另外一种"真实性"。

四、结语:《春琴抄》的思想意义

唯美派作家谷崎润一郎对于美的追求,是十分刻意和绝对的。谷崎润一郎曾屡次坦言:"美自有其绝对境,……艺术家所信仰的神是美"②,"艺术不是记录事实,而是要创造美,所以那里诞生的美必须是一个生物,一个完整的有机体"③。他的创作与生活互相作用,以自己与松子夫人的交往为灵感创作了《春琴抄》,运用"物语风"的表现形式,将自己内面的真实(唯美的理想)在作品中表现出来,塑造出唯美的形象春琴,由作品中的主人公佐助,甚至由作家自己去膜拜。如同叶渭渠所总结的,日本唯美主义在 20 世纪初日本自然主义文学全盛时期作为对自然主义的反动而

---

① 原文如下:"彼の作風が空想や幻想を生命として、リアリズムの本道をふまないことを意味する。たしかに彼の作風は一言でいえばロマンチックだった。ということは、ありうべからざる世界、悪夢のような芸術によって、読者を陶酔させる魔力を発揮したことを意味する。"吉田精一:『吉田精一著作集 第十巻 耽美派作家論』、東京:桜楓社、1981 年、第 165 頁。筆者訳。

② 原文如下:"どうしても「美」その物に絶對境があるのだ""藝術家の信ずる神は「美」だ。"谷崎潤一郎:『或る時の日記』、原載『雄辯』1921 年 1 月号、后收入谷崎潤一郎:『谷崎潤一郎全集 第十四巻』、東京:中央公論社、1959 年、第 180 頁。筆者訳。

③ 原文如下:"藝術は事實の記録ではなく美を創造するのであるから、其處に生み出された美は一箇の生物で——一箇の有機體でなければならず。"谷崎潤一郎:『芸術一家言』、原載『改造』1921 年 7 月号、后收入谷崎潤一郎:『谷崎潤一郎全集 第十六巻』、東京:中央公論社、1958 年、第 271 頁。筆者訳。

兴起，唯美主义作家们"表面上与自然主义对立，不满自然主义的客观而平板的描写和重视真甚于美的思想，他们认为这样会压抑人的自然欲望，失去美和人性，而实际上它又是自然主义的人性的自觉、官能的享乐和本能的感性等方面的延续，与自然主义有较深的血缘关系"①。

关于这一点还需注意，谷崎润一郎将生活与创作联系在一起，并非要借作品中的自我告白或暴露来实现自我诊疗，揭开生活中原本不可告人的欲望和矛盾，而是将自己追求美的唯美主义理想在作品中展示出来，美即是他的信仰。"他（谷崎润一郎）是一个女性崇拜者，特别是对于那种西洋式的、崇高的肉体崇拜的心情非常强烈，甚至执迷到如此程度，对什么理性啦、社会啦等约束都可置之不顾。这里也正表现了他的深刻性。把那些在傲慢和趾高气扬的女性中寻找守旧的女性的男人，跟女性的反守旧的性格形成对照，这是他在作品中毕生贯彻的主题。但这里面没有虚无和怀疑，只有积极地对官能表示肯定的意义。因此，如果去掉了那种偏执的趣味，他的文学创作的本质倒是完全合乎常识的，健康的。"②"由于经过了'（谷崎）氏培养的斑蝥色的花下，日本巫女举行着半夜拜鬼仪式'（芥川龙之介《那时的我》）的唯美派，日本近代文学确实更美了。"③对美的探究和表现是文学的永恒主题，《春琴抄》为我们提供了这种探索的一种模式。

另一方面，小说"物语风"的写法突出了春琴故事的传奇性，现实的日本社会似乎隐身了，但小说本身依然有着很强的批判意义。三岛佑一《谷崎润一郎〈春琴抄〉之谜》（人文书院，1994年5月）循着小说的时间线，结合日本历史、谷崎润一郎的生平对从文政到明治时期《春琴抄》的时代背景、文本内容作了实证性考察。他指出：从春琴佐助出生到1865年春琴被毁容、佐助自戕双目的高潮为止，时间正是日本幕末的动乱时期。而谷崎润一郎构思、写作《春琴抄》是在1932年到1933年之间，日本

---

① 叶渭渠：《日本文学思潮史》，北京：北京大学出版社，2009年，第267页。
② 吉田精一：《现代日本文学史》，齐干译，上海：上海人民出版社，1976年，第75页。
③ 赵澧、徐京安主编：《唯美主义》，北京：中国人民大学出版社，1988年，第612页。

在1931年发动了"九一八事变",并持续扩大侵华战场。伊藤整曾指出,佐助对现实闭上了双目、只靠心中昔日春琴之美而活着,这象征了该时期谷崎的整体性生存状态,即:面对社会不安、革命运动、战争等,自行封闭于过去的日本之美中专心述作。据说该见解得到了谷崎润一郎的肯定。①谷崎润一郎作品中的理想之美与现实生活之间存在巨大反差,对现实"闭目",实际体现了作家对时代的批判。之后在太平洋战争爆发后的第二年（1942）至战后（1948）,谷崎润一郎背对时局、历时六年创作了长篇小说《细雪》,在战时一度遭到日本陆军省报道部封杀,也是谷崎润一郎唯美文学思想性的体现。

---

① 三島佑一：『谷崎潤一郎「春琴抄」の謎』、京都：人文書院、1994年、第148頁。

第九篇

野间宏《脸上的红月亮》(1947)

原作《脸上的红月亮》(『顔の中の赤い月』)首次发表于《综合文化》(『綜合文化』)1947年8月号。收于小说集《阴暗的图画》(『暗い絵』),东京:真善美社,1947年。

作者简介

野间宏(1915—1991),日本小说家。1915年2月23日生于神户市一普通市民家庭。其父是电气技师,也是"在家净土真宗"流派之一"实源派"的教祖,传教于贫民之间。作为教祖继承人,野间宏5岁开始念佛修行。11岁失父,靠母亲挣钱养家。贫困的生活引发他对现世和唯物观的关注和思考,成为其日后弃佛从文的认识起点。

1927年,野间宏进入中学学习。二年级开始阅读夏目漱石、芥川龙之介、谷崎润一郎的小说,练习写作俳句、短歌、汉诗,萌生当诗人的念头。1932年,为了读懂波德莱尔的《恶之花》,考入旧制官立第三高中主修法语,结识熟谙法国象征派诗歌的诗人竹内胜太郎。受其影响,不仅酷爱马拉梅、瓦莱里等人的象征派诗歌,还延伸阅读纪德、普鲁斯特、乔伊斯等人的小说。一度喜欢陀思妥耶夫斯基、托尔斯泰和契诃夫等人的俄国批判现实主义小说，并对西田几多郎和田边元等人的哲学产生兴趣。受到艺术、文学和思想的多元启蒙。

1935年4月，野间宏考入京都帝国大学法语科。6月，以偶像竹内胜太郎意外死亡为契机，决心像纪德那样从追求艺术至上转向关心社会现实。在日本军国主义对外加紧侵略扩张、对内疯狂镇压革命势力的白色恐怖下，参加校内的马克思原典读书会和左翼文化小组，投身校外的人民战线运动。作为由象征诗向小说的转型，曾在同人杂志《三人》连载长篇习作《车轮》（未完成）。1938年大学毕业后，就职于大阪市政府，负责部落民相关业务。1941年10月，日本为发动太平洋战争补充兵员，野间宏被强征入伍。1942年初被先后派往中国和菲律宾战场，10月患疟疾回国。1943年7月，被陆军宪兵队逮捕，罪名是入伍前"违反治安维持法"，审判时却用军法逼迫他宣誓忠实履行军人职责。结果被判处有期徒刑四年，缓期五年执行，释放回原部队继续服役。1944年10月被解除兵役，到大阪一家军需工厂接受监视改造，直到1945年8月日本战败。

1945年12月，野间宏只身到东京专心小说创作。第二年完成发表中篇小说《阴暗的图画》（1946年4月、8月、10月）。用不同于老一代作家的主题和文体，表现战后新一代作家无法回避的"战争体验"和"转向体验"。小说以16世纪尼德兰农民画家勃鲁盖尔的画作串联情节，聚焦主人公深见进介一个晚上的活动，用写实与象征诗、意识流相结合的手法，在表现战时大学生群体真实生活的同时，突出强调了主人公选择与身边左翼同学不同反战立场的个人意志和哲学认识。为战后文学表现知识分子的"自我完成"主题提供了一个样本，得到《近代文学》派评论家平野谦、本多秋五等的肯定和好评，被称为"战后派作家的第一声，从某种意义上讲是战后文学全体的第一声"[①]。其后野间宏又根据自己的亲身经历创作发表多部中短篇小说，揭露战争的非人性本质，表现被战争伤害过的人的内

---

① 原文如下："戦後派作家の第一声であり、あり意味では戦後文学全体の第一声ともいうべき野間宏の『暗い絵』が、その寺田俊雄のはじめた雑誌『黄蜂』にのったのは、奇縁といえば奇縁であった。"本多秋五：『物語戦後文学史（全）』、東京：新潮社、1966年、第118—119頁。

心世界。主要有《两个肉体》(1946年12月)、《第三十六号》(1947年8月)、《脸上的红月亮》(1947年8月)、《地狱篇第二十八歌》(1947年11月)、《崩溃的感觉》(1948年1—3月)等。其中,《脸上的红月亮》写主人公北川年夫当兵六年,留下许多不堪回首的战争记忆。复员后,结识年轻漂亮的战争寡妇堀川仓子,但交往中始终摆脱不了战争记忆的困扰。最后,堀川仓子脸上微小的斑点,让他联想到菲律宾战场上的红月亮和自己对战友的见死不救。在意识到自己的自私本性未改、根本无法给堀川仓子带来幸福后便选择了分手。小说深刻触及战争对战后造成的伤害问题,与《阴暗的图画》并列为野间宏初期代表作。

野间宏1946年末加入日本共产党(1964年因反对开除志贺义雄、中野重治等人的党籍被开除出党),是战后日本共产党领导的"战后艺术运动"的主要推动者之一。曾两次(1960年5月、1982年12月)任团长率日本作家访华团访问中国,加深了中日作家之间的交流。

1952年2月,野间宏发表第一部长篇小说《真空地带》,实现了他成为长篇作家的愿望。小说写一等兵木谷利一郎捡到长官的钱包,被判盗窃罪和"反军思想罪"入狱。出狱后,他把重新收编自己的"内务班"称为没有思想没有自尊没有自由的"真空地带"。在得知自己"入狱"的真相后,痛打了首犯,试图逃离军营,结果被送往前线充当炮灰。小说揭露了帝国军队的本质,被誉为"现实主义的杰作",获1952年"每日新闻文化奖",同年搬上银幕。以后问世的长篇有《色子的天空》(1958—1959)、《我的塔耸立在那里》(1960—1961)、《青年之环》(1947—1971)等。其中《青年之环》是5卷本320万字的鸿篇巨制,前后写了24年。小说以1939年的关西为背景,描写与主人公大版市政府从事部落民福利工作的青年职员矢花正行有过交往的三个人物的故事。内容涉及部落歧视、战争、性、家庭伦理、宗教、个人与整体的关系等。是践行野间宏"全体小说"理论,即从心理、生理、社会三个方面捕捉和描写人物的一部力作。写完《青年之环》后,野间宏一直处于养病期。1991年1月2日因食管癌病逝,享年75岁。

除了小说外,野间宏还发表过文论著作《萨特论》(1968年2月)。评论集《文学的探求》(1953年1月)、《续文学的探求》(1953年8月)、

《创作与批评》（1969年2月）、《时空》（遗著，1991年4月）。随笔《叹异抄》（1949年5月）、《亲鸾》（1973年3月）等。

反思战争、反思人性

引　子

《脸上的红月亮》是野间宏战后发表的第六篇小说。① 自发表以来一直以通俗易懂和完成度高的优点受到文坛赞誉。现有的解读一般都用"战争伤痕"和"恋爱失败"两条情节线来把握它的故事走向。但这两条情节线是如何为小说主题服务的？小说的主题又是什么？就存在不同的理解。这是《脸上的红月亮》的解读难点。如何解决？方法只有一个，就是通过整体细读，从背景上读懂它，从主题上读懂它，从叙事上读懂它。

一、从背景上读懂它

1947年8月，野间宏在《综合文化》（2）上发表短篇小说《脸上的红月亮》。一个月后的9月12日，致力于培养文坛新人的《群像》杂志主办第八次"创作合评会"②，评议了5位新人作家的15篇新作，其中就包括野间宏的《脸上的红月亮》。在谈到《脸上的红月亮》时，主持人学院派评论家中岛健藏给予了高度评价，认为"《脸上的红月亮》明显走了一条新路，获得不容忽视的成功"③。中岛健藏主持"创作合评会"前是做了功课的，他认真阅读过与《脸上的红月亮》几乎同时发表的另外两篇小说：一篇是《华丽的色彩》，另一篇是《第三十六号》，它们分别是野间宏以后发表的长篇小说《青年之环》和《真空地带》的原型。通过阅读比较，中岛健藏发

---

① 前五篇为《阴暗的图画》（1946年4月、8月、10月）、《两个肉体》（1946年12月）、《华丽的色彩》（1947年6月、7月、9月）、《濡湿的肉体》（1947年7月）、《第三十六号》（1947年8月）。

② 评议人为：评论家中岛健藏、作家丰岛与志雄、作家高见顺。

③ 原文如下："綜合文化の「顔の中の赤い月」は、はつきり新しい道を踏んだ小説だということをを感じた。見落すことのできない成功だ。"中島健蔵：「創作合評會（8）」、『群像』（2）11、1947年11月1日。笔者译。

现《脸上的红月亮》既没有纯写《华丽的色彩》的"战前"（战争爆发前的生活），也没有纯写《第三十六号》的"战争"（战争伤痕和转向体验），而是用"战后"（战后生活）将"战前"和"战争"叠加在了一起。① 从故事性和结构模式上讲，这在野间宏的前期创作中是第一次出现，明显带有叙事意图上的调整。

野间宏作为战后派作家，是以处女作《阴暗的图画》登上文坛的。那是一篇让野间宏获得"战后派旗手"称号的作品。主干内容是写大学生深见进介战时选择与身边同学不同反战立场的个人意志和哲学认识，与野间宏读大学时关注自我确立的经历有关。《近代文学》派评论家本多秋五认为："这篇小说的主题在于用特定的意义'肯定对自我完成的坚守'。"② 用小说主人公的话来说，"尽管知道自己追求的自我完成在思想上并不成熟，而且里面还夹杂着自我保护和固执己见的利己主义成分。但那是自己选定的人生道路，要用科学操作从自己的追求做起，贵在坚持"③。这里说的"科学操作"，其实就是作者本人擅长的社会科学的思维和认识。在《阴暗的图画》中，是用来为表现主题服务的。野间宏本来想用"学习了共产主义学说的青年学生，在内外环境极为恶劣的日子里，寻找既不做叛教者也不做殉教者的新路"④ 来表现主人公在白色恐怖下是如何做到对"自我完成"的坚守。但这条所谓的新路在当时无论用"自在"还是"自为"的认识都是无法实现的。无奈，野间宏在小说中不得不提到主人公被捕转向的事实，受到《近代文学》派评论家荒正人和"新日本文学会"派评论家岩上顺一的批判。野间宏为此做过回应，认为转向问题斯事体大种类复杂，而且涉

---

① 参见中岛健藏：「創作合評會（8）」、『群像』（2）11、1947年11月1日、第61頁。
② 原文如下："この小説の主題は、特定の意味での「自己完成の努力の肯定」にある。"本多秋五：『転向文学論 第三版』、東京：未来社、1985年、第234頁。笔者译。
③ 参见野間宏：『暗い絵』、野間宏：『野間宏作品集1』、東京：岩波書店、1978年、第47頁。
④ 原文如下："それは社会的責任のまつただなかで、共産主義の学説を学んだ青年知識人が、内外ともに最悪の日に、背教者にも殉教者にもならぬ新しい道——あるかないかのその新しい道の探求に通じるものである。"本多秋五：『転向文学論 第三版』、東京：未来社、1985年、第234頁。笔者译。

及日本人的思想认识，只能留待以后能写长篇时去完整表现。① 这是野间宏面对批判的一种审慎回答。事实上，野间宏即使在以后发表的长篇小说《真空地带》和《青年之环》中，都没有正面回应过自己战时被陆军宪兵队逮捕后曾经被迫宣誓忠实履行军人职责的转向事实，也没有再提及"既不做叛教者也不做殉教者的新路"问题。说明野间宏已修正了这种提法，也说明野间宏非常顾忌提到自己的转向问题。②

《阴暗的图画》的"自我完成"主题不仅牵扯出转向问题，而且还引起"新日本文学会"的极大关注。1946年10月29日，"新日本文学会"创始人之一的宫本百合子在新日本文学会第二次大会的报告中就提到这篇小说，认为"其探索社会发展历史与个人有机联系的主题引人注目"③。但也提出疑问："要是这位作家在《阴暗的图画》中用绝不妥协的'科学操作'迫使深见进介把自我完成的强烈欲望坚持到最后，那么主人公的自我完成会被推进到哪一步呢。这是我想知道的。"并指出："这篇《阴暗的图画》还有许多剩余物，文字粘连，像盗汗一样，令人感觉不爽。"④ 一年后，宫

---

① 原文如下："尚「暗い絵」における主人公の転向の問題は、荒正人、岩上順一によって批判されているが、転向の問題は、僕がもっと大きな小説が書けるようになってから取り上げなければならない大きな問題だと考えている。種々の転向があり、それが今日に尾を引いており、それは又、日本人の思想に対する態度にかかわっている。"野間宏：「自分の作品について（Ⅰ）」（1948.11）、野間宏：『文学の探求』、東京：未来社、1953年、第179頁。笔者译。

② 参见藤山純一：「野間宏と転向」、富岡幸一郎、紅野謙介編：『文学の再生へ——野間宏から現代を読む』、東京：藤原書店、2015年、第294—297頁。

③ 原文如下："この作品は、さっきから触れてきてゐる社会発展の歴史と個人との有機的な関係の問題の究明をテーマとしてゐる点で注目をひかれました。"宫本百合子：「一九四六年の文壇——新日本文学会のおける一般報告」、『日本評論』1947年5、6月合併号、宫本百合子：『宫本百合子全集 第十一巻』、東京：河出書房、1952年、第81頁。笔者译。

④ 原文如下："この作者が「暗い絵」で深見進介の自己完成のはげしい欲求と、我執とが妥協することをけっして許さず「科学的操作」で追ひつめていったとしたら、主人公の自己完成の道はどんなところに展け、つきだされてゆくでせうか。興味があります。この「暗い絵」には、まだまだどっさりの過剰物がついてゐます。文章の肌もねっとりとして、寝汗のやうで、心持よくありません。"宫本百合子：「一九四六年の文壇——新日本文学会のおける一般報告」、『日本評論』1947年5、6月合併号、宫本百合子：『宫本百合子全集 第十一巻』、東京：河出書房、1952年、第82頁。笔者译。

本百合子又提出新的质疑，认为小说主人公的"右脚和左脚分别站在不同的基石上，而且它们之间还有一个'寻求统一的同时把握'的课题，这要看这位作家如何去解决了。而问题是能不能把野间宏这位作家的肉体和精神区分开"①。宫本百合子的批评和质疑发问独特，用其矛攻其盾，直奔问题而去。连《近代文学》派评论家平野谦都承认它们击中要害，很难回答。②不过平野谦也指出：宫本百合子对《阴暗的图画》文体的批评，实际上是批评小说写了不该写的东西，是对当时《近代文学》派主张用本真的自我写"自我完成"主题的不认同和批判。③

面对这样的质疑和批判，野间宏在反思的同时也在积极寻求《阴暗的图画》以后的新路。其后创作发表的《两个肉体》和《脸上的红月亮》就是从《阴暗的图画》中抽出不同的情节（即"肉体世界"和"自我完成"，引者注），经过增容或再创作而成的。④按照野间宏的个性，在《阴暗的图画》中没有表现好的"自我完成"主题无疑会在《脸上的红月亮》中以另外一种形式再次出现的。

野间宏自己也承认，写《阴暗的图画》时，他还是一个非常内向的人，只是想用充满力量的语言，把淤积在内心的对战争（包括对"转向"的负疚感）的愤懑全部释放出来。语言是象征抽象的，但并非只用来表现人物的内心

---

① 原文如下："右と左の足がそれぞれ別な土台に立って、しかもその間に『統一をもとめている同時的把握』の課題がこの作家によってどう解決されるかの問題があります。これは野間宏氏という一人の作家の肉体と精神とをたて裂きにするかどうかという問題です。"平野謙：「解説 サムボリズムとマルキシズムとの結合」、野間宏：『野間宏作品集 第二巻』、東京：三一書房、1953 年、第 347 頁。笔者译。

② 参见平野謙：「解説 サムボリズムとマルキシズムとの結合」、野間宏：『野間宏作品集 第二巻』、東京：三一書房、1953 年、第 347 頁。

③ 同上，第 351—352 頁。

④ 原文如下："次の作品として「二つの肉体」や「顔の中の赤い月」などという作品をかいて、「暗い絵」のなかに既に出されているものを、それぞれ別個に取り出して拡大してゆくにつれて、これらの問題を自分が作家として、どう解いてゆくかということが、自分の課題として出されているということをはっきりと自覚しはじめたのである。"野間宏：「自分の作品について（Ⅱ）」（1951.4）、野間宏：『文学の探求』、東京：未来社、1953 年、第 183 頁。笔者译。

世界，也关注他们的外部世界，包括肉体世界。这说明野间宏写处女作《阴暗的图画》时就有两个最基本的出发点：一是释放对战争的愤懑；二是具象化地写战争对人造成的伤害。它们分别构成野间宏前期创作的主题和内容。不过在以后发表的第二篇、第三篇作品，即《两个肉体》（1946年12月）和《濡湿的肉体》（1947年7月）中，由于受到笛卡尔《情志论》的影响，偏重了对女性肉体和性爱细节的描写，被视为与当时盛行的"肉体文学"同类的颓废小说。让读者为之惊愕，也激怒了"新日本文学会"的领导，曾经在日本共产党的内部会议上受到警告。① 因为野间宏在1946年末就已经加入日本共产党，也是"新日本文学会"的会员，有义务维护日本共产党领导的战后新民主主义文学运动的作品形象。尽管野间宏在会上当面予以了反驳，而且在以后的创作中仍然坚持用不正常的两性关系来表现战争对人造成的伤害，始终认为他写的肉体世界是具有思考、行动和社会属性的。但还是做过自我批评，承认《濡湿的肉体》小说题目不雅，认为《两个肉体》和《濡湿的肉体》包括《阴暗的图画》对人的精神与肉体的描写没有找准契合点，作品中刻意放大性爱细节描写是错误的，表示以后要在分析人的整体关系中去表现两性关系。② 所以，《脸上的红月亮》又是野间宏经过反省后再写战争对人造成的伤害的一篇实验新作。也是他前期创作中唯一没有出现男女性爱细节的作品。

二、从主题上读懂它

野间宏写小说之前是个诗人，受法国象征派诗歌的熏染，擅长用抽象的思维和语言表现人的内心世界，带有浓厚的艺术至上色彩。读大学后，面对日本军国主义对外加紧侵略扩张对内疯狂镇压革命势力的残酷现实，决心像纪德那样从追求艺术至上转向关心社会现实，并尝试用写小说来实现自己的文学转型。曾经在同仁杂志《三人》上连载长篇习作《车轮》（1935

---

① 参见野间宏：『野間宏全集 第十六巻』、東京：筑摩書房、1970年、第643—644頁。
② 参见野间宏：「自分の作品について（Ⅰ）」（1948.11）、野間宏：『文学の探求』、東京：未来社、1953年、第179頁。

年12月、1936年5月、1937年1月)①。大学毕业后又写过《青年之环》(1940年5月、1940年9月)②,但都无疾而终。两篇习作虽然都试图模仿纪德、乔伊斯和普鲁斯特的方法写人的意识活动,但时代背景是架空的。因为在战争期间,整个日本根本就不允许出现任何的反战声音,包括文学作品。

  战后野间宏写小说有一个基点,就是自己的战时经历,其背后有着强烈的反战意识和战后意识,这与他人生中的一段至暗经历有关。经历过一段屈辱的军人生涯,野间宏对战争和军队更加深恶痛绝。还在服役期间,他就公开对上等兵和班长说过,退役后一定要写战争小说特别是批判军队的小说。曾经发誓不写出揭露军队真相的小说绝不瞑目。③ 所以可以这样说,如果没有那段至暗经历,如果没有遇到战败,野间宏在文学转型期,即被强征入伍前就开始酝酿构思的《阴暗的图画》肯定也会像习作《车轮》和《青年之环》一样中途夭折。野间宏重新起笔《阴暗的图画》是战后第二个月的1945年9月。直接的动因是以1945年8月15日为界的战后意识赋予了他在日本文学中的发言权。这种发言权对于野间宏来说,就是可以用自己的认识和价值判断去批判战争,去揭露战争对人造成的各种伤害,而不必担心再遭遇逮捕。他曾经这样提到处女作《阴暗的图画》的创作与那场战争的关系:

    我上过战场,完全了解军人(当然也包括自己)在战争中的所作所为。人一旦被剥夺正常生活的社会条件,就会变成与以前完全不同的另外一个人。他们犯下许多罪孽迷失了自己。这种在正常社会不敢想象的事情,在战争中却是家常便饭,屡屡发生。而且我们自己也混

---

① 写一个六指姑娘的自卑感和情感生活。
② 是之后出版的长篇小说《青年之环》最初的原型。
③ 原文如下:"僕は戦争中は、ずっと戦争小説を書かなければならない、殊に軍隊批判を目的とした小説を書きたいと考えていた。そして、兵役に服していたとき、除隊したら、きっと書いてやると、上等兵や班長に宣言してやったことがある。私的制裁を受かる度に激しい怒りが僕のなかにもえていて、僕は軍隊の正体をあばかずしては、絶対に死ねないと自分に言いきかせていた。"野間宏:「戦争小説について」、野間宏:『文学の探求』、東京:未来社、1953年、第58頁。

迹其中，与以前的自己判若两人。这种伤痕至今还深深地留在我们身上。写这种被称为战争伤痕的东西就是我们做文学的出发点。……另外，我是从战争伤痕具体是什么开始写起的。《阴暗的图画》就是我的出发点。这样做的目的，无疑是为了除却自己身上的伤痕，把自己从战争中解放出来。不过，因为伤得太深，用以前的文学形式、方法和感觉肯定是不行的。①

为了具象化地写战争伤痕，野间宏在《阴暗的图画》中集成使用了"写实""象征""意识追求""战争伤痕"和"战后意识"等与以前不同的"文学形式、方法和感觉"。野间宏自己说过：《阴暗的图画》除了极个别的人物有原型外，其他所有的场景和事件都是虚构的，是他借鉴中野重治的《告别和歌》（1940）和乔伊斯的《都柏林人》（1914）"组装"起来的。②在《阴暗的图画》受到文坛质疑和批判后，野间宏敏感地意识到自己创作上最大的问题是写人太面面俱到，而且又缺少与内容同步的方法和技巧。③很快从西方现代文学，特别是纪德、乔伊斯和普鲁斯特的作品中

---

① 原文如下："私は戦争に行って戦争のなかで人間（自分ももちろんふくんでいる。）が、どのようになるかということを徹底的に知らされた人間は人間が正常に生きる社会的な条件を取りはずされると、それ以前とは全くちがった別個の人間になるということを、戦争のなかではっきりとみた。兵隊たちは多くのざん虐を犯し自分自身を見失ったのである。このようなことが人間の上におこりえようとは、思えなかったことが、戦争中の人間の日常となることがしばしばあった。そして、自分自身もまたそのなかで同じように、以前の自分とは別個の人間の姿をあらわしたのである。そしてその傷跡はなおいまも自分のなかに深くのこっているが、私達の文学の出発点となったものはこの戦争の傷跡とよばれるものであった。…私もまた戦争の傷跡がどのようなものであるかをとらえようとするところから出発した。『暗い絵』が私の出発点である。私が傷跡をとらえようとした目的は、勿論その傷跡を自分のうちから取り去って、戦争から自分を解放するためだった。しかしその傷というのは深くそれをとらえるにはこれまでの文学の形式、方法、感覚によっては不可能であることは明らかであった。"野間宏：「未来の光にてらして」、野間宏：『野間宏作品集 第三巻』、東京：三一書房、1953 年、第 167—168 頁。笔者译。

② 参见野間宏：「自分の作品についてⅠ」、野間宏：『文学の探求』、東京：未来社、1953 年、第 178 頁。

③ 参见野間宏：「私の創作体験」、野間宏：『野間宏作品集 第三巻』、東京：三一書房、1953 年、第 164—165 頁。

得到启示，找到带有原创性的解决方法：

> 纪德的《背德者》是寻求肉体的，《窄门》是追问灵魂的，《刚果之行》和《从苏联归来》是发现社会的。只有这三者同时进行时，才能把握到真正的人。……乔伊斯好像达到了心理和肉体的接触点。普鲁斯特则更深地触及了肉体。但是这些肉体都不是人的行动和实践本身带来的，也就是说人与社会是脱节的。当然，为了把握现代人，乔伊斯和普鲁斯特创作的方法是必要的。但如果没有巴尔扎克和托尔斯泰的方法，则无法把握社会。而仅有巴尔扎克和托尔斯泰，又不能深层次地把握现代人。如此，若现代新文学不能统一以往文学所有的经典要素，那肯定是找不到解决方法的。多斯·帕索斯将巴尔扎克与普鲁斯特结合在一起，但还不成功。①

可以说《阴暗的图画》以后野间宏发表的十篇中短篇小说②，基本都是用这种认识和方法写成的。他把写人的范围（野间宏称其为"人的条件"——笔者注）限定在灵魂、肉体和社会三个层面，并要求做到三者结合。但三者的比重是因作品内容而定的。比如《两个肉体》和《濡湿的肉体》就偏

---

① 原文如下："『背徳者』は肉体の探求であり『狭き門』は魂の追求であり『ゴーゴ紀行』および『ソヴェト』は社会の発見である。そしてこれら三つのものが同時に行なわれるときにのみ、はじめて真の人間の探求は行なわれるのである。……ジェイムス・ジョイスは心理と肉体の接触点に達するようである。プルーストはもっと深いところで肉体に達する。しかしこれらの肉体は、人間の行動、実践がその内からでてくる、即ち、人間が社会につらなっている肉体ではない。もちろん現代の人間を把えるためにはジョイスやプルーストの創り出した方法が必要である。しかし、バルザックやトルストイの方法がなければ、社会をとらえることはできないのである。しかし、また、バルザックやトルストイのみでは、現代の人間の深い奥底を把握することは不可能である。こう考えるとき、現代の新しい文学は、過去の文学のすべてのすぐれた要素を、統一しなければ、解決点を見出し得ないということは明らかである。ドス・パソスはバルザックとプルーストとの結合である。しかし、これはまだ成功していない。"野間宏：「魂と肉体と社会との結合」、『新日本文学』1947年7月号。野間宏：『野間宏作品集10』、東京：岩波書店、1987年、第147—148頁。笔者译。

② 按发表时间顺序，具体为：《两个肉体》（1946年12月）、《华丽的色彩》（1947年6月、7月、9月）、《濡湿的肉体》（1947年7月）、《第三十六号》（1947年8月）、《脸上的红月亮》（1947年8月）、《地狱篇第二十八歌》（1947年11月）、《残像》（1947年11月）、《悲哀的欢乐》（1947年12月）、《崩溃的感觉》（1948年1—3月）、《夜离军营》（1951年2月、3月）。

重肉体,《脸上的红月亮》偏重灵魂和社会,《崩溃的感觉》则是三者结合最好。另外,野间在写这十篇小说时都会有事先的意图说明和事后的完成度检查,在方法和技巧上有一个不断试验、修正和迭代的过程。明显带有练笔和实验的性质,是为自己以后写长篇在摸索和积累经验。同时代的《近代文学》派评论家·战后派作家埴谷雄高把野间宏称为意志型和结构型的作家。[①] 在以后有关野间宏的研究中,日本学者小笠原克把这十篇小说归类为《阴暗的图画》《青年之环》和《真空地带》三个系列。认为它们中间有些作品是后者继承了前者的主题,或是在前者的基础上经过增容和再创作而成的,具有"异母兄弟"的关系。[②] 按照小笠原克的归类,《脸上的红月亮》属于《阴暗的图画》系列。因为它是用《阴暗的图画》的主题情节改写而成的。

《脸上的红月亮》取材于战后,写经历了战争苦难后的一对男女——复员兵北山年夫和战争寡妇堀川仓子之间失败的恋爱过程。背后的原因与北山年夫身上留下的"战争伤痕"有关。复员兵北山年夫曾经在菲律宾战场的一次急行军中,与战友一起以人代马轮流拉炮车时,为了自保性命,对累倒在山坡上奄奄一息的战友只能见死不救。导致复员后一直背负着沉重的心理负罪感,与堀川仓子交往后也无法得到缓解。在意识到自己的自私本性未改,根本无法给堀川仓子带来幸福后便选择了分手。这一情节曾经受到日本评论家福田恒存的质疑,认为那是人在极端条件下的本能反应,与人心叵测和自我完成无关。[③] 野间宏则回应说福田恒存没有读懂他写那段情节的真正意图,也没有理解他提出的"肉体的个体性"是20世纪人类面临的最大问题。野间宏用"人的肉体的个体性"概念是想强调"摆脱个人意识"的问题。他认为只要摆脱了个人意识,以前靠宗教信仰才能做到

---

① 参见埴谷雄高:『埴谷雄高作品集7』、東京:河出書房新社、1978年、第84頁。
② 参见小笠原克:『野間宏論——「日本」への螺階』、東京:講談社、1978年、第143頁。
③ 参见野间宏:「日本の最も深い場所」、野間:『野間宏作品集 第三巻』、東京:三一書房、1953年、第279—280頁。

的"舍身"和"人间大爱",现在用共产主义思想就可以做到。① 这是野间宏因《两个肉体》和《濡湿的肉体》受到党内警告后,用党员标准对"政治与文学"关系做出的全新认识,是他给自己定下的奋斗目标,也成为他写小说的新起点。同时代的战后派作家安部公房曾经高度评价过野间宏对"政治与文学"关系的认识和把握:

> 由于思想和创作方法的不同,战后派作家分别走了不同的道路。就日本文学希望从战后派得到东西而言,我认为野间宏是其中表现最好、回应最准的一个。这样的见解对于理解他的作品来说是必需的。他的小说不参与那种只用现成的概念做对比就简单机械地给政治与文学的关系下结论,或者只关注现象的表面、拘泥于通俗文学独特性方面的争论,而是深入追求政治与文学各自不同的问题,在两个方面与陈旧的错误思想作斗争,同时把握它们背后的辩证统一关系。可以毫不夸张地说,他的创作经历不仅仅是战后文学的成长经历,也是整个日本文学发展进程中取得的成果之一。②

---

① 参见野間宏:「日本の最も深い場所」、野間宏:『野間宏作品集 第三卷』、東京:三一書房、1953年、第280—282頁。

② 原文如下:"思想や、創作方法の相違から、それぞれの道を進んでいった戦後派作家たちの中で、日本文学が戦後派に求めていたものをもっともよく現わし、正しく応え得た作家の一人として野間宏を考えることは、野間宏の作品を理解するうえに必要な、一つの見方だろうと思う。政治と文学の関係を、単にその規成概念から対比し、安易にそして機械的に結びつけたり、または現象の表面だけを見て通俗的な文学の独自性にかだわったりする議論をさけて、政治と文学のそれぞれを深く追求し、その両面で古いあやまった思想と鬪いながら、その底にある弁証法的な統一関係をとらえることができた彼の作品歴は、単に戦後文学の成長歴であるのみならず、全日本文学のたどりついた一つの成果だったといっても過言ではない。"安部公房:「野間宏小論」、安部公房:『安部公房全集4』、東京:新潮社、1997年、第70頁。笔者译。

从安部公房说的意义上讲，《脸上的红月亮》是一篇最能体现作者政治倾向和文学倾向的短篇。它用"人的肉体的个体性"所表现的"极端利己主义"取代《阴暗的图画》的"自我完成"主题内容，用一个"恋爱"话题将"战前""战争"和"战后"连接在一起。用野间宏自己的话来说，他创作《脸上的红月亮》就是想探究战争对战后带来的伤害有多深。① 这种伤害有的是有形的，有的是有无形的。而无形的伤害则把人变成了一具没有思想、没有道德、没有良心的行尸走肉。这一点正如同时代的日本评论家小田切秀雄在解读《脸上的红月亮》时指出的那样：

> 战争的真正可怕之处在于它破坏了正常人的人心甚至良心，可以说从内部把人性破坏殆尽。而且将无数的人都置于一种极端的境地：为了自保性命只能眼睁睁地看着战场上的同伴死去。这样做的结果，虽然让无数的人活了下来，但实际上却在精神上杀死了他们。②

这是一段非常经典的批评，对读者用具象化的情节读出抽象化的小说主题极有启示意义。进入作品论时代以后，日本学者木村幸雄的《关于〈脸上的红月亮〉》③也提出过很有启发性的见解。木村幸雄认为如果把《阴暗的图画》视为野间宏战后初期创作的起点，把《崩溃的感觉》视为野间宏战后初期创作的终点，那么《脸上的红月亮》就是居于两点中间位置的作品。他说：

---

① 参见野間宏：「自分の作品について（Ⅰ）」、野間宏：『文学の探求』、東京：未来社、1953年、第180頁。

② 原文如下："戦争の本当のおそろしさの一つは、人間の人間らしい心や良心までを破壊し、人間性をいわば内がわから破壊してしまうということである。そしてそれは、自分の生存を守るためには戦場での仲間をみすみす見殺しにする以外にない、という極限状態に無数の人間をさらすことによって、実際に無数の人間を生きながら精神的に殺すことになったのである。"小田切秀雄：『暗い絵』『顔の中の赤い月』、小田切秀雄：『戦後文学作品鑑賞』、東京：読売新聞社、1971年、第32頁。笔者译。

③ 木村英雄：「『顔の中の赤い月』について」、福島大学教育学部編：『福島大学教育学部論集 人文科学』（21）2、1969年11月。

> 这部作品（指《脸上的红月亮》，引者注）中，来自两端的牵引力均等发力，互不相让。即《阴暗的图画》中面向战后迸发出的重生意志和《崩溃的感觉》中被战争打败的人面朝深渊时的虚无感，在《脸上的红月亮》中同时发力，互不相让。①

木村幸雄说的两种力的博弈，在《脸上的红月亮》中是以两种形式出现的：一种是主人公战后希望获得爱情、重新生活的愿望，和认为那是绝无可能的否定态度之间的博弈。这是小说的表层情节。另一种是面对战场上的极端利己主义，是反抗还是绝望的博弈。这是小说的深层情节，也是小说的主题。由于时代的认识局限，小说没有写反抗，只是提出了这一问题。所以小说最后的故事走向是以复员兵北山年夫和战争寡妇堀川仓子的"恋爱失败"结束的。

三、从叙事上读懂它

《脸上的红月亮》是一个短篇，从篇幅上讲，已经限定了它不能写时间跨度很大的故事。但实际上它写的故事却涉及战前、战争和战后。作者是如何做到的？这就不能不提到它的叙事手法。

《脸上的红月亮》的开头，是对战争寡妇堀川仓子的脸部特写：

> 死了丈夫的堀川仓子，脸上常带着忧戚的神情。有些日本女人，姿容端庄妩媚，美得高雅绝伦，令人不可仰攀；堀川仓子当然不属于这种类型。而且，也不同于眉眼口鼻虽然不大匀称，却反而显得更加标致的那种。总而言之，她的面孔只不过长得周整而已，貌虽美，但并不出众。然而，不知怎的，她年轻的生命，仿佛突然遭到什么意外的变故，脸上总好似有些愁眉不展的样子。这恰好给她平添无限的风

---

① 原文如下："この作品には、二つの極からの牽引力が同時にひとしくはたらき、せめぎあっている。すなわち、『暗い絵』にみなぎっている戦後に向けてほとばしり出た再生への意志と、『崩解感覚』にその深淵をのぞかせている戦争によってうちのめされた人間の虚無感とが、『顔の中の赤い月』においては同時にはたらき、せめぎあっている。"木村英雄：「『顔の中の赤い月』について」、福島大学教育学部編：『福島大学教育学部論集 人文科学』（21）2、1969年。笔者译。

韵，别具魅力。在她宽阔而白皙的前额，富于表情的薄嘴唇上，不时流露出一种痛苦的神情。①

就这一脸部特写，野间宏曾经举例乔伊斯的《痛苦的事件》，认为乔伊斯对主人公杜菲先生的脸部描写，可以让人读出他饱经风霜和患抑郁症的模样。他指出这是日本小说最为欠缺的：

> 日本小说也许是私小说居多的缘故，可以说清晰地写好人物脸部的小说极少。即使有写的，也是笔法平庸，让人读不出那张脸与那个人的过去有什么联系。②

野间宏接受过马克思主义文艺理论的学习，认为文学艺术是通过典型的形象反映现实世界的客观本质。而反映客观本质的具体形象是一个细部真实的集合体，是人的眼睛、耳朵、鼻子、手可以看到听到和触碰到的。它作用于人的感性，引发快与不快的情感。也就是说典型的普遍性最终是与美学连在一起的。③可见这一脸部特写，不仅是审美上的，也是认识论上的需要。日本作家野口富士男曾经对这一脸部特写作过非常具体的论述：

> 从自然主义派生的私小说系统的作家沿袭的是以"发生过""看到过"为基调的文学。野间宏的文章不是那样的。用照相机来说，就是把没有进入取景器的景物都有意识地拍进了作品。这可以说是形而下也是形而上的。说得再具体一点，作为有形的看得见的"宽阔而白皙的前额"和"富于表情的薄嘴唇"后面是用"她脸上痛苦的神情"

---

① 本文引用的《脸上的红月亮》译文，采用了高慧勤译《脸上的红月亮》（高慧勤编选：《世界短篇小说精品 日本卷》，北京：中国青年出版社，1983 年），未作任何改动。以下同。

② 原文如下："日本の小説は私小説が多いためでもあろうが、はっきりと人物の顔のかけているというような小説は非常に少ないとさえ言えるのである。顔を書いているにしても、そのタッチは平凡で、その顔とその人間の過去との結びつきがない。"野間宏：「文体・顔その他」、野間宏：『文学の探求』、東京：未来社、1953 年、第 208 頁。笔者译。

③ 参见野間宏：「典型について」、野間宏：『文学の方法と典型 社会主義リアリズムにむかって』、東京：青木書店、1956 年、第 91—92 頁。

结句的，即成为表现无形的精神或心理的媒介。……这是战后文学在写作技巧上最典型的例证。①

野口富士男指出了野间宏写小说的一个最基本的特点：就是用现象反映本质。野间宏的文学资质、哲学思维和社会学认知决定了他不会用自然主义和私小说的模拟模式去再现"发生过"和"看到过"的事实。《脸上的红月亮》在由脸部特写进入正题之前有一段非常重要的过渡文字，写北山年夫为什么会注意到堀川仓子的存在，或者说是堀川仓子被北山年夫吸引的原因。当然这个原因前后是有变化的。一开始，北山年夫并不认识堀川仓子，也不知道堀川仓子的年纪，更不知道堀川仓子是结过婚的女人。但每次在大厦的走廊或电梯里遇到堀川仓子时都会产生一种冲动和遐想。那是因为堀川仓子的美貌吸引了北山年夫。这对于"长久没有见过国内女子"的北山年夫来说是再正常不过的生理反应和心理反应。不过，"北山年夫也承认，同堀川仓子见面的次数愈多，她的神态在他心上也印得愈深"。"每次，都从她脸上看出那种不可捉摸的痛楚神情。仓子的面孔，对北山那颗破碎的心来说，既是一种精神上的慰藉，同时又给他带来了苦恼。"北山年夫认为仓子的美与自己痛苦的内心十分合拍，"正是她这蕴含痛苦的身姿，在自己的记忆中勾起一段心酸的往事"。"他意识到，一些连自己也不能同意的否定人生、否定人类的想法，在他心里奔腾而来。那简直是难以忍受的时刻。"因为"以前上战场打仗时，那些不同常人的人，给他留下的印象，现在又苏醒了。他感到人性中那一份不加修饰的兽性正张牙咧齿，

---

① 原文如下："野間宏の文章は自然主義から派生した私小説系の作家が踏襲した「あるのまま」「見たまま」を基調とする文学ではなくて、カメラで言えば ファインダーに入って来ないものを意識して作中にとりこんでいる。形而下と形而上と言ってもいいが、すこし具体的に指摘すれば、有形なものとしての見えるものである〈白く広い額〉や〈いくらか肉の厚みの足りない口辺〉は〈彼女の顔の中のその苦しげなもの〉、すなわち精神もしくは心理という無形なものを表現するための媒体としてしまっているのだ。……ここらあたりに、戦後文学のもつ技法の最も典型的な例証がみられるのではなかろうか。"野口富士男：「感傷的昭和文壇史」、東京：精興社、1986 年、第 296—297 頁。笔者译。

向自己猛扑过来。他看到自己身上分明留有一些无情的牙印，那是战友们在战场上给他留下的创伤。他也明白，在战友身上，自己也准会给他们留下同样的创伤。一想起人在战场上，面临生死关头，所表现的利己的丑态，他简直不寒而栗。"由此原因发生了变化，一个纯情感的"恋爱"话题被转换为追究"战争伤痕"的社会问题和心理问题。这样的写法，其实是在告诉读者：接下来要写的不是复员兵北山年夫和战争寡妇堀川仓子之间的"花前月下"，而是极其严肃的反思战争反思人性的问题。北山年夫与堀川仓子的"恋爱"只是小说由此进入的一个话题。与野口富士男说的从有形的"美貌"向无形的心理和精神痛苦的转换一样，是野间宏最擅长的写法。

从叙事上讲，《脸上的红月亮》的起点应该是从北山年夫单方面看上堀川仓子的美貌开始的。以后在故事的自然延展中，也就是按线状结构构思小说时，生出许多不同的由事件、空间和时间构成的情节要素。小说中北山年夫对"当兵前""当兵后""去中国战场"和"去菲律宾战场"的"战争伤痕"回忆，都是在与堀川仓子交往后发生的，与恋爱故事本身是纠缠和渗透在一起的，本来是一个整体。但是为了把故事容量控制在短篇可以接受的范围之内，作者不仅省去和弱化了北山年夫对情感追求的原初描写。而且还把故事的讲述分成两个部分：用回忆和联想专写"战争伤痕"，用战后现实和人物心理专写"恋爱失败"。一个表现"战争"，一个表现"战后"。目的是省去按线状结构写小说的麻烦，让故事的讲述变得简洁流畅。这背后与作者的诗人气质和严谨的思考力有关。读懂了这一点，也就读懂了《脸上的红月亮》为什么用"战争伤痕"和"恋爱失败"两条情节线来写复员兵北山年夫和战争寡妇堀川仓子之间失败的恋爱过程。

从小说主体结构上讲，"恋爱失败"的情节线是《脸上的红月亮》的主线。它从北山年夫由女同事介绍正式认识堀川仓子开始写起。但有一个不可忽略的背景，就是战后物资的极度匮乏。无论是女同事还是堀川仓子从那一刻起都在靠变卖家当勉强维生。这是让北山年夫回想起战时那些不堪回首的自私劣迹的直接诱因。因为战后的现实又把北山年夫推上与战时同样的境地：能否把自己的口粮分给别人，能否全身心地去爱一个人。当他知道堀川仓子的身世,特别是与丈夫有过三年恩爱的夫妻生活后,联想到自己惨痛的前半生,认为"与她的相会是痛苦的,但他却需要这种痛苦的感受"。这是野间宏在叙事结构上的刻意安排。北山年夫与堀川仓子之间曾经有过一段意味深长的对话:

"生活还过得下去吧?"他试探地问。
"还行。"她回答说。
"不要紧么?"
"嗯,不要紧。"
沉默片刻,北山又说:
"毕竟你的生活要比我的坦直得多。"
"是么?"
"一个人能使别人幸福,可不容易。我从来没遇到过这种人。当然,我自己也没有这种本事。可是你做到了,所以你才能活下去。"

在北山年夫眼里,战争让堀川仓子失去了丈夫,也让自己失去了人性。他想找到一种力量勇敢地生活下去。但是当堀川仓子一语双关地问他是否找到时,却让他陷入了更加痛苦的犹豫之中:

我该怎么办?到底在追求什么呢?难道我在向她求爱?一个女人,战争里失去了心爱的丈夫,而一个男人,在战争期间死去了情人才懂得爱的价值,两人结合在一起……这倒颇像小说。

在陪堀川仓子回家的电车上,北山年夫一直在寻找合适的分手理由。

电车已经到达仓子要下车的四谷站。北山仍然凝视着她苍白的面庞。无意中发现仓子的白脸上有颗小小的斑点。奇怪的是,这颗斑点竟能扰乱他的心思。而且,这斑点是那么细小,若有若无,简直看不出来。或许是煤屑或灰尘什么的。要不也许是透过脂粉露出来的一颗黑痣。总而言之,这颗斑点扰乱了他平静的心境。他产生一种冲动,想看清她左眼上的这颗斑点。于是集中注意力,凝视着这颗斑点。然而,使北山心烦意乱的,并不是仓子脸上的斑点。他觉得自己内心的一角，也有个类似的小点。他很清楚，他心里那颗类似的小点意味什么，他审视着心里的那颗斑点。蓦地，那颗斑点开始膨胀起来，愈来愈大，一直逼进他的视野里。进而又幻化成眼前的物象，映入他的眼帘。他不由得心里喊道："啊！"他在堀川仓子的白脸上，看到那颗斑点渐次增大，变成一个又红又大的圆点，像是在仓子脸上升起一轮又红又大的热带圆月。他仿佛还看见士兵们一张张患热病的黄脸，还有不成次序，拖逦而行的队伍。

最后，堀川仓子脸上微小的斑点，让他联想到菲律宾战场上的红月亮和自己对战友的见死不救。在意识到自己的自私本性未改、根本无法给堀川仓子带来幸福后，便决定用不下车的方式来结束他们两人的关系。这是《脸上的红月亮》的点题之笔，与小说的题目和"战争伤痕"情节线中的"去菲律宾战场"的情节要素构成事实联系。菲律宾战场上的红月亮最后在堀川仓子的脸上重现，背后有象征主义和现象学的运用，是文学和哲学的完美结合。小说最后是这样收笔的：

> 她下了车，门关上了，电车又开了起来。他看见仓子在窗外朝车厢里找他。她留在月台上，离自己越来越远。车窗上的破玻璃从她面前掠过。他本人也从她的生活里一掠而过。他感到在他们二人的生活之间，有块透明的玻璃，正以无限的高速，飞掠过去。

这是小说的结尾，具有多重的含义。同时代的日本评论家小田切秀雄曾经用政治家的眼光高度评价过这个结尾：

> 存在主义的倾向是战后文学的普遍特色。这与小说作品人物以及作家的自我作为悲败的孤独个体在面对遭到战争破坏的社会混乱状况时所形成的尖锐对立有关。这个作家（指野间宏，引者注）把它与社会主义的觉悟和要求联系在一起，或者说更想让它在社会主义的方向中得到运用。小说中北山的存在和仓子的存在只是一掠而过，但作家心里想大声说出来的是：人不应该那样！绝不允许把人变成那样的战

争重演！①

结　语

　　《脸上的红月亮》是一篇体现作者政治倾向和文学倾向的短篇。它最大的特点是，在面对战时的极端利己主义时，尽管作者知道自己当时还没有能力去解决这个问题，但他没有回避，始终将自己置于艰难的选择之中。这说明野间宏是一个非常诚实的作家。这种诚实就体现在他用日本共产党党员的标准正确把握"政治与文学"的关系，也体现在他用战后现实和心理描写表现战争对人造成的无法治愈的精神伤害。《脸上的红月亮》呈现给我们的，不仅仅是深刻的主题，还有严谨的结构，更有与主题和结构同步配套的写作技巧和手法。

---

　　①　原文如下："実存主義的な傾向は、文学の作中人物および作家の自我が、戦争によって破壊された社会状況の混乱にたいして、裸の孤独な個人として鋭く対立していたことに関連して、戦後文学の一般的な特色となったものであるが、この作家の場合にはそれが社会主義的な自覚や要求と結びついており、というよりも社会主義の方向のなかに生かされようとしており、作中の北山と倉子は生存と生存とをこすり合わせるだけで離れ去ってゆくが、人間がそうであってはいけないこと、人間をそうさせたものとしての戦争が許されぬものであることを、作者は力づよく語りかけているのである。"小田切秀雄：『暗い絵』『顔の中の赤い月』、小田切秀雄：『戦後文学作品鑑賞』、東京：読売新聞社、1971年、第40頁。笔者译。

第十篇

安部公房《红茧》（1950）

原作《红茧》（『赤い繭』）首次发表于《人间》（『人間』）1950年12月号。收于作品集《墙壁》（『壁』），东京：月曜书房，1951年。

作者简介

安部公房（1924—1993），日本小说家、剧作家。1924年3月7日生于东京一医生家庭。祖籍北海道。出生后八个月即随父母移居中国沈阳，直到中学毕业。1940年独自回东京读高中。曾因病休学一年返回沈阳养病。1942年回东京复学，因厌恶学校的军事训练，从原来爱读陀思妥耶夫斯基的文学作品转向研读尼采、雅斯贝尔斯、海德格尔的存在主义哲学。1943年10月考入东京大学医学部后，沉溺于阅读奥地利诗人里尔克的《图象集》和《马尔特手记》，并模仿里尔克的"物诗"概念开始诗歌创作。1944年10月为躲避征兵伪造医疗诊断书休学再回沈阳，在那里目睹了日本战败投降。1945年冬其父感染斑疹伤寒突然病亡，使得安部公房对恒常的东西完全失去信赖，陷入生存危机。1946年被遣返日本，先去祖籍北海道安置母亲，后回东京靠卖酱腌菜和煤球等维持生计。此前的安部公房一直在出生地、成长地和祖籍地辗转流离，始终认为自己是没有"故乡"的人，对其日后文学创作的基调形成影响极大。

1947年5月安部公房集结读大学后创作的诗歌自费油印出版，取名《无名诗集》。1948年1月参加日本战后第一个先锋文学艺术团体"夜之会"，受评论家花田清辉的影响，对前卫艺术和唯物主义产生兴趣。同年10月出版长篇处女作《道路尽头的路标》，用一年轻人为躲避托付式婚恋逃离日本故土到中国东北寻找"自由"的坎坷经历，表现对"故乡"概念的复杂认识。得到《近代文学》派评论家、战后派作家埴谷雄高的赞赏，认为从正面写了一种存在感觉。① 同年3月大学毕业，弃医从文。同年夏天成为战后派重要刊物《近代文学》的同仁，开始摆脱存在主义接受马克思主义。1949年春天创办"世纪之会"，宣传唯物主义，关注"物质"与"人"的关系。同年8月发表《蟹甲木》，用超现实主义的前卫艺术和里尔克的"物诗"概念介入小说创作，开启用"变形"叙事写人的生存与自由问题的先河。1950年12月发表《三则寓言》（《红茧》《洪水》《魔法粉笔》）。《红茧》写一个无家可归的男人在黄昏时分到处找家的过程。男人最后"变形"为一只茧，被人捡回了家。家是有了，但要回家的人却没了。小说构思奇特，寓意深刻，从生存危机和自我变异两个哲思维度对现实社会进行了追问，获第二届日本战后文学奖（1951年4月）。1951年2月发表《墙——S.卡尔玛氏的犯罪》，写公司职员卡尔玛早晨醒来，感觉胸中空虚难受，而且与名字有关的一切都消失殆尽。到公司后才发现是名片取代了自己。去医院看病，胸内负压把杂志上的沙漠图片吸入胸腔。去动物园散心，胸内的沙漠图片又把骆驼吸进胸腔。为此受到审判，因为没有名字无法判决。他想找回自己，做了种种努力，但结局是众叛亲离，还成为永远的罪犯。现实告诉他只有逃亡到世界尽头才能逃脱审判。在被安排看世界尽头的电影时，发现自己被四周的墙壁所包围。最后他把墙壁吸进了胸腔，自己也

---

① 原文如下："『粘土塀』はいい作品であった。存在感覚とでもいうべきものが正面から扱われていて、私としては、求めていた作家の一人が現われた感じであった。"埴谷雄高：「安部公房のこと」，原载『近代文学』1951年8月号，后收入埴谷雄高：『埴谷雄高作品集8』，東京：河出書房新社，1978年、第60頁。（《道路尽头的路标》投稿时的原书名为《粘土围墙》——笔者注）

变成一堵在一望无际的旷野中无限生长的墙。《墙——S.卡尔玛氏的犯罪》用荒诞恣肆的被动"异化"和被动"变形",表现个人意志是如何被制度弊端吞噬和消解的。堪称文坛前卫力作,获第25届芥川文学奖(1951年上半年)。

《红茧》和《墙——S.卡尔玛氏的犯罪》的发表和获奖,让安部公房一举成名,成为第二次战后派的前卫作家,正式登上文坛。1951年5月安部公房加入日本共产党,因思想认识上的分歧和言论,1962年2月被开除出党。但用哲思关注现实的初衷不变。

在1960年代经济高速增长的背景下,安部公房先后发表《砂女》(1962年6月)、《他人的脸》(1964年9月)和《燃烧的地图》(1967年9月),用不同的叙事,讲述都市人的"失踪"问题,表现他们的自我救赎,被称为"失踪"三部曲。《砂女》写中学教师仁木顺平去海边沙滩采集昆虫标本,因错过末班车无法回城,只能去村里投宿,结果被骗到寡妇的沙穴。为了获得生存空间,他和寡妇每天挖流沙不止。几次逃脱失败后,逐渐适应沙穴生活,还发明了屯水装置。十个月后,寡妇宫外孕被送往医院,他有机会逃脱,但却自愿留了下来。七年后被法院判决为"失踪者"。《砂女》的"失踪"书写,基调发生变化,从孤独绝望转向积极肯定,对文坛冲击力很大,获第14届读卖文学奖(1963年1月)。1964年2月搬上银幕,获戛纳电影节评审员特别奖(1964年)、旧金山电影节外国电影银奖(1964年)。小说被译成20多国文字,安部公房享誉世界,1968年2月获法国1967年度最优秀外国文学奖。

从1970年到1991年,安部公房创作发表的小说主要有《箱男》(1973年3月)、《樱花号方舟》(1984年11月)、《袋鼠笔记》(1991年11月)等。《樱花号方舟》写背负强奸犯骂名的主人公"鼹鼠"用三年时间把囚禁自己的废矿石坑道打造成隐蔽的核避难场所,取名"樱花号方舟",准备在核战争爆发时与志同道合的人一起生存下去。没想到招收来的船员却与他争夺方舟的控制权,导致"鼹鼠"身陷危难。为了生存,他引爆方舟,趁乱逃走。小说用个体与他者之间的矛盾和对立隐喻如何活下去的哲学命题,表现当代人的生存与自由问题。是安部公房小说创作的巅峰之作。

安部公房除诗歌和小说外,还发表过许多剧本、随笔和评论。

1992年12月25日深夜,安部公房写作时突发颅内出血。1993年1月22日,68岁的安部公房因急性心力衰竭去世。日本文坛失去一位哲思型的"超越国籍"的作家。

用寓言写战后底层群体的生存

《红茧》是安部公房早期代表作《三则寓言》(《红茧》《洪水》《魔法粉笔》)中的第一篇,篇幅很短,只有1600字左右,用"变形"叙事写一个无家可归的男人在找家过程中最后变形为茧的故事。一般认为对于这样的寓言小说,只有用寓言批评才能解释清楚其背后的寓意。其实,寓言批评作为一种方法,是用来解释寓言小说中用其他方法无法解读的问题。所以这次重读,还是想先用作品论的方法解读一些问题。

一

《红茧》作为"变形"叙事的寓言小说是这样开头的:

> 太阳落山了,人们忙着回窝儿的时候,我却无家可归。在房子与房子之间的狭缝中,我一直慢慢地走着。"街上房屋林立,那么多的房子中怎么就没有一间是我的呢。这是为什么?……"我心中重复着已经问过几万遍的疑问。①

不过,随后的一个动作却改变了"我"原来只想不做的思维惰性。

> 靠着电线杆撒尿时,上面正好垂下一根绳子,我想过用它上吊了结此生。绳子也斜眼盯着我的脖子,好像在说"兄弟,该休息休息了。"我确实很想休息,但不能听命于它。因为我不是绳子的兄弟,而且,我还没有弄明白自己为什么没有家的合理理由。

看来,是"自杀"和"休息"的生存危机,迫使"我"必须用必要的

---

① 本文引用的小说译文,由笔者根据安部公房:『安部公房全集2』(東京:新潮社、1997年)译出。以下同。

行动来拯救自己。

> 我突然想到，说不定我犯了一个天大的错误。也许我并不是没有家，只是忘了而已。对了，这完全有可能。

抱着街上所有的房子都有可能是自己的这种幻觉，"我"敲开其中一家的房门。与女主人隔着窗户有过以下的对话：

> 请问，这是我的家吗？
> 唉呀，您是哪位？！
> 别的先不说，您要是认为这不是我的家，那就请拿出证据来。
> 什么……！
> 要是没有证据，那就可以认为这是我的家。
> 可是，这是我的家啊。
> 你在说什么？就算是你的家，那也不见得就不是我的家呀。对吗。

女主人从笑脸相迎到关窗变成一堵拒绝的墙壁。这样的拒绝逻辑让"我"无法接受：为什么所有的一切都是别人的而不是自己的？就算都不是自己的，那也应该至少有一两样东西是不属于别人的。比如工地堆放的水泥涵管。那里曾经是自己晚上过夜的地方，是属于自己的。但现在却消失了，而且根本就没有跟自己打过招呼。

水泥涵管没了，"我"想去公园的长椅过夜。结果，被手持棍棒的管理员凶巴巴地赶走了。理由是：

> 这是大家的地方，不是任何个人的，更不可能是你这种人的。快，马上走开！如果不走，那就请你去法院，去地下室（监狱——笔者注）。在其他地方，只要你停下脚步，仅此一点就可以治你的罪。

至此，晚上可以过夜的地方都因为不是自己的而被人为禁止了。"我"把自己比喻成四海漂泊的犹太人。无处可去的"我"在街上继续走着。突然，一只鞋掉在了地上——原来是自己的左脚变短了，变成丝瓜瓢似的东西。"我"的身体就像拆毛衣一样越拆越短，变得倾斜而无法站立。

我已经寸步难行，茫然地站在那儿。同样在我不知所措的手上，变形为绢丝的腿自己动了起来，索索地向外滑去。其前端自行散开，丝毫没有借助我的力量，开始像蛇一样往我身上缠绕。左腿完全拆完后，又移到右腿。丝线不久就像一个口袋包裹了我的全身。但是，它并未停止。从躯干到胸部，再从胸部到肩膀，继续不停地分解我。而且一边分解还一边不停地从里面加固那个口袋。就这样，我终于消失了。

最后，只剩下一颗硕大的空茧。

"我"终于可以"休息"了。夕阳把空茧染得红彤彤的。这确实是一个不会再受到任何人干扰的家。可是，家是有了，要回家的"我"却没了。

时间在茧内停止了。外面天色已暗，但茧内却一直是黄昏，从里面映出的晚霞染红了它。这个明显的特征不会不引起他的注意。他发现变成茧的我在铁轨与道口之间。开始很生气，但马上觉得是一个稀罕物，便捡起放进了衣袋。在衣袋里滚动了一阵后，又被放进他儿子的玩具箱里。

以上是《红茧》的基本内容和框架。它用开头写因，用结尾写果，因果之间是"我"的具体言行和思考，即"我"是如何为逃避死亡在走投无路后由人变形为"茧"的过程。这是由《红茧》的表层情节所呈现的。不过，细读之后，有一个问题是不能回避的。那就是小说开头的因与结尾的果是非正常的必然关系，也就是说在现实生活中是不可能发生的。但安部公房却把这种不可能写成了小说。其生成机制背后的认识论和方法论是什么？这是解读《红茧》必须首先回答的问题。

二

安部公房写小说之前是个诗人，受奥地利诗人里尔克"物诗"概念的影响，写过许多有关"实存"的诗歌。战后转向写小说后，在思想和方法上经历过从存在主义到超现实主义再到共产主义的三次转变。① 在谈到安部公房的这种转变时，同时代的战后派作家野间宏曾经给予过高度的评价：

> 如果没有安部公房会怎么样。我时常想到这个问题。那时，我会想到战后的日本文学究竟会走向何处和失去方向的问题。事实上，如果失去了安部公房，日本的战后文学马上会像失去了箍的木桶一样变得七零八散。
>
> 从《蟹甲木》到《红茧》《墙——S.卡尔玛氏的犯罪》的路，真的是打造了一条漂亮的急转弯道，开辟了日本文学未曾有过的高地之路。那条路完全打通后现在回头去看，它连接了一条宽阔平坦的大道，我们可以坐上安全的大巴，听着导游小姐背诵的解说词，目不暇接地看着新名胜和新古迹，去这座高山上新开发的大都市。不过当时能够清楚地看到这座新大都市的设计蓝图就在安部公房脑子里的人是少之又少的。②

---

① 原文如下："私自身、実存主義から、シュール·リアリズムそれからさらにコミュニズムと、思想的にも方法のうえでも大きく三転した。"参见安部公房：「あとがき——猛獣の心に計算機の手を」（1957.11）、安部公房：『安部公房全集7』、東京：新潮社、1998年、第476頁。

② 原文如下："安部公房がもしいなかったならば、ということを、私は時々考えることがあるが、私はその時、戦後の日本文学ははたして何処へ行ったろうかと、その行方がわからなくなるのを感じるのである。実際安部公房という存在を失ったならば、日本の戦後の文学はたちまちたがをなくした木桶のように、ばらばらになりとけて四散してしまうように思える。

『デンドロカカリヤ』から『赤い繭』『S·カルマ氏の犯罪』への道はじつに見事な急カーブをつくって、日本文学にかつてなかった高所の道を切り開いた。その道が完全についたいまから振り返って見る時、そこに一つの広い平坦な道が通じていて、私たちもまた安全な大型バスに揺られて案内嬢の暗記した解説を耳に入れんがら、新名所·新蹟にぎょろぎょろと眼をくばってこの高山にひらけた大新開都市に行きつくことができるが、最初からこのような大きな新都市の設計図があの安部公房の頭のなかにあることをははっきりと見ていたものは、ほんの限られた少数のひとにすぎなかったのである。"野間宏：「安部公房の存在」（1960年12月）、野間宏：『野間宏作品集11』、東京：岩波書店、1988年、第271—272頁。笔者译。

野间宏的评价，说明安部公房在战后派作家中是一个特殊的存在。他1948年10月出版的长篇处女作《道路尽头的路标》，用海德格尔《存在与时间》的概念、里尔克《马尔特手记》的故事以及自己对"神的问题"的思考，观照自己曾经的坎坷经历，表现对"故乡"概念的复杂认识，是一部晦涩难懂的哲学小说。而1949年8月发表的《蟹甲木》却一改处女作的风格和文体，用虚构的故事写一患有植物病的男人，在经历四次"变形"后成为被植物园收藏的罕见植物，是一篇荒诞离奇的抽象小说。被文坛称为"哥伦布的鸡蛋"（本多秋五语），开启安部公房用"变形"叙事写人的生存与自由问题的先河。同时代的《近代文学》派评论家、战后派作家埴谷雄高认为《蟹甲木》是安部公房由里尔克的"物诗"向卡夫卡的"变形"转型期间写的一篇类似于毕加索《手风琴演奏者》的作品，是对前卫绘画手法的大胆尝试。

　　　　他（指安部公房——笔者注）的第一次尝试是《蟹甲木》。不过他那种大胆的方法，在该作品中未能充分展开，而是在随后的《红茧》和《墙——S.卡尔玛氏的犯罪》中收获了丰硕的成果。《红茧》是优美的小曲，《墙——S.卡尔玛氏的犯罪》是大胆的交响乐，但后者体现了安部君坚定的自觉意识，《道路尽头的路标》中可以看到的那种探路式的不透明印象完全消失了。我认为，在我国创建这样一种首尾一致的方法论本身就是一种价值体现，是划时代的大事。①

　　1949年5月，也就是《蟹甲木》发表前三个月，安部公房在"世纪之会"举办的讲座中，以萨特的《恶心》和卡夫卡的《审判》对时间问题

---

① 原文如下："彼の最初の試みは『デンドロカカリヤ』であったが、その作品ではまだ充分に果たされなかった果敢な方法は、その後の『赤い繭』と『壁』に至って見事に結実した感がある。『赤い繭』は美しい小曲、『壁』は大胆な交響曲であるが、後者は安部君の確たる自覚を示した作品であって、『終りし道の標べに』に見られた手探りの不透明感はここにまったく消去されているのである。私は思うが、このような首尾一貫した方法論を吾国で確立することはそれ自身すでにひとつの価値であって、劃期的な出来事である。"埴谷雄高：「安部公房のこと」、原載『近代文学』1951年8月号、后收入埴谷雄高：『埴谷雄高作品集8』、東京：河出書房新社、1978年、第62—63頁。笔者译。

的写法为例，谈到如何用存在小说克服存在主义哲学的问题。安部公房认为萨特的时间是投射在空间上的，为的是摆脱特定时空下的"恶心"。而卡夫卡的时间则作用于创作方法本身，不仅构成小说独特的文体，而且还利用时间向空间转换的微积分作用把低层次的写作转变成高层次的表现，跨越了存在论与世界观之间的鸿沟。安部公房认为卡夫卡的作品就像透过刻花玻璃的光线一样呈现出复杂的组合，给人以立体的印象。只有这样的小说才能对虚构与现实的关系做出最合理的解释。① 安部公房的讲座最后强调：

> 作为结论，如果说萨特写了存在，那么卡夫卡就是用存在写了小说。在这一点上，卡夫卡确立了更为正确的捕捉现实的方法。为此，我们应该走卡夫卡没有走完的路。所谓的新文学，其本身最终就是一道积分方程式，而且能够具体展开的并不是哲学，也不是政治，而是艺术，特别是文学。这是文学固有的问题，是存在文学的使命，是文学的条件。②

安部公房的讲座尤其是最后的结论，表明他对小说创作的理念和方法有了全新的认识。他想用卡夫卡的"存在小说"改变以前那种类似对存在主义哲学词汇作注释式的创作，用社会视角替代原来的个人视角。从《道路尽头的路标》到《蟹甲木》，不仅仅是小说类型的转变，也是内容和方法的转变。如果说《道路尽头的路标》是他对现实认识的一种观念体现，那么《蟹甲木》就是他对现实认识的又一次抽象表现。但有一点是安部公

---

① 参见安部公房：「カフカとサルトル——20世紀文芸講座・第2回」、安部公房：『安部公房全集2』、東京：新潮社、1997年、第257頁。

② 原文如下："結論として、サルトルが実存を書いたのだとすれば、カフカは実存で書いたという点で、カフカのほうがより正しく現実を捉える方法を確立しておる故、われわれのとる途はむしろカフカの残した道ではないかと思われる。新しい文学とは、結局それ自体が積分方程式のごときものであり、またそれを具体的に展開し得るものは哲学でも政治でもなく、ただ芸術であり、とりわけ文学ではなかろうか。ここに文学固有の問題があり、実存文学の使命があり、文学の条件があると思う。"安部公房：「カフカとサルトル——20世紀文芸講座・第2回」、安部公房：『安部公房全集2』、東京：新潮社、1997年、第258頁。笔者译。

房坚持不变的,那就是拒绝模仿自然主义和私小说模拟现实的表现方法。其实从处女作开始,安部公房一直在尝试用更加真实的内容和方法来改变文坛对自然主义和私小说的阅读依赖。写《蟹甲木》时,安部公房开始接受马克思主义。在面对如何用唯物主义的思想和方法表现更加真实的内容时,他选择了超现实主义(前卫艺术)的"变形"。在安部公房眼里,超现实主义(前卫艺术)背后有一个存在主义的结构框架,是现实世界与无意识世界的结合,追求的是绝对的真实和超越的真实,可以用来更好地克服自然主义和私小说式的写实主义。所以他比以前写观念小说时更加看重对人的无意识世界的探索:

> 小说家本来就应该是一个灵魂的工程师。在深入追求现实,发现用常识的眼睛无法捕捉到的东西后,经过某种加工,让它们在读者的眼里成为新的见解和新的想法,这就是小说家的作用。小说家必须是现实和灵魂的工程师。与探险家和自然科学家是探索未知的自然界一样,小说家探索的是灵魂的未知领域。小说的乐趣,就是发现它们的乐趣。……就像探险队都是登山专家一样,小说家必须是灵魂的工程师。用不懈的追求、观察、理论阐释、娴熟的语言技巧来表现人与物的关系、人与人的关系、人与社会的关系。这就是灵魂工程师的工作。①

---

① 原文如下:"小説家というものが、本当は魂の技術者でなければならないのです。現実を深く追求し、常識の目でとらえられなかったものを発見して、読者の目にものの新しい見方、考え方を、いかほどかでもつけ加える、それが小説家の役目なのです。小説家は、現実と魂の専門家にならなければなりません。未知の自然界をさぐるものが探ケン家や自然科学者であるように、魂の未知の領域をさぐるものが小説家なのです。小説の面白さは、その発見の面白さなのです。……あの探ケン隊が登山の専門家であるように、小説家は魂の専門家でなければならないのです。人間と物との関係、人間と人間との関係、人間と社会との関係、そうしたことについて、たゆみなく追求し、観察し、理論づけ、熟達した言葉の技術によってそれを表現していくのが魂の専門家の仕事です。"安部公房:「私の小説観」、安部公房:『安部公房全集4』、東京:新潮社、1997年、第282—283頁。笔者译。

从认识论和方法论的角度讲，安部公房写"变形"小说离不开现实生活。在现实生活与叙事文本之间应该有一个转换的过程。安部公房自己说过他小时候最喜欢几何证明，认为突破图形的固有概念，发现意外的辅助线，是解答几何难题的秘诀。① 同时代的《近代文学》派评论家本多秋五在《物语战后文学史》一书中认为安部公房就是借助这条"辅助线"创作发表了《蟹甲木》和以后的系列小说。② 这条"辅助线"在安部公房"变形"小说中起到的作用，就是将具象的现实生活通过"不懈的追求、观察、理论阐释、娴熟的语言技巧"等转换为抽象的情节和认识。所以安部公房认为"作品自有作品自己的现实"③。这是由他的文学资质和哲学认识决定的。而且一经形成便几乎伴随了他一生的创作。

三

《红茧》是一篇写"变形"的寓言小说。既有寓言的性质，又有小说的特征。所谓寓言的性质，就是用比喻性的小故事寄寓一个浅显的事实或者道理，是任何人都能看懂、无须解释的。而小说的特征，就是虚构，里面寄托了作者的思想和认识。作者的思想和认识是什么，又是如何表现的？这就需要解读了。从这一点上讲，安部公房由观念小说向抽象小说的转型，就是因为他发现用寓言小说同样可以发挥自己擅长思辨的特质，而且又能让读者乐于接受。是他用社会视角替代个人视角的一种尝试。安部公房写《红茧》前，一直在思考如何用海德格尔的存在与时间概念表现现实存在的问题。他认为在发现和捕捉现实的认识方法上应该有一次彻底的革命。不仅要发现和捕捉状态与物质（流动变化的存在与存在物——笔者注）之间的根本对立，还要发现和捕捉它们在时间上的独特性，在表现方

---

① 参见安部公房：「マスクの発見」、『群像』12（7）、1957年7月、第208页。
② 参见本多秋五：『物語戦後文学史（全）』、東京：新潮社、1966年、第548页。
③ 原文如下："作品には作品だけの現実があり、その枠を超えた有効性など期待してはならない。"安部公房：『他人の顔』跋文、大江健三郎、江藤淳編：『われらの文学 第7』、東京：講談社、1966年。

法上做到精准化。① 安部公房日后说过《红茧》是他最喜欢的作品。② 理由应该是：尽管它是一篇简短的寓言小说，但却从生存危机和自我变异两个哲思维度对现实社会进行了追问。里面有独特的逻辑、思维和表现，是别人无法模仿的。

《红茧》的独特性就在于它的内容和写法都是以荒诞离奇的抽象形式呈现的，写现实但又不见现实。《红茧》的主题意象是"房子（家）"，它本来应该是指涉"物质"的家，是"我"一直希望找到的栖身之处。可是，最后"我"却变成一只红茧。所谓的"房子（家）"是找到了，但是要回家的"我"却没了。结局完全是悖逆的，而且也不对等。这里说的不对等是指因果关系的不对等，也就是写现实但又不见现实。在小说的整体结构中，由主题意象衍生的"自杀"和"休息"等其他主要意象，也具有指涉的多义性和交叉性。比如最后"我"变成红茧，是应了公园管理员的那句话："在其他地方，只要你停下脚步，仅此一点就可以治你的罪"，是社会对"我"的制裁，还是对"我"此前想过自杀的报应，或是"我"希望得到"休息"的理想结局。仅从字面意思是无法得到明确答案的。这些由意象构成的问题都是《红茧》解读的难点。据日本学者饭野邦彦的介绍，日本的《红茧》解读就有两种不同的主流观点：一种是解读为"我"的自我崩溃，另一种是基于安部公房当时正在接近马克思主义的事实，解读为"我"与社会的矛盾冲突。③ 宏观层面的主题研究要明显多于对微观层面的具体意象特别是主题意象的探讨。原因应该与《红茧》叙事的多义性和交叉性有关。

《红茧》的开头写一个无家可归的男人对自己为什么没有家的疑问。这个疑问是安部公房代表社会底层群体发出的，最能体现他的政治倾向和文学倾向，因为当时安部公房正在积极争取加入日本共产党。但是在具

---

① 参见安部公房：「文学と時間」（1949.10）、安部公房：『安部公房全集2』、東京：新潮社、1997年、第289—290頁。

② 参见安部公房：「音楽・声・舞台」、安部公房：『安部公房全集12』、東京：新潮社、1998年、第462頁。

③ 参见飯野邦彦：「安部公房「赤い繭」教材研究——今、教科書で安部公房を読む意味」、『国際経営・文化研究』19（1）、2015年3月。

体写法上,安部公房却沿用了从文之初就已经形成的写现实但又不见现实的表现手法。用中国学者李德纯的话来说,就是"呈现在读者面前的便不是一个客观世界,而是作家对这个世界的认识,一种对人类自身生存处境的读解"①。1968年2月,安部公房将1948年7月至1949年11月期间发表过的7篇小说结集为作品集《梦的逃亡》出版时,在"后记"中这样说过:

> 当时有很长一段时间,我既没有住房,也没有钱,日子过得饥疲不堪。常常是有了上顿而没有下顿。可是在作品中却不怎么出现贫困和饥饿的情节。估计是因为那种情况对我来说已是司空见惯和不足为奇的。不过,这部作品集的背后有我真实的青春饥渴。我现在都能清晰地回想起自己当时的样子,就像一匹饿狼在树林里露着憎恶的獠牙。道德的问题一般是不进作品的,这是饥饿哲学的特征。②

日本学者渡边淳把安部公房的这种写法称为生活与作品的遮断,而且认为那是一种有意识的行为。③ 安部公房日后在回忆里尔克对他的影响时也提到过这种遮断:

> 我们这一代在战争中出生长大的人,只受到战争哲学的教育,

---

① 李德纯:《内在精神的深层开掘——论日本存在主义文学》,柳鸣九主编:《"存在"文学与文学中的"存在"》,北京:社会科学文献出版社,1997年,第251—252页。

② 原文如下:"当時、私には長い間、住む家がなく、また金がなく、したがって飢え疲れていた。明日の糧どころか、今日の糧を得るさえ困難なことがしばしばだった。そのくせ作品には、貧困や飢えのことはあまり出てこない。多分、そうした状況を、なにも特別なことではなく、恒常のものとして受止めていたせいだろう。だが、この作品集の背景にあるものは、まさに飢えた青春そのものなのである。私は、森の木陰で、憎悪の牙をむき出している、飢えた狼のような自分自身の姿を、ありありと思い出す。ほとんどモラルの問題が顔を出さないのが、飢えの哲学の特徴なのである。"安部公房:『安部公房全集21』、東京:新潮社、1999年、第37頁。笔者译。

③ 参见渡辺淳:「安部公房の方法」、日本文学研究資料刊行会編:『日本文学研究資料叢書 安部公房・大江健三郎』、東京:有精堂、1974年、第40頁。

根本就不知道还有反战那样的词汇。不过，不知为什么我对战争哲学毫无兴趣。那是因为在拒绝世界和被世界拒绝的恐怖中，里尔克的世界是最好的冬眠巢穴。我沉溺于里尔克的世界，特别是他的《图象集》和《马尔特手记》。在雨中和灰尘中扛着枪进行行军训练时，我想到里尔克冷峻的话语，就像裹着刚洗过的床单，有一种别样的感觉。

那种沉溺感即使现在也可以解释清楚。里尔克的世界是一种时间的停止。不过比起"停止"，用"遮断"也许更加正确。里尔克基本不表现时间，在他眼里只有纯粹的空间。对他来说，存在就是东西的形体。但这是矛盾的。说纯粹的空间就是形体，是极其幼稚的误解。不过，不管是否误解，只要能够沉溺，对我来讲，就已经足够了。实际上，时间如果真的遮断，那就是肉体的死亡。用这种假的时间遮断，产生死亡的感觉，就足够了。①

可见，战争期间安部公房模仿里尔克的假的时间遮断和假的死亡感觉，是用来抵抗现实的，是一种生存哲学。而到了战后写"变形"小说时，这种有意识的生活与作品的遮断又成为一种诗学风格。它让《红茧》做到了

---

① 原文如下："戦争のなかで生まれ育ったぼくらの世代は、戦争の哲学しか知らされなかった。反戦などという言葉は、耳にしたことさえなかった。しかし、なぜかその戦争の哲学になじめなかった。世界を拒み、世界から拒まれているような怖れのなかで、リルケの世界は、すばらしい冬眠の巣のように思われたのである。ぼくはリルケの世界、とりわけ「形象詩集」と「マルテの手記」に耽溺した。銃をかつぎ、雨やほこりの中を、行軍演習しながらも、同時ぼくは、あの洗いたての敷布のような、ひんやりとしたリルケの言葉にくるまり、別の世界を感じつづけていられたのである。あの耽溺感を、今なら分析できる。リルケの世界は、時間の停止だったのである。停止というよりも、遮断といったほうが、もっと正確かもしれない。リルケはほとんど時間をうたわない。彼の眼には、純粋な空間しか映らないかのようだ。彼にとって、存在とは、ものの形のことだったらしいのだ。だが、これは矛盾している。純粋空間が、形体だなどというのは、おそろしく幼稚な誤解である。しかし、誤解であろうと、なかろうと、耽溺出来さえすれば、ぼくにはそれで充分だったのだ。実際に時間を遮断してしまえば、それは肉体の死だ。ニセの時間遮断で、死んだような気持になれば、それで充分だったのである。"安部公房：「リルケ」、安部公房：『安部公房全集21』、東京：新潮社，1999年、第437頁。笔者译。

用开头点明背景主题后就直奔小说自己的主题而去,没有像自然主义和私小说那样再喋喋不休地诉说无家可归者的苦难。这背后固然有安部公房自己提到的"道德的问题一般是不进作品的"文坛规矩。但主要还是因为《红茧》的"变形"叙事在由具象向抽象的转换过程中发生了与以前不一样的"中断"现象。也就是用一种新的思考替代了以前的观念思辨。这种思考应该是逻辑、想象和隐喻的混合体,就像多棱镜折射的光线一样变幻不定,是《红茧》的叙事和寓意出现多义性和交叉性的主要原因。

结　语

如上所述,《红茧》是一篇写"变形"的寓言小说,也是日本战后文学史上的一个变数。被同时代的《近代文学》派评论家、战后派作家埴谷雄高称为"冒险的尝试"。① 这种"冒险的尝试"是指《红茧》用超现实主义的前卫艺术手法表现了一个荒诞离奇的世界。它的内容是荒诞离奇的,写法也是荒诞离奇的。小说中出现的诸多意象,它们从具象到抽象的转换关系和指涉关系,用常规的批评方法是无法解释清楚的。这是《红茧》解读的最大难点。从这层意义上讲,《红茧》解读的精准性和有效性只能用寓言批评去做到了。

---

① 原文如下:"古い寓意小説の伝統を喪っていないヨーロッパの文学では、どんなノン・モラリストでもやはり何処かにモラルの問題の陰翳をひそめていて、アポリネールやガーネットやカフカの線が、恐らく最前線なのである。どころで、安部公房のその後の仕事はこの最前線をうんと踏み出てみようとする冒険的な試みとなった。"埴谷雄高:「安部公房『壁』」、埴谷雄高:『埴谷雄高作品集 8』、東京:河出書房新社、1978 年、第 65 頁。

第十一篇

庄野润三《游泳池旁小景》（1954）

原作《游泳池旁小景》(『プールサイド小景』)首次发表于《群像》(『群像』)1954年12月号。收于短篇集《游泳池旁小景》(『プールサイド小景』)，东京：美篶书房，1955年。又收于短篇集《结婚》(『結婚』)，东京：河出书房，1955年。

作者简介

庄野润三（1921—2009），日本小说家。1921年2月9日出生于大阪府东成郡住吉村，父亲庄野贞一是当时大阪私立名校帝塚山学院的院长，属于上层知识分子家庭。庄野润三是家里的三儿子，二哥是童话作家庄野英二，兄弟之间相处和睦。家庭环境对他的人格以及作品风格产生了很大影响。在浓厚的知识氛围中长大，即使在战争时期生活也比较自由，这在他的作品中表现为对殷实的小市民生活的执着。1933年入大阪府立住吉中学，诗人伊东静雄在该校任教。1939年入大阪外国语学校英语部学习，1942年入九州帝国大学法文学部东洋史专业。此后两度去朝鲜、中国东北旅行。1943年毕业前被征入伍，一年半后退役。二战结束后，曾在中学、高中任教，后在朝日广播公司工作。1955年1

月获芥川奖，以此为契机退出广播公司，专事文学写作。1957年到1958年赴美国俄亥俄州冈比亚留学一年。其写作受到了《鲁滨逊漂流记》及佐藤春夫《阵中的竖琴》的影响；日本古典文学中的《徒然草》、内田百闲、井伏鳟二、正宗白鸟、夏目漱石日记的影响也不可忽视。而他本人对后来的"内向的一代"作家也产生了重大影响。

在日本文学史上被归入战后"第三新人"作家群。初登文坛时并不为人瞩目，之后以极具澄静的成熟和安定感的作品风格跻身战后文坛。初期作品多描写安定表象之下潜藏着不安的家庭；之后将创作中心固定在描写坚定的、真正的生活上。作品具有古风般纯粹的意境，信赖不变的事物，在战后文学中闪耀着独特的深沉光辉。

庄野润三最先受到文坛瞩目的作品是描写夫妇之间纤细心理活动的《爱抚》（1949）。之后发表了《舞蹈》（1950），描写妻子在精神上被丈夫离弃后的孤独心理以及渐趋崩溃的家庭。描写表面平静、实则危机四伏的阴暗的家庭是初期作品的显著特色，这一系列的顶点是《游泳池旁小景》（1954），庄野润三凭该小说获得了芥川奖，当时他新进作家的地位已相当稳固。该小说写了旁人眼中看似平和、幸福的青木一家因为丈夫被解雇而面临崩溃，揭示了日常生活中隐藏的不安和恐怖，危机总是存在，且无人可以逃脱。

上述早期作品的倾向在之后逐渐淡薄。给他的创作带来转机的，是在仅有500名左右学生的冈比亚某大学留学的体验。《冈比亚滞在记》（1959）记录了当时的情况，1960年的《静物》是将当时的心境小说化的作品，获得了该年的新潮文学奖。小说淡淡描写了住在郊外的一家人平凡的日常，同时交代"妻子"过去曾试图自杀，家庭的平和是需要刻意、努力来维持的。这个方向成为以后其作品的中心，之前笼罩在作品中的不安的阴翳逐渐消失。该系列有长篇小说《傍晚的云》（1964—1965）、获野间文学奖的《竞画》（1970）以及长篇小说《野鸭》（1972）等优秀作品。江藤淳在《成熟与丧失》（河出书房新社，1967）中高度评价了《傍晚的云》等作品中的"统治者特性"（「知者性」）。

同时，庄野润三也写有见闻录系列的作品，如同时描写遇难船只和都市家庭的长篇小说《浮动灯塔》（1961），以及以淡淡的笔致描写大阪和上方文化的《水之都》（1978）等。从简单的日常中窥见真实的人生，这种作品风格也表现在随笔作品中。他创作了《藏红花》（1970）、《在山上憩息》（1983）等随笔集。在《文学交友录》（1994）中讲述了与伊东静雄等前辈、友人的交往情况。另外，在《冈比亚滞在记》发表二十年之后，再次写出了《雪利酒和枫叶》（1978），可见冈比亚留学的重要意义。

在随笔《自己的羽毛毽》（1968）中，庄野润三谈到自己的文学观时说："我只想写自己所体验过的事情，希望能够彻底做到这一点。""我只想把那些飞到自己跟前的羽毛毽打回去。如果不是我的，绝不去打。对我来说不算什么的东西，对别人来说可能是重要的，又或者会为社会所重视，但我并不在乎这些。别人是别人，我是我，我希望自己一直清醒地保持这种自我认知。"① 基于以上原则，庄野润三创作出了小而典雅的文学世界，始终描写世间平凡的小人物们的悲欢。但不容忽视的是，其作品并不缺乏深度和批判性，除对战后经济高速增长期消费社会的审视之外，作品深层必然性地带有对战争和生存的反思，这一点值得关注。

战后的日常幻想与"生"的不安

引 子

庄野润三是日本战后"第三新人"文学群体中的代表作家。山本健吉在《文学界》1954年1月号上发表文章《第三新人》，称自己在编辑部授意下以"第三新人"来称呼这一时期崭露头角的文坛新秀们，以区别于第一次和第二次战后派。这是媒体第一次使用"第三新人"这一称谓。服部达在1955年1月号的《近代文学》上撰文《新世代的作家们》，批判性地

---

① 原文如下："私は自分の経験したことだけを書きたいと思う。徹底的にそうしたいと考える。""私は自分の前に飛んでくる羽根だけを打ち返したい。私の羽根でないものは、打たない。私にとって何でもないことは、他の人にとって大事であろうと、世間で重要視されることであろうと私にはどうでもいいことである。人は人、私は私という自覚を常にはっきりと持ちたい。"『現代日本文学大系88 阿川弘之・庄野潤三・曽野綾子・北杜夫集』、東京：筑摩書房、1970年、第417頁。笔者译。

指出，新人作家群与战后派作家风格对立，其特征为"即物性、日常性、生活性、现状维持性、传统性、抒情性、单纯性、单调性、私小说性、形式性、非伦理性、非逻辑性、反批评性、非政治性"等。而后，"第三新人"的名单几经变化，现在以之来统称安冈章太郎、吉行淳之介、庄野润三、小岛信夫、远藤周作、阿川弘之、三浦朱门、小沼丹、曾野绫子等作家。

　　第三新人们大都出生于1916年以后，年轻时多以学生身份参加过战争，属于在战时成长的一代，对于政治具有不信任感，因战败而体验到了价值观的崩溃。1952年到1955年登上文坛时，日本处于战后向经济高速增长期过渡的时代。乘朝鲜战争特需之机，日本经济开始复兴，工业迅速重建，战后困乏与混乱的情况逐渐结束，恢复到日常性的秩序中。此前流离失所的人们变身为规矩的上班族，考虑起年功序列、出人头地和退休金等生活问题，安心于工作和日常。奥野健男指出，身处这样的"相对安定期"，第三新人们的小说关注"战前曾作为自然主义和私小说中心主题的父权制下的'家'衰败之后的'家庭'（My Home）"，"以夫妻是什么、家庭是什么为重要主题"，这不同于明治以后以西方先进国家的近代为模本来批判传统的"家"的纯文学，此次没有模本可依，是依靠自己的力量来探索"家庭、一夫一妻制的本质这一世界共通的现代主题"，从中可见"日本现代文学探索的姿态"。而且，透过这一针孔可以发现"现代这一未知情况下被疏离异化的人与社会状况的本质"①。"第三新人"继承了日本近代文学（尤其是私小说）的传统，将日本文学从"战后派文学"那里拉回到"确立现代文学"的探索之路上，一步步地确立起"日本式的现代文学"②。奥野健男从文学史的角度高度评价了第三新人书写家庭主题的意义，肯定了其深度和批判性，并认为日本现代文学由此确立。

---

　　①　原文如下："戦前の自然主義や私小説の中心テーマであった家父長的の'家'が崩壊したあとの'家庭'（マイ・ホーム）に注目した""夫婦とは何か、家庭とは何かを重要なテーマにしている"。"世界共通の現代のテーマである家庭・一夫一婦制の本質に自分の力でぶつかっている日本の現代文学の模索の姿を見出す。""この針の穴から、現代という未知の状況下に疎外されている人間と社会状況の本質を見出し得る。"奥野健男：『日本文学史』、東京：中央公論社、1972年、第225—226頁。笔者译。

　　②　奥野健男：『日本文学史』、東京：中央公論社、1972年、第227頁。

第十一篇　庄野润三《游泳池旁小景》(1954)

　　第三新人面对自己的内心、以朴素的感受性进行创作，写出了现代日本家庭伦理的变化与充满危机的日常。其中，渡部芳纪认为，"庄野润三的《游泳池旁小景》或是最符合服部所说的上述特征的作品"①。这部小说发表于《群像》1954年12月号，于1955年1月获第32届芥川奖，堪称以描写家庭危机为显著特色的庄野润三"初期系列作品的顶点"之作②。小说开篇简短地描画出一副游泳池旁"平和、充实、幸福、美满的生活场面"：身为纺织品公司代理课长的青木弘男面带微笑看着两个儿子在练习游泳，之后青木夫人牵着白色大狗前来迎接丈夫和儿子。游泳教练目送青木一家沿着黄昏的林荫道回家，忍不住羡慕地感叹："那才是真正的生活啊。是生活该有的样子呢。"③然而，这一图景中的幸福家庭不过是"幻想"而已，"都是现实中人们自觉不自觉制造的幻象"④。在短暂的对幸福幻象的描写之后，作者立刻挑明："青木氏在一周前已被公司辞退。原因是——他挪用了公款。"⑤由此开始，小说主要以"青木夫人"为视点人物，围绕她对这一巨变的所见所闻所感，即物性地写出了战后日本工薪阶层的不安与恐惧，以及与此相关的现代家庭中的夫妻关系。本文拟结合庄野润三的人生经历与日本社会现实，分析小说所描绘的战后日本现代家庭幻象背后人与社会机器的关系，关注小说中"小人物——庶民"对待危机的生存方式，探究经历过战时非常时期的庄野润三对战争的回望和表达，再次思考其作品的批判性和思想价值。

---

　　① 原文如下："庄野潤三の「プールサイド小景」は、服部の言う特徴が一番当てはまる作品かもしれない。"長谷川泉編：『日本文学新史　現代』、東京：至文堂、1991年、第211頁。笔者译。

　　② 浅井清等編：『新研究資料現代日本文学　第二巻』、東京：明治書院、2000年、第111頁。

　　③ 原文如下："あれが本当に生活だな。生活らしい生活だな。"本文引用的《游泳池旁小景》小说原文，由笔者根据『現代日本文学大系88 阿川弘之・庄野潤三・曽野綾子・北杜夫集』（東京：筑摩書房、1970年）译出。以下同。

　　④ 于荣胜编著：《日本现代文学选读》（上卷）（修订版），北京：北京大学出版社，2006年，第313页。

　　⑤ 原文如下："青木氏は、一週間前に、会社を辞めさせられたのだ。理由は、——彼が使い込んだ金のためである。"笔者译。

一、日本现代家庭的幻象：价值观的颠倒

《游泳池旁小景》以女子运动员们游泳集训的喧闹场景开篇，以游泳教练独自一人捡拾池底垃圾的安静画面结束，中间大段笔墨顺序记录了青木夫人对丈夫丢掉工作一事的反应，重点加入了青木本人对自己去酒吧挥霍、在公司时的恐惧感受的陈述。庄野润三使用"巧妙的蒙太奇手法"，"通过把一张张静止的小镜头有效地组合起来，得以呈现出在静态的同时又具备广阔视野和深度阴翳的人生画面"[①]。多镜头、多人物剪辑而成的画面传递出了视野的"广阔"，但这"广阔"又带着深度的"阴翳"，围绕日本现代家庭的幻象，形成了鲜明对比的反讽结构。

在外人看来，40岁的青木工作无忧、家庭如意，连续四天在傍晚时带两个儿子来练习游泳，然后一家人牵着大狗回家尽享夏夜和乐。对此，游泳教练感叹这才是"生活该有的样子"。教练代表了当时社会一般化的观点和评价，认为眼前的青木家就是现代幸福家庭的典范。青木夫人此前对幸福家庭的认识和教练一致，她一直竭力维护"男主外、女主内"的日常并感到满足。所以，当这表面稳定、富足的日常因青木失去工作而一朝中止、暴露出危机之后，她最初的反应是祈盼如果这是一个玩笑该有多好，陷入了绝望和对丈夫、对自己的否定。青木被辞退的原因是挪用公款事发，妻子在惊讶过后冷静下来，前思后想认为此事早有端倪。此前青木每晚都在快12点时才乘车到家，夫妻二人都对此习以为常。事发后她认为是丈夫人品有问题，本来就非意志坚定之人，且一心贪图享乐。每晚在外不可能全是公司应酬，仅靠公司经费和自身收入估计也负担不起。她从不过问丈夫在外的行径和工作状态等，在反省自己太过疏忽之后，又推测定是因为丈夫对工作一事过于放松、未认识到工作的严重性而致丑事败露。青木夫人不禁对月哀叹：

---

① 原文如下："氏はたくみなモンタージュ法を体得して、それ一枚としては静止的な小さいカットを効果的に組み合わせることで、静的であって同時にある視野の広さと深い翳を伴った人生の画面を提供しうることになる。"山室静：「庄野潤三論」，『現代日本文学大系88 阿川弘之・庄野潤三・曽野綾子・北杜夫集』，東京：筑摩書房，1970年、第422頁。笔者译。

都40岁了却被工作单位驱逐的人，到底该如何维护自家的体面呢？这笔人生的烂账到底如何才能平上呢？

这是一个在想之前就已经让人无比绝望的难题。但是，不能不作考虑丢开了事。①

境况至此，妻子仍在竭力采取行动维护青木家的体面。她对孩子说爸爸是在放假休养，并催促丈夫走出家门到小学游泳池旁去散心，还在第二天买巧克力送给教练和运动员们表示感谢。她在心里反复自问这种"奇怪的日常"将会持续到何时，而她所认为的"奇怪"，重点在于生活失去经济保障：夫妻两人都是随赚随花的类型，没有存款，生活费仅够维持两周，之后只能靠变卖家产度日；她的娘家战前做贸易商，生活富裕，战后已然窘迫，丈夫这边兄弟三人都是小公务员或公司职员，帮不上忙，"突然陷入这种困境，两人全然都成了天涯孤身，无依无靠。无处可以寄身"②。她难以接受这一巨变，拒绝理解为何他们的生活会脱离"正轨"，认为这是"不合理"的。从刚结婚时起，她心中就有一种根深蒂固的"固定观念"：丈夫就应该每天早出晚归在外忙碌，然后全家在周日一起出行，这是丈夫对从周一到周六的"非家庭式生活"的补偿。在她看来，比起每天早早回家、周日也同样无聊度过，还是丈夫晚归这种方式更有"充实感"。于是，在丢掉工作十天之后，当孩子们开始担心地问他"要休息到什么时候"、周围邻居开始指指点点的时候，青木氏决定开始上班——为了避人耳目不得不走出家门假装上班——"这是《游泳池旁小景》的悲哀"所在③。上述人物所持的对于"正常""充实""幸福"的"日常""生活"和"家庭"

---

① 原文如下："四十にもなって勤め先を放り出された人間は、いったいどうして自家の体裁を整えることが出来るのか。いったい、この人生の帳尻をどんなにして合わせるのか。/それは、考えるより先に、絶望的にならざるを得ない問題だ。しかし、考えずに放り出しておくことは出来ないことだ。"笔者译。

② 原文如下："いざこのような羽目に陥ってみると、二人ともまるで天涯孤独の身も同然である。どこにも身を寄せるところがない。"笔者译。

③ 原文如下："「プールサイド小景」の持っている悲しさは、失職した夫が十日後から、勤めに行くふりをして家を出て行くところにある。"松原新一・磯田光一・秋山駿：『増補改訂　戦後日本文学史・年表』、東京：講談社、1985年、第225頁。笔者译。

的认知是虚幻的、脱离现实的，这里存在一种价值观上的颠倒。

从以上对小说内容的分析可知，由一对夫妇、两个孩子构成的青木一家是日本"核心家庭"①的典型代表。日本的"核心家庭化"始于明治时期，经大正以及昭和的经济高速增长期之后愈演愈烈。尤其是在昭和三十年代初期（1955年起），日本经济逐渐恢复并稳定发展，1956年7月日本经济企划厅发表的《经济白皮书》中高调写到："已经不是战后了"，日本经济高速增长期由此开启，其结果是使日本产业结构急剧变化，企业规模迅猛扩大。石原千秋指出，上述经济情况导致"个人的私人生活被编入产业社会之内，〈家庭〉形式面临异常剧烈的解体和重组"②。1955年日本一个家庭的成员人数平均为4.97人，到1975年时减少到3.44人，可见核心家庭化势头之迅猛。在1960年前后，"有房有车不带婆婆"成为女性之中流行的结婚三大条件，"住在都市，恋爱结婚，家有主妇和两三个孩子的上班族家庭"，这些作为"一般水平的幸福家庭的形象"而深入人心。但是，从家庭成员人数到生活方式，那一切都是"如同工业产品一般被彻底规格化的过程"。当时周刊杂志数量剧增就是一个证明。之前面向上班族的周刊杂志一直被拥有广泛信息网络的报社垄断，但随着《周刊新潮》（1956年2月创刊）在商业上的成功，众多出版社纷纷效仿并加入周刊出版大军。在媒体的渲染下，从孩子到公司职员，所有的人都以周为单位，周复一周重复着生活周期。在这样的经济增长期，人口涌向都市、核心家庭的急剧增长是企业高效率地使用劳动力的结果，因此，"这一时期逐渐形成的核心家族的逻辑和伦理不过是产业社会的一种言论而已"，"从内部将这一

---

① "核心家庭"（「核家族」）指仅由夫妇及未婚子女组成的家庭，与"大家族"相对，通常称为"小家庭"。

② 原文如下："それは、個人の私生活を産業社会に組み込み、＜家庭＞の形にドラスティックなまでの解体と再編を迫ったのである。"有精堂编集部编：『講座昭和文学史 第四巻 日常と非日常〈昭和三、四十年代〉』、東京：有精堂、1989年、第17頁。笔者译。

言论对象化、穷追不舍并解构之，是赋予文学的一大课题"。①

发表于1954年的《游泳池旁小景》堪称对石原千秋上述论说的前瞻性例证。青木夫人苦心经营的"幸福家庭"形象，令她满意的丈夫平时晚归、周日全家出行的"充实感"，游泳教练羡慕的"生活该有的样子"，是产业社会为最大限度地攫取劳动力价值而灌输到市民们脑中的言论发挥作用的结果，是个人被经济社会全面控制的表现。在追逐经济利益的时代，原属于个人"私"领域的家庭形式和家庭关系都受制于企业需求；为将个人牢牢固定在产业社会大机器中，资本利用媒体打造出理想中的"幸福"的"核心家庭"形象，并使之深入人心。于是，如同《游泳池旁小景》讽刺性呈现的那样，"本该作为生存场所的'家庭'，价值颠倒转而成为生存目的"②。青木夫人身处这种误把手段作为目的的价值颠倒之中，依然执着于"理想"日常的幻象。关于丈夫为何会挪用公款以致被辞退，她一直近乎偏执地把原因归结为丈夫在外面"有女人"，她不敢直面矛盾，甚至在一周之后又习惯了丈夫整天在家这一新的"日常"。在这篇小说中，庄野润三把视点人物放在妻子这一小人物——"庶民"的代表身上，成功地从内部把"幸福家庭"所代表的现代生活伦理对象化并加以解构。

二、庶民的日常：不安与消极回避

如前所述，小说的视点人物是青木夫人，以第三人称叙事细致描述她在剧变发生后的所思所感，一方面她在追问"为什么会被公司驱逐"，思考丈夫走到这步田地的原因，另一方面她开始反思"家庭是什么"，"自己对于丈夫又是什么"，小说由此触及了外表看来的那种"模范家庭"中本来该有的人与人"关系"的丧失和"空洞化"，这是"庄野一直在坚持

---

① 原文如下："この時期に形成されつつあった核家族の論理と倫理は、産業社会の言説の一つでしかないはずだ。""この言説を内部から対象化し、追いつめ、脱構築することは、文学に課せられた大きな仕事の一つだったのである。"有精堂編集部編：『講座昭和文学史 第四巻 日常と非日常〈昭和三、四十年代〉』、東京：有精堂、1989年、第18—19頁。笔者译。

② 原文如下："「家庭」は、本来生きるための場であるべきものが、生きる目的に価値転倒していく。"有精堂編集部編：『講座昭和文学史 第四巻 日常と非日常〈昭和三、四十年代〉』、東京：有精堂、1989年、第33頁。笔者译。

书写的主题"①。青木夫人烦恼、无助的内心直面读者,把家庭的"空洞化"呈现出来,但她在小说叙事中的作用却不仅限于其自身。围着家庭打转、不肯走出家门、烦恼的女性形象让她的叙述听起来缺乏可信度,她成了一个不客观的叙事者。与妻子的内心互相作用的,是以青木本人讲述的方式编入小说的两个篇幅很长的"自述"。他先是在妻子的追问下讲了自己一直流连的姐妹酒吧的故事,后又对妻子倾诉了他在公司上班时的恐惧感。青木的自述穿插在妻子这一不稳定叙事者的叙述中,愈发凸显出"自述"内容的重要性,可见庄野润三对小说结构的用心。

当妻子为维持家庭生活期盼丈夫重新找到工作时,青木在夜晚孩子们睡下之后一边喝着威士忌一边对妻子讲了他对公司、上班的感受。他从公司大楼里电梯旁边投递邮件的通道开始说起。这是一条从九楼贯通到一楼的长方体状竖直通道,朝向各层走廊的这边是透明的,从走廊望过去,可以看到信件无声地从上方落下,直到地面。青木觉得他们公司这层的走廊特别昏暗,"周围没什么人气时,突然看到一个白色的东西唰地过去了,我会陡然一惊。那种感觉怎么说好呢。就跟魂儿似的——是极其孤独凄凉的灵魂那样"②。这种孤独凄凉之感,是青木与办公室里嘈杂的、不敢有丝毫懈怠的压抑气氛对比之下产生的。每当早晨来到空无一人的公司时,青木环视白天各个公司职员坐的椅子,眼中浮现出椅子主人们的样貌表情。椅子上,"屁股总蹭着的那部分皮面儿油光锃亮的,从人全身渗出来的油状物透入其中。一定是那个人的身体里长期累积的愤怒、焦虑或是牢骚、抱怨还有无休止的恐惧与不安所榨出来的油状物。我忍不住这样想"③。青

---

① 原文如下:"本来の人間の"関係"を失い、空洞化するというテーマは、庄野の一貫して書きつぐテーマである。"有精堂編集部編:『講座昭和文学史 第四巻 日常と非日常〈昭和三、四十年代〉』、東京:有精堂、1989年、第33頁。笔者译。

② 原文如下:"あたりに人気のない時に、不意に白いものがスッと通るのを見かけると、僕はドキンとする。その感じはどう云ったらいいだろう。何か魂みたいなものーへんに淋しい魂のようなものなんだ。"笔者译。

③ 原文如下:"尻が丁度乗っかる部分のレザーは、その人間の五体から滲み出て、しみ込んだ油のようなものでピカピカ光っている。それはきっとその人間の憤怒とか焦だちとか、愚痴や泣き言や、または絶えざる恐れや不安が、彼の身体から長い間かかって絞り出した油のようなものなのだ。僕にはそう思えてならない。"笔者译。

木由己及人，说出了"普通公司职员内心深层的对于巨大的社会机构的恐惧与不满，以及由此产生的种种烦恼"①。他远远望着自己那把"悲哀""不值一提"的代理课长的椅子，进一步深入表达上班族们的恐惧与不安。需要注意的是，有研究者指出，在青木这部分的叙述中，小说最初在《群像》1954年12月号发表时的部分内容，在之后收入各个单行本和作品集时有所删减。②如下所示，在小说原文后用【】括起的是被删掉的部分。

坐在这把椅子上时，我可曾有一刻不在战栗发抖吗？如果有人在我背后突然干咳一声，我的身体马上就会从椅子上跳起来两三寸，惊悸到了这种程度。但是，像这样无休止地为某物而恐惧的，并非只有我一个人。【我并不是因为挪用了公款才害怕的。是因为总是这样害怕，才致使我走上了挪用公款这样的不归路。】③

接着，青木继续表示，大部分人在踏入办公室大门时都是这种恐惧表情。令他们惊恐的，并不是社长、部长、课长这些上级监督者，这些只是要素之一而已。因为就连部长和课长他们在进来时也无一例外全都面带恐惧。

让他们害怕的，是什么呢？那并不是某个个别的人，也不是某种具体的理由。那是一种在他们回到家庭之后、置身于妻子孩子们之间休息的时候也依然在束缚着他们的东西。那是一种甚至会闯到梦里来威胁熟睡的人的东西。假如人在午夜时做了某种可怕的梦被魇住了，那么使人做那种梦的，就是这个东西。

【那是一种深深栖息在所有工薪劳动者心中的东西。或许对它的

---

① 于荣胜编著：《日本现代文学选读》（上卷）（修订版），北京：北京大学出版社，2006年，第314页。

② 参见遠藤伸治、有元伸子：「庄野潤三『プールサイド小景』論-サバイバルとコミットメントをめぐって-」，『国文学攷』204号、2009年12月。

③ 原文如下："僕がどんな時びくびくしないでここに坐っているだろう。自分の背中のところで、不意に誰かが咳払いをしたら、僕の身体は椅子の上から二三寸飛び上るかと思うほど、ドキンとするのだ。だが、このように絶えず何かに怯えているのは、僕ひとりだけではないのだ。【お金を使い込んだから怯えているのではない。こんなに怯えていたから、それでお金を使い込むようになったのだ。】"笔者译。

感知程度有深有浅，但所有人都在感受着。

　　人会觉得离开那里就无法生存，这种想法越是强烈的人，其内心潜藏的那种东西就越厉害。如果说也有工薪劳动者不会有离开那里就活不下去这样的想法，可会这样想的人实在是少之又少。】①

以上两段引用非常具象地描述出了工薪阶层内心的"恐惧"这种抽象的感情，但在收入作品集时，却删掉了【】内的青木对自己挪用公款的辩解和对"那种东西"伤害工薪劳动者之深的反复强调。对此，远藤伸治认为，这种告发"公司工作和组织是多么非人性"的记述被删掉，其结果是"删掉了对生出'恐惧'的社会性原因——公司生活的非人性——进行控诉的部分，最终形态是使丈夫怀有内情不明的'恐惧'感觉这一事项本身突出于前景"，这就使倾听丈夫诉说的妻子的思考在即将触碰到挪用公款的社会性要因之前"停止下来"。②远藤伸治的上述分析意在论述妻子所代表的当时的女性在生活、思考方面受限的状态，但关于删除之后的文本表达，如同读者从中清晰地抓出了受制于组织机构的人的生存状态一样，妻子也已经认识到了丈夫上班时的痛苦感受，并反省为何自己在十五年的婚后生活中从未考虑过丈夫的工作感受。换言之，批判非人性的工作和组织的目

---

　　① 原文如下："彼等を怯えさせるものは、何だろう。それは個々の人間でもなく、また何か具体的な理由というものでもない。それは、彼等が家庭に戻って妻子の間に身を置いた休息の時にも、なお彼等を縛っているものなのだ。それは、夢の中までも入り込んで来て、眠っている人間を脅かすものなのだ。もしも、夜中に何か恐ろしい夢を見てうなされることがあれば、その夢を見させているものが、そいつなのだ。/【それは、あらゆる勤め人の心に深く棲みついているものだ。それを意識する深さに相違はあっても、誰もがそれを感じているのだ。/そこを離れては生きて行けないという気持が強ければ強い人ほど、それの内心に潜むものは大きい。そして、そこを離れては生きて行けないという思いを抱かない勤め人というものは、いったいどれだけ存在するだろうか。】"笔者译。

　　② 原文如下："こういった組織の非人間性を摘発するような記述が、単行本化に際して消されていく。""「怯え」を生み出す社会的な原因、会社員生活の非人間性を告発する部分が消され、最終形では、内実が明瞭ではない「怯え」の感覚を夫が抱えこんでしまっていること自体が前景化している。"遠藤伸治、有元伸子：「庄野潤三『プールサイド小景』論——サバイバルとコミットメントをめぐって」，『国文学攷』204号，2009年12月，第34页。笔者译。

的已充分达到。另一方面，让青木等人日日恐惧的究竟是什么，小说欲说还休，制造出了"深度阴翳"，引发读者进行更深入的思考。因此，对【　】内部分的删除堪称本小说的妙笔。

回到妻子这一视角人物对于丈夫的倾诉的态度来看，在对自己一直以来不理解丈夫工作的痛苦进行了反省之后，她马上想到的是丈夫肯定对着别的女人诉说了，"在这次事件的背后，有谁杵在那里"①。她想把这一想法赶紧驱逐出脑海，却未能做到。对于丈夫一天都待在家里这样的生活，她起初觉得麻烦，但在一周之后就习惯了这一新的"日常"，并认为这样更好。她甚至幻想如果是在太古时代，丈夫即使不每天外出工作，家人们也可以一起生活下去。在她的想象中，太古时候的男人们只会在无聊的时候才出去抓野兽回来，女人和孩子们则会围着篝火等着猎物烤熟。她认识到，现代社会中男人每天早出晚归被工作消耗殆尽后心情郁闷地返回家中，这一"生活方式正是不幸的根源"。妻子的想法是对高度运行的现代生活的批判，但这种批判以对太古时代生活的错误想象为依据，实在是无力且消极的。其原因在于妻子所代表的"庶民"的生存态度——庶民是小人物，往往受制于人和社会机构，他们的生存方式之一是最大限度地随波逐流以保全自身。

青木夫妇也是如此。虽然丢掉了工作，青木仍然可以在游泳池旁盯着女运动员们的身影看个不停，还在笑着把巧克力递给教练之后一脸满足地听着女生们对他表示感谢而不愿离开。以上表现让青木夫人觉得丈夫傻里傻气，但这就是青木对待危机的方式，是他在紧张压抑之后的喘息和休整。青木夫人视致丈夫挪用公款被单位驱逐的真正原因为"美杜莎的头颅"，"她不能去窥探那些真相，不能追问。她不得不默默地假装毫不知情"②。在生活崩溃之后，经过短暂的间歇、搁置矛盾、忍受痛苦并再次恢复到"日常"秩序中去，这是小人物消极且极具韧性的生存方式，在庄野润三"家庭小说"中屡有表现。发表于1950年2月号《群像》杂志的短篇小说《舞蹈》开篇

---

① 原文如下："その誰かが、今後の出来事の陰に佇んでいるのではないのか。"笔者译。
② 原文如下："メデューサの首。/彼女はそれを覗きみようとしてはならない。追求してはならない。そっと知らないふりをしていなければならないのだ。"笔者译。

即说：

> 家庭危机这种东西，就像是一直紧紧趴在厨房天窗上的壁虎。
> 说不上来是从什么时候开始的，它就在那里。那样子很不吉利，不容人疏忽。但是，那仿佛就如屋内的一件家具一样就在那里，人们不知不觉就会适应它的存在。而且，无论是谁，所有人都不愿去看那些讨厌的东西。①

家庭危机像家里墙上的壁虎一样一直存在，矶田光一指出，"人们适应了带有危机的生活"这一表达含义丰富。"适应会加大对于危机的无知吧。不，通过适应、不去看不幸这样的自我抑制，或者可以勉强回避危机。"在《游泳池旁小景》中也是如此，通过丈夫向妻子吐露工作实感，清晰地显示出"人的日常生活在很大程度上是靠沉默和适应来得以维持的"。关于青木的"恐惧"究竟来自何处，从社会学角度来看，可以说这是"企业组织带给人的不安"，但庄野润三从其背后看到了人生的某一本质，即这是"让短暂的现世人生不断陷入不安之中的根源性条件"，或可称之为"作为人的存在条件的不安"。②矶田光一指出了"沉默"与"适应"等消极回避是小人物处理日常生活危机的重要方式，进而在探究"恐惧"的本质面目时，透过

---

① 原文如下："家庭の危機というものは、台所の天窓にへばりついている守宮のようなものだ。/それは何時からと云うことなしに、そこにいる。その姿は不吉で油断がならない。しかし、それは恰も家屋の内部の調度品の一つであるかの如くそこにいるので、つい人々はその存在に馴れてしまう。それに、誰だっていやなものは見ないでいようとするものだ。"『日本文学全集　38　阿川弘之・安岡章太郎・吉行淳之介・小島信夫・庄野潤三・遠藤周作』、東京：新潮社、1970年、第333頁。笔者译。

② 原文如下："人々が危機をはらんだ生活に馴れるということのうちには、さまざまな意味あいが含まれている。馴れることが危機への無知を増大するのであろうか。いや、馴れること、不幸を見まいとする自己抑制によって、辛うじて危機は回避されているのかもしれないのである。""人間の日常生活がどれほど沈黙と馴れによって維持されているかは明らかである。""「彼らを怯えさせる」ものは、たかだか五十年か七十年ぐらいの仮り住いにすぎない現世の人生を、たえず不安に陥れてやまない根源的な条件、やや観念的な言いまわしをすれば、「人間の存在条件としての不安」といってもいいものである。"松原新一・磯田光一・秋山駿：『増補改訂 戦後日本文学史・年表』、東京：講談社、1985年、第223—226頁。笔者译。

小说主人公失业危机与社会机器的表层，触及了作家对人生的认识。"作为人的存在条件的不安"与庄野润三的人生经历有关，也体现在小说中青木的另一段关于姐妹酒吧的自述之中。

三、战时与战后"生"的不安：日常与非常

由于在战后的"相对安定期"登上文坛，且并非直接写战争与战场，而是即物性地描写日常生活，第三新人们的写作被服部达评价具有"非政治性"。但其实第三新人作家们都是在战争中度过了青年时代，在文学史上与第一次、第二次战后派一脉相承，同属于广义上的"战后派"。他们"同样深受战争的痛击"，"只不过资质与问题各不相同"[①]。具体到庄野润三来看，1931年日军发动"九一八事变"时是11岁，1942年4月进入九州帝国大学法文学部东洋史专业学习，下半年去朝鲜、中国东北旅行。1943年9月再次经朝鲜去中国东北旅行，12月应征入伍，加入广岛县大竹海兵团。1944年在馆山炮术学校学习后任海军少尉。1945年到伊豆半岛海岸的某基地部队从事炮台建设，以备战美军登陆。日本战败后复员，10月到大阪府立今宫中学任历史教师。战时的经历和记忆在其日记体长篇小说《前途》（1968）中作为"时代的记录"保留下来，同时，战争成为作家深层的记忆，成为作家写日常的诸多作品中挥之不去的影子。

《游泳池旁小景》中也多次提到了战争。小说发表于1954年，若视这个时间与小说内的时间相同，那么，此时40岁的青木已经在某纺织公司工作了18年之久，推算可知青木大致是在日本发动侵略战争之后的1936年进入公司，而纺织又是与第二次世界大战和朝鲜战争等直接相关的产业。再有，青木夫人在担忧丈夫丢掉工作致使家庭经济失去保障时，叙事者讲道："她的娘家在战前一直是贸易商，过着比较优越的生活，但战后已经

---

① 原文如下："「第三の新人」にしたところで、戦争に痛めつけられたことは同じであった。ただ、資質と問題とが異なっていたというまでである。"松原新一・磯田光一・秋山駿：『増補改訂　戦後日本文学史・年表』，東京：講談社，1985年、第201頁。笔者译。

全然没落窘迫。"① 如果说这两处是以断片的形式把战争置于小说背景之上，那么青木讲述的自己"在外找女人"的经历——对姐妹酒吧的描写，则是浓墨重彩的强调与凸显。

青木夫人认定丈夫挪用公款是花在了别的女人身上，在她的追问下，青木讲起了自己一直流连的姐妹酒吧的故事。他从还不怎么有钱时起就一直去这家酒吧，姐姐是个大美女但是待人冷淡，妹妹相貌平平且动作迟缓，姐妹两人都似乎笼罩在一种虚无感之中，并不热心经营，所以虽然价格便宜，很多男人都冲着美女姐姐过来，但不管什么时候来，酒吧都"像西部片里的停车场那样没有人气"。青木第一次被朋友带过去见到这个姐姐时，觉得她长得像法国影片的女演员 M，"在现世的容貌之上荡漾着强烈的彼岸气息"。青木觉得姐姐"有些可怕"，同时又有那种特别浪漫的风情。他一直想和这样的女人在夜晚冷清的街道上散步，没想到不久之后竟然愿望达成。他约姐姐去看有美国著名运动员出场的国际水上竞技大赛，看完之后转了两家酒吧，然后乘车穿过深夜的街道时，十分沉静的她对他讲起了往事：

> 自己幼年时期和父亲一起在哈尔滨度过。到了夏天就被带去太阳岛，在江水呈泥土色奔流而过的松花江边，加入俄罗斯人家庭成员中一起玩耍。返程时经常会去一家朝向江岸边栈道的餐厅，在乐队旁的桌子上，父亲会喝上好几大杯，自己则啃着黑面包眺望黄昏的江面……②

说这些话的时候，她把脸靠在青木的肩上。青木却一心想着要不要借此机会亲吻，对她讲的往事听得心不在焉。最终青木因为害怕她会生气而

---

① 原文如下："彼女の実家は、戦争前には貿易商をしていて比較的ゆったりした暮しをしていたが、戦後はすっかり逼塞してしまっている。"笔者译。

② 原文如下："自分が幼年時代を父とともにハルピンで過ごしたこと、夏になると太陽島へ連れて行って貰い、土色をして流れるスンガリの岸辺でロシア人の家族たちの間にまじって遊んだこと、帰りにはいつも江岸のプロムナードに面した食堂へ入り、楽隊のそばのテーブルで父はジョッキを何杯も飲み、自分は黒パンをかじりながらたそがれの河の面を眺めていたことなど……"笔者译。

未敢出手，结果此后再无机可乘。

在这一部分，庄野润三用酒吧姐姐带着浓烈主观色彩的回忆触及了日本"返迁二代"的生存境况以及与之直接相关的战争与殖民地问题。酒吧姐姐对和父亲一起在哈尔滨度过的幼年时期的回忆，反映出当时在中国东北的日本人精神和经济生活两方面的优越性，以至于他们似乎忘记了自己侵略者的真实身份。

1945年8月日本战败投降之后，原海外殖民地的日本人陆续返回日本，是为"返迁者"。1979年7月号的《诸君》杂志上刊登了一篇访谈《日本的加缪们——"返迁体验"中诞生了作家》，内容是朝鲜返迁者本田靖春对五木宽之、尾崎秀树、泽地久枝、天泽退二郎等16名"返迁二代"的采访。蔺静在对该访谈进行梳理分析后指出："自幼便视殖民地为故乡与精神家园的返迁二代在面对故乡与异乡的淆乱、身份认同之迷乱时，则表现出了更为复杂的情感纠葛与两难。"因战争导致人生轨迹的转变与环境的骤变使返迁二代们在身份认同形成时期遭遇了前所未有的精神危机。与他们的父辈返迁一代不同，回到日本之前，日本对于他们来说是从未谋面过的、想象中的"祖国"。回到日本后，"乡关何处""我是谁"的认同焦虑又一直伴随着他们的成长。接受采访的泽地久枝说她以"故乡丧失者"的身份回到了日本，"乡愁被贴上了封印无法得到排遣"，"我虽然身在日本，但我的目光仍停留在中国"。因他们身上承载的历史是日本近代海外殖民史，故与殖民地与生俱来的关联似乎成为他们身上的"原罪"，有人为此刻意隐瞒自己出生于殖民地的事实。同时，在返回日本之后，他们"不被承认是日本人"，在日本社会备受歧视和排斥。"他们与两种文化都若即若离，在时空坐标上迷失了方向。个人与周围环境的不断冲突又导致其出现了严重的身份焦虑。"①

酒吧姐姐身上的虚无感、她充满怀旧色彩的回忆体现了上述返迁二代在日本社会中的生存困境和身份焦虑。对她的回忆谈，青木听得心不在焉，想要亲吻她却又觉得她可怕，于是退缩。这里的青木代表了战后部分日本

---

① 蔺静：《"二战"后日本殖民地返迁二代的身份认同困境及其思想史价值》，《山东社会科学》2019年第6期，第161—166页。

民众对待战争的态度,如同同为第三新人的远藤周作在小说《海与毒药》(1957)中所描写的,"战争"结束、"日常"继续时,有人背负良心的重责自我放逐和惩罚,有人却耽于"日常中既有的被动、空虚、懒于思考、漠视生命"而"安然生活"①。"错把他乡作故乡"的酒吧姐姐仿佛没有意识到日本战时移民行动的侵略性和战争共犯性质,青木则是懦弱的、不敢面对战争责任的日本人的代表。甚至是在小说中的青木夫人眼中,丈夫也不是无辜的。日本人中存在强调自己是二战"受害者"、忽视自身"加害者"身份的认识,自日本战败之后一直遗祸至今,亟待清理。

结　语

通过姐妹酒吧的故事,《游泳池旁小景》把战后表面平静日常中的危机爆发与战争联系起来,暴露了二战之后的日本人在反思战争方面的精神问题,值得关注。由此角度来看,对于书写家庭和日常的第三新人的文学需要进一步重新评价,关注其在战后的战争书写。进藤纯孝在分析第三新人作家们的经历之后指出,第三新人在战争中度过了整个青少年时代,他们是一直为战争后遗症困扰和痛苦的一代。以庄野润三为例,他11岁时九一八事变爆发,1943年入伍,这期间他一直过着表面远离战争的"日常生活"。但这种"日常"却被他们的父辈等代表的日本社会视为"不务正业"。在战时这一非常时期,在军国主义教育之下,疯狂的日本人认为只有去战场才是"正业"。身处非常时期的日常之中,战争如同远处隐约可闻的海啸不时逼近,这些年轻人被"总有一天要被送往战场饮弹身亡"的恐惧笼罩,在日常和非常之间不断撕扯自身。他们在战时"无法忍受的日子里"渴望正常的日常,渴望没有战争的日常。进藤纯孝指出,经历了二战之后,叩问"为何会发生太平洋战争?"和"为何会发生战争?"是文学的第一主题和第二主题,而第三新人们抓住的不是这两个,而是侧面的第三主题,即自己身处"无法忍受的日子里"该如何生存这一主题。这是因为:"昭和战乱这样的非常状况鲜明地映出了日常之重复的错误。正是在这种时候,人最强烈地感受到了日常性的暧昧、不可靠和丑陋。然而,当人认识到自

---

① 李莹:《论远藤周作〈海与毒药〉的主题》,北京大学硕士学位论文,2007年,第8页。

己只能在这个日常的场里正经过活、此外别无他所可居的时候，就会紧紧盯住日常的领域，思考'怎么办才好'——'必须设法度过'。"换言之，第三新人们执着地描写日常生存之真实的根源也在于此。① 经历了战时的非常时期和丧失之后，他们在战后的日常空间中写普通人在艰难时世中的生存，必然触及对战争的认识和反思，上述经历渗透成了他们人生认识的底色。在面对第三新人的作品时，围绕"战时与战后""战争与日常"这两对关系进行深入的实证研究，是今后需着力的课题之一。

---

① 原文如下："昭和の動乱という非常の状況が、日常のくりかえしているまちがいを、鮮烈に映し出した。人はこのときほど、日常的なものの、あいまいさ、いいかげんさ、みにくさを突きつけられたことはない。しかも、人間がまともに世の中に生きるのは、この日常の場以外にはないと知ったとき、「どうしたらよかろ」-「なんとかしなければならぬ」と、日常の領域に目は釘づけになる。"進藤純孝：「解説」、『日本文学全集 38 阿川弘之・安岡章太郎・吉行淳之介・小島信夫・庄野潤三・遠藤周作』、東京：新潮社、1970年、第541—543頁。笔者译。

第十二篇

深泽七郎《楢山小调考》(1956)

原作《楢山小调考》(『楢山節考』)首次发表于《中央公论》(『中央公論』)1956年11月号。收于短篇集《楢山小调考》(『楢山節考』),东京:中央公论社,1957年。

作者简介

深泽七郎(1914—1987),日本小说家。1914年1月29日出生于日本山梨县东八代郡石和町的商人之家,父亲深泽邻次郎经营印刷业。兄弟姐妹共八人,深泽七郎是家里的四儿子。自幼体弱多病,3岁时患角膜炎,右眼几近失明,此后仅靠左眼观世界。后又罹患肋膜炎,从20岁到36岁都是病人状态。长期患病使深泽七郎执着于一个人的精神孤独,还养成了特立独行的"享乐式"人生态度。初中毕业后去东京做学徒工,学习吉他,无固定职业。二战期间征兵时因体检不合格未入伍。1939年结识了一位基督教青年会的女干部,受到反战思想影响。1942年从东京疏散回到故乡石和,写了《两个主题》等小说习作。战时和战后初期为求生存在黑市倒卖过米粮等物资,体会到了战争给日本国民带来的灾难和困苦。对于深泽七郎来说,写小说和弹吉他都是与其相伴一生的乐事。1946 年师从丸尾长显学习写作，写了小说《白笑》《狂鬼茄子》及一些歌作。1949 年 10 月母亲因肝癌去世后，深泽七郎离开故乡加入巡回剧团（艺名吉米·川上），还做过服装贩、铁道工等工作。1952 年起在丸尾长显的日剧音乐厅演出，艺名桃原青二。期间写了《月光下的亚平宁山》《摇动的家》等小说。1956 年 10 月《楢山小调考》获中央公论新人奖，轰动文坛。在短篇小说《东北的神武们》（1957）之后，1958 年发表描写日本战国时期农民家族命运的长篇小说《笛吹川》，引发了文坛"笛吹川"论争。1959 年发表《东京的王子们》，写经济高速发展期中热爱山村摇滚的都市流浪少年的生存状态。

1960 年安保斗争之年，深泽七郎在《中央公论》上发表以天皇家族为对象的讽刺小说《风流梦谭》，引发了文学界的"风流梦谭"论争，还遭到了右翼恐怖团体的抗议，甚至发生了右翼青年袭击中央公论社社长宅邸的"嶋中事件"。深泽七郎辗转流浪于京都、大阪、广岛、北海道等地。1962—1969 年间陆续发表 6 篇写庶民惨烈生活的短篇小说，1970 年结集为《庶民列传》出版。在此期间还于 1964 年发表长篇小说《千秋乐》，以在日剧音乐厅演出时的经历为题材，写剧场空间中各色人等的离合；同年还发表了长篇小说《甲州摇篮曲》，写明治末年一直到战后初期笛吹川畔贫农家庭的生活变迁，被誉为现代版的《笛吹川》。

1965 年 11 月，51 岁的深泽七郎结束流亡，在埼玉县南埼玉郡菖蒲町购置土地，开"LOVE ME 农场"定居，过上了晴耕雨读的田园生活。1966 年出版随笔集《人类灭亡之歌》，表达对人口危机等人类普遍性问题的关注。1973 年出版长篇小说《盆栽老人及其周边》，写农场生活中遇到的真实的农民形象，刻画出农民们"厚脸皮"的生存智慧。1979 年发表以偏远山区杀婴习俗为题材的小说《陆奥偶人》，于 1980 年获川端康成文学奖，深泽七郎拒绝接受。1981 年该小说再获谷崎润一郎奖，深泽七郎因对谷崎的钟爱欣然接受该奖。自 1968 年起饱受心脏病困扰，多次体验将死的痛苦。他早在 1980 年就于埼玉县秩父建好了自己的墓，还曾召集友人举行过自己葬礼的"彩排"。1987 年 8 月于农场逝世，享年 73 岁。

《楢山小调考》中老婆婆阿林代表了原生态的、为种族繁衍不惜牺牲个体生命的伦理，直击宣扬"近代自我"的西方价值体系，也体现出昭和三十年前后多元化的日本社会开始重新审视传统与过去的思潮特征。自此，深泽七郎的作品及其存在本身，都成为反映日本时代状况的标杆。就文学史来看，自二叶亭四迷的《浮云》以来，日本近代文学逐渐确立了以"知识分子文学"为主流的文学观，写近代国家成立和社会变革中"自我"的觉醒、迷茫、痛苦、成长和幻灭，致力于思考"我为什么存在"和"我该如何存在"等命题，并形成了"如实描写"作家个人的生活与情感的日本自然主义和私小说等特有的流派和文学样式。在这样的大框架下，深泽七郎成了日本近代文坛的异端，其作品"以风俗性、庶民性的超（或前）近代的文风，给已经厌倦了明治之后、乃至战后的教养性近代文学的文坛和读者，带来了对立性的冲击"[①]。以处于社会底层的庶民为对象，写执着于生存本身的人的真实形象，呈现作为人的最基本的原始生存状态，具有深刻的社会性。这可视为对日本近代知识分子文学传统的一种解构。重视庶民的价值主体性、尊重生命的深泽七郎，替沉默者发声，丰富了日本文学的内涵，也为自己孤独的流浪生涯点亮了生命的灯火，树立起了作为作家的主体性。

悠远的生命之歌

引　子

深泽七郎是一位创作特色鲜明的日本当代作家。他于1956年42岁时凭小说《楢山小调考》（『楢山節考』[②]）获第一届中央公论新人文学奖，一战成名，在战后日本文学转换期登上文坛。此后，深泽七郎笔耕不辍。1997年筑摩书房出版《深泽七郎集》共10卷，包括6卷小说，4卷随笔。

---

① 原文如下："その土俗的、庶民的で超（前？）近代的な作風は、明治以降、さらには戦後の教養的近代文学に倦いていた文壇や読者にアンチテーゼの衝撃を与えました。"奥野健男：『日本文学史　近代から現代へ』、東京：中央公論社、1970年、第245—246頁。笔者译。

② "楢山"是深泽七郎在小说中虚构的地名。"節"日语意为民歌等的"调子，曲调"。"考"，即考察、考究。

深泽七郎作品描写的对象不是为个人生存意义苦恼的知识分子型个人,而是如草芥一般顽强、卑微地在社会底层和边缘生存着的"庶民"。其作品具有人类学意义上的普遍性和深度,通过深入人心的民俗等题材,表现为人忽视的沉默的"大多数"的生活伦理和感情。

《楢山小调考》讲述了一个穷僻山村中的故事,时代不明。因为粮食匮乏,村里的老人到了70岁就必须"上楢山",即被丢弃到楢山上活活饿死,以保证种族延续。69岁的老婆婆阿林,为了子孙繁衍和家族荣誉,积极做好上山准备,主动赴死。这是严苛生存条件下日本底层庶民生存伦理的极端性、典型性体现,引发了日本社会对于主张自我的近代伦理的反思。伊藤整指出,小说写出了距今两三代之前人们的再正常不过的生活。明治以后,欧洲式的思考方式传入日本,原本的日本式生活被遗忘了。"读了这部作品,感到那就是真正的日本人。可以说是禁欲克己,或者比起个人来更加重视家庭,或者说有一类人比起家庭来,更让自己合乎传统的规律,以此体会生存的意义,促使我们重新思考这些。……这其中有日本人几千年来持续下来的生存方式。"①

深泽七郎后来表示,《楢山小调考》中的人情、环境的舞台地是山梨县东八代郡境川村大黑坂,"是从以前这块土地上的纯粹人情出发展开想象,写成了那篇小说"。战争期间,为了能吃上饭,深泽七郎的表姐嫁到了该村。深泽七郎也来村里蹭吃蹭喝,接触到了村民们的生活:"我注意到,那并不是接受过教育或教导等精雕细刻之后的人的生存方式,这个村子里的人们自然而然就想到了应该如何生存。我认识到,那并非模仿,而是自然发

---

① 原文如下:"この作品を読むと、ああこれがほんとうの日本人だったという感じがする。ストイックというか、個人よりも家族を大事にするというか、それとも家族よりも伝統の規律に自分を合致させることによって生存の意義を味わう人間がいるというか、そういうことを改めて考えさせられる。……日本人が何千年もの間続けてきた生き方がこの中にはある。"伊藤整、武田泰淳、三島由紀夫:「新人賞選後評」、『中央公論』1956年11号、第202页。笔者译。

生的——应该称为从土中生长起来的人的生存方式。"①

写自然存在的人该有的生存方式，这是《楢山小调考》小说想象力的起源。在此基础上，深泽七郎借用受众广泛的弃老题材，充分发挥作家的创造力，塑造出了日本近代文学史上独树一帜的典型人物形象。本文拟从"弃老"故事中的生命伦理、"母亲之死"与个体情感、"上楢山"与日本人的山岳信仰三个层面进行论述，深入考察、分析小说的文本内涵，探究深泽七郎文学书写庶民真实的特征，思考其在日本文学史上的意义。

一、"弃老"故事中的生命伦理

作为中央公论新人奖评委，武田泰淳评价《楢山小调考》说："该作品在根本上以民间故事的震撼之处为框架，在其中津津有味地展开故事。这位老婆婆希望尽快赴死，希望早一天到楢山去，这种构思使小说具有感人肺腑的力量。假如老婆婆哭哭啼啼、吵吵嚷嚷的话，小说就完全无法成立了。"② 在武田泰淳看来，小说之所以成功，是因为选取了具有广泛群众基础的民间故事题材，塑造出了"无抵抗的抵抗"这般震撼人心的人物形象，直击读者灵魂，获得了强烈的感情共鸣。

在日本，北起青森、南至冲绳，弃老类民间故事在全国广泛流传。日本民俗学创始人柳田国男对日本的弃老故事进行了分类整理，于1945年2月发表了《弃老山》（『親棄山』）一文。工藤茂根据柳田国男文章的内容，

---

① 原文如下："もっと以前のこの土地（山梨県東八代郡境川村大黒坂）の純粋な人情から想像してあの小説はできたのだった。""この村の人達の生活に接して、それは、教育とか、教えられたとかいう細工を加えられた人間の生きかたではないもの、いかにして生きるべきかを自然にこの村の人たちは考え出していると私は気がついたのだった。真似ではなく、自然に発生した — 土から生まれたとでもいうべき人間の生きかたなのだと私は知った。"深沢七郎：「舞台再訪《楢山節考》」，『朝日新聞』1969年11月27日。笔者译。

② 原文如下："この作品は根本は民話のすごみというものをワクにして、その中でおもしろく事件を展開させていっている。この老婆が早く死にたがっている、早く楢山に登りたがっているという考え方、それがこの小説を美しくしているのであって、もしあれが泣き叫ぶような側に立っていたら、この小説は全然成立できなかった。"伊藤整、武田泰淳、三島由紀夫：「新人賞選後評」，『中央公論』1956年11号，第201—202頁。笔者译。

采用以下概念陈述弃老故事的四个类别：

（A）外来类故事（一）弃老背篓型故事（二）智破难题型故事

（B）本土原有类故事（三）纠葛型故事（四）折枝型故事[①]

第（一）类也可称为"换位触动型"，以己之老，思亲之老，与第（二）类故事的共同点在于因外力影响而认识到"必须善待、重视老人"。第（三）类主要讲述抛弃老人时的爱别离苦，第（四）类则着重体现老人对儿女的至深关爱，这两类故事从弃老者及被弃者的感情方面强调"孝行"之可贵。弃老类民间故事的真实目的在于强调尽孝的重要性，宣扬孝道。不可否认，正因为贱老、弃老的行为与心态自古有之且至今不绝，才赋予了该类故事深刻的现实意义。

弃老型故事并非日本独有，"在世界很多民族中都流传着弃老型故事，编号为 AT981，当然其母题还可有不同的组合。学者们已经注意到，在中国境内多个民族及周边的日本、朝鲜、印尼等地均有这类故事流传，其原型可能出自印度，通过汉译佛经对中国产生影响。"[②] 王晓平在《佛典·志怪·物语》（江西人民出版社，1990年）一书中考察了印、中、日三国的弃老故事，结合该类故事在不同国家流传的时代现实情况，分析了故事改写中体现的民族意识和伦理观念。弃老故事流传的广度使《楢山小调考》具备了超越国界的影响力，唤醒了人类灵魂深处的共同记忆，引人深思如何对待老人、生与死等人类社会的基本命题。

《楢山小调考》吸收了上述弃老故事的精髓，在文体上采用与之相应的"类似民间故事体"展开叙述。如同《楢山小调考》这一题目所示，小说通篇以对楢山地区流传的各种民间小调的来源、意义等进行解释、说明的形式来结构文章。小调的内容与小说讲述的从盂兰盆节前一个月到旧历正月期间的山村生活一致，发挥了指导村民们生活乃至生死的箴言、神谕般的作用。其中，"弃老""贱老"的意识和行为，是民谣集中表现的内容，也是小说的基本背景。

小说开篇即由路人唱出了祭祀楢山的民谣"楢山祭典三度来，栗子种

[①] 工藤茂：『姨捨の系譜』、東京：おうふう、2005年、第11頁。

[②] 李道和：《弃老型故事的类别和文化内涵》，《民族文学研究》2007年第2期，第35页。

子把花开"①，由此引出村里的定规：过三年就长三岁，到了 70 岁就得去祭楢山。歌谣意在提醒老年人，这一天即将来临。70 岁成为楢山世界里所有老人的生命终点，无法逃避。悠远的民歌，开篇即点明了不可违背的生存法则，营造出庄严肃穆的氛围。继而，另一首谐谑小调传来："盐铺阿酉运气好，上山之日雪花飘。"②传说盐铺那家曾有位叫阿酉的老人，在抵达楢山时下起了大雪，因此成了好运气的代表人物。这首歌谣对老人上山的时间做出了限定——要在冬天赶在下雪之前上山，而不是夏天。"哪怕天寒受不了，进山不让穿棉袄。"③这样被弃者才能更快地死去，以免遭受更多濒死的痛苦。

　　牺牲老人以保证劳动主力青壮年的生存，这一强者伦理在日常生活中也无处不在。"吃豆需用冷水泡，瞎眼阿爸看不到。"④吃豆子时如果发出嘎嘣嘎嘣的声响，会被目盲的父母发现。用水泡过豆子变软，就可以一个人偷吃不被发现。歌词的意思是，上了年纪的人目力不济，因此年轻人可以背着老年人，暗中多吃一些。粮食极度匮乏、无法确保整个群体生存的极端条件下，生命力衰退、逐渐丧失劳动能力的老人，成为族群必须最先甩掉的包袱。即使阿林身体健康，牙齿硬朗，还能为家人捉来鳟鱼等珍贵的美食，却也必须遵从定规，在 70 岁时上楢山。这体现出强者伦理的极端性和强制性。如同高西峰从村落共同体角度所分析的，规则的实质"就是在现实中具有生活能力强者的哲学。是以青壮年为中心的极其利己的规则。……这种利己主义共同体所具有的冷酷性被文学化，并在作品中很好地体现出来"⑤。用于结构全篇的楢山小调与弃老题材相得益彰，是深泽七郎根据自身丰厚的生活体验创作的，但因其深得民歌之形神，往往能够以

---

　　① 原文如下："楢山祭りが三度来りゃよ　栗の種から花が咲く。"本文引用的《楢山小调考》小说原文，由笔者根据『深沢七郎集　第一巻』（東京：筑摩書房、1997 年）译出。以下同。

　　② 原文如下："塩屋のおとりさん運がよい　山へ行く日にゃ雪が降る。"笔者译。

　　③ 原文如下："なんぼ寒いとって綿入れを　山へ行くにゃ着せられぬ。"笔者译。

　　④ 原文如下："豆を食うなら　ひやかして　お父っちゃんは盲で目が見えぬ。"笔者译。

　　⑤ 高西峰：《村落共同体下传统家族观念的崩溃》，《日语学习与研究》2007 年第 1 期，第 83 页。

假乱真，以至于连三岛由纪夫都曾误以为是当地自古流传下来的民歌。

关于日本弃老故事的真实性，工藤茂经过考察之后总结说："并未听到那种因习曾经存在过的报告。"①日本信浓姨舍山②因古时的弃老传说而闻名，对此，山本健吉在阅读了西泽茂二郎的文章《姨舍山新考》后得出结论："弃老的故事是否真有其事，这最终未能确定。亦可能是对古代墓地小泊濑的以讹传讹。"③

日本民俗学家、文化人类学家关敬吾非常关注《楢山小调考》的弃老主题，从民俗学的角度提出了如下问题：生活困苦与遗弃老人之间存在何种内在关联，生活之苦是否必然会导致弃老习俗的出现并产生这种故事传说，传说在多大程度上反映了现实生活。关敬吾坦言："日本是否确实存在过这一习俗，我并未掌握任何证据。或者说可能存在过，但从传说来推测弃老习俗的真实性也是不可行的。姑且不论传说能够在多大程度上反映社会习惯，日本确实存在使人联想到这类传说的发生或者存续的风习。"④他认为，日本的埋葬法应是催生并支撑弃老传说的最强有力的习俗。方法之一是风葬，即把死者埋葬或弃置在洞窟内。该葬法在日本西南诸岛一度盛行，在鹿儿岛县曾听说过类似的事情。再有，日本某些地方曾经盛行"两墓制"，即埋葬地和祭拜地分开。埋葬死者的地方多是在深山、荒野或海边等人迹罕至处，在那里并不会树立墓碑等标识。等人们不再记起时，该

---

① 原文如下："そういった因習があったという報告は聞かない。"工藤茂：『姨捨の系譜』、東京：おうふう、2005年、第199頁。笔者译。

② 姨捨山，位于日本长野县千曲市，正名为冠着山，也被称为冠山、更科山、坊城。古称为小长谷山、小泊濑山等。自古即是赏月胜地，且因姨捨传说（更级有位男子，把当做母亲奉养的姨母抛弃到了山上后，望着朗朗月光，羞愧难当，翌日一早回山把姨母接回家，孝养如初）而闻名。

③ 原文如下："けっきょく棄姥の故実があったかどうかを確かめるに至らず、古代の墓所としての小泊瀬の転訛説も、かなり有力に主張されている。"山本健吉：「深沢七郎の作品」、『別冊新評』1974年7月号、第145頁。笔者译。

④ 原文如下："もちろんわたくしは、日本にこうした慣習があったかどうかを示す証拠も知らない。あるいはあるかも知れないが、この伝説からは棄老の慣習を推測することは不可能である。伝説や昔話がどれだけ社会慣習を反映するかはしばらくおき、しかしこうした伝説の発生または存続を想像せしめる慣習はある。"関敬吾：「姥棄山考」、『昔話と笑話』、東京：岩崎美術社、1977年、第4頁。笔者译。

场所就自然地消失不明。与此相对，祭拜地多会设在自家房屋附近或是寺庙之内，世代供养。"埋葬地成为切断死者与生者之间记忆的场所，这种光景自然会催生出遗弃老人的传说，并成为支撑这一传说的依据。"[①]关敬吾从民俗学角度分析认为，风葬和两墓制的存在可能是产生弃老传说的原因和依据所在，而并非确实存在弃老的习惯或制度。由此，他批评了那些认为因粮食匮乏而弃老是日本确曾有过的习俗、是日本人延续了几千年的生存方法的观点，主张深入、实证地考察问题。

诚然，因为粮食匮乏而导致弃老这一设定的现实性并未获得事实支持，但认为小说体现了日本式生存这样的评论，并不是指该故事题材本身的真实性，而是指日本庶民在面临既定生存条件时执着而又带有"谛观"色彩的生存态度和生存感受，是对小说内容之抽象意义的审美性评价。三岛由纪夫谈及小说的阅读感受时说："我在午夜两点左右读小说时，仿佛周身被泼上了冷水一般。……这种恐怖的性质，是自父辈传来的、贫苦的日本人所有的非常阴暗、可憎的记忆。""仿佛被拖入了潮湿阴郁、黑暗的沼泽之底。……是某种可怕的，如同读《说经节》《赛之河原》《和赞》[②]那种东西的效果，感觉心情一直沉在最深处。"[③]小说中村民们的生存方式，

---

① 原文如下："死者と生きている者との間の記憶の切れた埋葬場のこうした光景は、この伝説をささえる根拠ともなり、それが老人遺棄——の伝説を創り出すのに自然であろう。"関敬吾：「姥棄山考」、『昔話と笑話』、東京：岩崎美術社，1977年，第7頁。笔者译。

② 说经节：日本中世末期到近世初期流行的一种说唱艺术，以通俗的语言和曲调来表现佛教说经的内容，集宗教性和娱乐性于一身。

赛之河原：冥河河滩，先父母而死去的孩子们因未能对父母尽孝而在此受苦。为给父母祈福，这些孩子在赛之河原上用小石块搭起石塔，但地狱之鬼总是在快搭好时把塔掀翻，无数次反复。因此，"赛之河原"一词喻指"无效的努力""徒劳"。最后，地藏菩萨献身，拯救了孩子们。

赞：用日语来传唱佛教教谕或佛、菩萨之德的一种佛教歌谣。句式结构多为七五调，四句一章。

③ 原文如下："ぼくは正直夜中の二時ごろ読んでいて、総身に水を浴びたような感じがした。……そのこわさの性質は父祖伝来貧しい日本人の持っている非常に暗い、いやな記憶ですね。""何かじめじめした、暗い沼の底に引きずり込まれるようで、……何かこわいというか、「説教節」や「賽の河原」や「和讃」、ああいうものを読むと気分がずっと沈んでくる、それと同じ効果を感じる。"伊藤整、武田泰淳、三島由紀夫：「新人賞選後評」、『中央公論』1956年11号、第201—202頁。笔者译。

与三岛由纪夫所追求的贵族式、理想主义的姿态完全相对,是社会底层庶民生存意识的真实体现。三岛由纪夫觉得极为"可怕"的人物内心,在深泽七郎看来却是自然、真实的,是小说要着重表现的内容。

二、"母亲之死"与个体情感

弃老题材下的民间故事多是借弃老题材言说敬老的重要性,这与《楢山小调考》本身在创作意图、文本效果方面并不一致。与"劝行孝道"的民间传说故事不同,《楢山小调考》塑造出了独特的被弃者形象,从积极的被弃者的角度展开叙述,凝聚起了朴素的震撼人心的力量,这正是小说本身虚构性和独创性的体现。与前述武田泰淳的观点相同,山本健吉也认为,《楢山小调考》的独特之处在于塑造出了老婆婆阿林这一典型的"日本式"人物。"阿林是整个日本随处可见的老婆婆中的一位。实际上,像她这样彻底的谛观和自我牺牲的感情,应该是不存在的吧。但是,如果把人类的某种特质扩大来看,阿林这样的性格,还是可以通过假想设定出来。"①

阿林是典型的日本母亲形象,或者说是人类母亲形象的代表。在村落这一封闭共同体内,她竭力维系家族的生存和名誉,吃苦耐劳,操持着一家生计;洁身自好,克己自律,从未被人传过闲话。阿林重视家族成员之间的"缘分",为了后辈的生存心甘情愿地早赴楢山。她认可楢山世界的准则,并以此作为精神依托。神就住在现实存在的楢山之上,早登楢山能够得到神的褒奖。阿林最大的幸福,就是在上山之日,家人们吃着自己精心准备好的饭菜时,自己一个人清净、虔诚地坐在崭新的席子上,与楢山山神同在。是日在抵达楢山之后,漫天雪花飘落,如愿以偿的阿林被大雪妆成神圣的白狐一般,在雪中念佛。满山的乌鸦消踪匿迹,她的儿子辰平祈盼母亲就这样在雪中安眠过去。深泽七郎认为:"大家都说(小说)是

---

① 原文如下:"おりんは日本中、どこにでもいそうな老婆の一人である。実際においては、これほどまでに完全な諦観と自己犠牲の感情とは、存在しないだろう。だが、人間のある特質を拡大して行けば、おりんのような性格を、仮想的にも設定することはできるであろう。"山本健吉:「深沢七郎の作品」、『別冊新評』1974 年 7 月号、第 146 頁。笔者译。

残酷的，但其实一点儿也不残酷。因为对于阿林而言，那样是最幸福的。"①阿林这一崇高形象的原型，是深泽七郎自己的母亲。在阿林与辰平身上，作家投射了自己和母亲之间的母子情深。

母亲的存在，对于深泽七郎的人生和文学均有重大意义。在《慈母常在侧》②《此女长相忆之我的母亲》③《回忆母亲》④等随笔中，深泽对母亲的爱表露无遗。在《慈母常在侧》开篇，深泽七郎拆分了"柞叶"一词的发音并解释说："在万叶集中，关于母亲的枕词有「ははそばの母」一词。我认为，之所以会出现这样的词汇，是因为母亲是一直都会陪在我们身边的人。"⑤

深泽七郎是家里的四儿子，自幼体弱多病，父母对他不加约束，任其自由成长。幼年时他总是黏在母亲身边，如同小马驹离不开母亲，因此被人戏称为"马儿子"。母亲非常理解他的所思所想，甚至仅凭其所弹吉他的音色，就能听出他当天的健康状况和心情。二战期间的1942年，深泽七郎从东京疏散回到故乡石和镇，和母亲住在一起，直到1949年秋母亲去世。母亲在镇子郊外的河边筑屋而居，考虑到当时东京粮食极度紧张、生活艰难，坚持不让儿子回京。母亲晚年罹患肝癌，吃不下饭。看到母亲痛苦的样子，深泽七郎和家人们以背着母亲偷偷吃饭为罪恶，在吃饭时尽量不发出声音。

---

① 原文如下："みんな残酷だって言いますけどね、すこしも残酷じゃないんですよ。おりんにとって、ああなることが一番幸せだったんだからー。"宗谷真爾：「楢山節考」、『国文学　解釈と教材の研究』1976年6月号、第139頁。笔者译。

② 深沢七郎：「柞葉の母」、『婦人公論』1957年4月号。「柞葉の」在日语中，因为该词的开头两个发音与"母"的发音相同，加在"母"的前面，作为调整句子节奏的枕词使用。

③ 深沢七郎：「思い出多き女おッ母さん」、深沢七郎：『言わなければよかったのに日記』、東京：中央公論社、1958年。

④ 深沢七郎：「母を思う」、深沢七郎：『流浪の手記：風流夢譚余話』、東京：アサヒ芸能出版、1963年。

⑤ 原文如下："万葉集の中には「ははそばの母」という母の枕詞が出てくるが、母親というものはいつもそばにいるのだから、こんな言葉が出来たのだと思う。"深沢七郎：「柞葉の母」、深沢七郎：『深沢七郎集　第八巻』、東京：筑摩書房、1997年、第37頁。笔者译。

母亲是心气很高、坚强的女人。深泽七郎的胞弟深泽贞造回忆说:"兄长对'人的死亡'一事深入思考,应该是从直接面对母亲去世之时开始的吧。在离世之前不久,母亲还在操心着自己葬礼的事情。连水都无法下咽、舌头发直说不了话之后,用笔谈和我们沟通,母亲刚毅至此。"①

读了正宗白鸟的随笔《今年秋天》之后,深泽七郎感叹年届 80 的正宗白鸟视死亡为一种平凡的现象:"我看到了和母亲同样的心境。母亲在秋分那天——死前十五六天——和我说,'即使后面我出现了奇怪的样子,也不是什么可悲的事情。'"②母亲对待死亡的达观,给深泽七郎以极大触动,并投射在阿林身上。深泽贞造谈道:"知道自己得了癌症的母亲,就是决心前去'祭楢山'的阿林。读了小说之后许久,我才意识到这一点。……对我来说(小说)是寂寥悲怆的物语。'楢山祭典三度来,栗子种子把花开',于我而言这是经文,是彻底感悟人世无常的歌。……有人会说'自行下定决心前往楢山'是独特的主题云云,我却坚信'每个人都有着不得不登上楢山的宿命'。"③

母亲的存在对《楢山小调考》的影响,不仅表现在阿林视死亡为人生正常现象的心境上,还体现在与此心境相对应的具体情节设置上。深泽七郎曾回忆起病重的母亲让自己背着去屋外看菜种发芽时的场景。顺着廊檐

---

① 原文如下:"兄が「人間の死」ということに対して深く考えたのは母の死に直面してからではないかと思います。息を引取る直前まで、自分の葬式の事まで気を配った母、水も受付けなくなり舌がもつれて会話が不可能になってからは筆談までした気丈だった母。"深沢貞造:「兄のこと」、『別冊新評』1974 年 7 月号、第 104—105 頁。笔者译。

② 原文如下:"私は母と同じ心境を見つけたのである。母は彼岸の入りの日に——死ぬ十五、六日前で「もし、わしが変った姿になっても、それは悲しいことではないよ」と私は言われたのである。"深沢七郎:「母を思う」、深沢七郎:『深沢七郎集 第八巻』、東京:筑摩書房、1997 年、第 64 頁。笔者译。

③ 原文如下:"癌にかかったことを自分で気が付いたのが「楢山参り」を決心した「おりん」であったことに私が気付いたのは小説を読んでからかなり経ってからでした。……今は私には寂しい悲しい物語なのです。/「楢山祭りが三度来りゃよ 栗の種から花が咲く」/それは私には経文であり、人の世の無常をあきらめる唄なのです。……ある人は「自ら進んで楢山行きを決心した」独特のテーマ云々といいましたが、私は「なに人も楢山へ登らなければならない宿命を持っている」と信じます。"深沢貞造:「兄のこと」、『別冊新評』1974 年 7 月号、第 104—105 頁。笔者译。

背着母亲走到菜地旁时，他觉得自己仿佛背着炭火一般灼热。母亲一定非常痛苦而在极力忍耐着。当他想赶紧把母亲背回去时，"母亲从我背后伸出手来，在我眼前向前摆动。即使这么痛苦也还是想去看菜啊！我遵照母亲的指示一步一步继续向前。写下这些事情总让我觉得有些难为情。在《楢山小调考》中，去往楢山的阿林缄口不语而一个劲儿向前挥手时的情景，与我母亲那时的情况相同"①。《楢山小调考》引起轰动之后，有人和深泽说："要是你母亲还在就好了。"深泽认为这么说的人是残酷的，母亲不可能回来了。②

母子情深，在小说中表现为阿林和儿子辰平、儿媳阿玉之间的感情。如同深泽贞造所言，在楢山以及现实世界里的"每个人都有着不得不登上楢山的宿命"。辰平和阿林一样非常明白这一点。即使如此，辰平还是很难面对将要背母亲上山这一事实，终日无精打采、心不在焉。母子情深和"上楢山"，仿佛成了小说中难以调和的情感矛盾。这一矛盾属于儿子辰平，在母亲阿林那里却并不存在。从小说一开始，69 岁的阿林就在期待着和祖辈一样，前往神明居住的楢山。这是她的圆满归处，是她笃信的"正确"的人生路程。看着儿子的不舍，阿林觉得他十分可怜，不够坚强。

辰平的矛盾和痛苦，来自对将"楢山"作为母亲生命终点这一行为之必然性的质疑。虽然母亲身体还很硬朗，却必须按照定规上山，这是在生命过程中的死亡，就个体而言，并非自然死亡，而是生命的牺牲。这种死亡模式与弗雷泽在《金枝》中反复例证的"杀王"模式具有共通性。在阿里奇亚等许多地方，都曾存在过一古老习俗，即祭司或国王等职位的后继者，一定要杀死他的前任才能接替职位。原始状态下的人们认为，整个社会福利乃至自然现象的推移都密切依赖于神王或人神的存在。老龄将至

---

① 原文如下："母は背の方から私の目の前に見せるように手を出して、前へ前へと手を振った。こんな苦しい思いをしても見たいのかと指図されるままに私はもっと前へ前へ進んだ。こんなことを書くのは、なんだか恥ずかしいけど、楢山節考で、山へ行ったおりんがものも云わず前へ前へと手を振るところはあの時のおっかさんと同じだ。"深沢七郎:「思い出多き女おッ母さん」、深沢七郎:『深沢七郎集　第八巻』、東京：筑摩書房、1997 年、第 52 頁。笔者译。

② 同上。

或体力稍有衰竭的统治者有可能会导致瘟疫、歉收等大灾难。"为了预防这些大灾难，就必须趁王还年富力强的时候就将他处死，以求他的神灵生命在精力未衰时传给他的继承者，以恢复他的青春。这样，通过强壮的替身连续他一脉相承，神灵生命就可以永葆青春年少，这样也就保证了人畜一代一代地传下去，保持青春，播种和收获、春天和夏天、雨水和阳光，也永远不会失调。如果我的推测不错，这就是内米的森林之王、阿里奇亚的祭司之所以必须照例地死于他的继承者的宝剑之下的缘故。"①

为了神灵生命的传承而"杀王"，原因在于人们相信神王的精力与种族命运之间存在必然关系。而楢山的村民们把"王"的命运推及所有年届70的老人，其原因直接明了，就是为了节省粮食等生存资源以保证种族延续。小说中的村民已不是几千年前神性力量的迷信者，更接近于为保证自身生存而竭力占有资源的现代人。毋庸置疑，新旧更替、生命传承确是人类社会（或者说所有生命种群）一贯的存在方式。与借弃老宣扬孝道的民间故事不同，深泽七郎把旁观者式的冷峻目光，投向了生死交替这一生存方式本身。小说结尾处，辰平从楢山回到家后，发现阿林的棉衣和腰带已经穿戴在孙子袈裟吉和孙媳妇阿松身上。这是最为直接、实用的传承，象征着阿林→辰平→袈裟吉的世代更替。正宗白鸟感叹："动物性的人类绵绵不绝地繁衍、承继，悠悠人生之相跃然纸上，别有妙趣。"②

更替和传承是生存的本来面目，也是不可更改的自然规律。但如从个体层面，在作为儿子的辰平看来，以母亲之死换来家族延续，这是痛苦的。深泽七郎并未搁置这种痛苦，而是借登上楢山后漫天飘落的大雪这一意象，缓解了母子之情与母亲之死之间的感情冲突。"盐铺阿西运气好，上山之日雪花飘"，和阿西一样，阿林抵达楢山之后，雪花纷纷飘落。自古流传下来的民谣让人们相信，漫山大雪是神对上山者的认可和褒奖，是上山者"好人有好报"的因果体现。这是阿林的好运气，同时也让儿子辰平相信，

---

① 弗雷泽：《金枝》，汪培基、徐育新、张泽石译，北京：商务印书馆，2012年，第914—915页。

② 原文如下："動物的人間も綿々として後をつづけ、人生悠久の姿がおのずから浮かんでいるのが面白い。"正宗白鳥：「珍しい新作『楢山節考』」，読売新聞夕刊1956年10月18日。笔者译。

上楢山是母亲修来的福分，是正确的行为。雪花飘落时，辰平一心要和阿林一起说说下雪，全然不顾"下山之时莫回头""进山之后莫开口"等规矩，狂奔回去，冲着白狐般神圣的阿林喊道："阿妈，下雪了哪！""阿妈，觉得很冷吧！""阿妈，下雪了，运气真好啊！"阿林颔首不语，朝着辰平的方向摆手让他回去。"阿妈，真的下雪了啊！"喊完之后，辰平如脱兔般飞奔下山。

以下雪为契机，辰平打破禁忌，返身回山，完成了母子之间的生死告别。对母亲好运气、好归宿的确认，对辰平尤其具有重要意义，消除了内心的不安，安慰了赤子之心。小说中的这一设定，亦是来自深泽七郎在自己母亲去世时的亲身感受。他回忆说："我的故乡流传着一种说法，认为人死之后，在七天之内如果没有下雨，那么该人就并非死于天命。因此，如果死后七天之内下了雨，人们就会彻底相信'啊，这个人寿命已尽啦'。母亲葬礼那天万里无云，从傍晚开始却下起雨来。我从没有像那次那样觉得下雨是如此美好。"① 深泽七郎家乡的人们相信，人死之后下雨证明死者确实阳寿已尽，死亡是顺应天命的。母亲葬礼的傍晚下起雨来，是母亲修来的福分，也让儿子相信母亲之死是自然的，天命如此，无须悲伤。

在《楢山小调考》中，对母亲死亡的确认通过下雪表现出来，通过辰平的返回，让母子共同见证。在叙事方面，小说从开篇直至上楢山之前，主要从阿林的视角来展现村落共同体内的生活和伦理。而从辰平背母亲出门直到小说结束，阿林严格遵守"进山之后莫开口"的规定，缄口不语，叙述者完全从辰平的视角讲述楢山境况。叙述视角的转变，从母亲和儿子两个不同角度表述了对于"上楢山"这一人类宿命的认识和情感。小说在"人固有一死"的生存法则下，刻画出按照自己认定的"正确"、朴素的伦理生存并坦然面对死亡的"大庶民"阿林这一典型形象，并通过辰平在

---

① 原文如下："私の郷里では人が死ぬと、そのあとの七日のうちに雨が降らなければその人は天命で死んだのではないと言われていた。だから、死んだあとの七日間に雨が降れば「あゝ、あの人は寿命がなかったのだ」とあきらめるのである。母の葬式の日は快晴だったがその夕方から雨が降り出した。私は雨をあんなに美しいと思ったことはなかった。"深沢七郎：「母を思う」、深沢七郎：『深沢七郎集　第八巻』、東京：筑摩書房、1997年、第63頁。笔者译。

面对母亲之死时的心理变化，侧面肯定了这种自然的生存方式。这是深泽七郎小说在民俗性题材基础上的独创，是在弃老（或称为死亡）规则的大背景下对人类生存方式及感情的凸显。包含在生老病死人生中的个体感情，是小说撼动人心的力量源泉。

三、"上楢山"与日本人的山岳信仰

小说中"上楢山"是弃老的代称，被认为是必须执行的正当行为。支撑这一定规的是楢山信仰。和阿林一样，村民们都相信楢山上住着神，一切行为准则都以楢山山神的名义制定并维护着。将年满70岁的老人抛弃，称为"祭楢山"；对偷盗粮食者施以最严厉的惩罚，称为"去向楢山神谢罪"。楢山信仰与人的生存、死亡密切相关，具有解释和指导楢山世界生存规则的功能，是日本庶民山岳信仰的体现。

从楢山小调来看，村里的弃老地点发生过变化，反映出楢山信仰的形成经历了一定的过程。当辰平从楢山归来时，家里传出二儿子的歌声："阿婆被丢到后山，后山螃蟹爬回来"，"爬来无法进门里，螃蟹不是夜啼鸟"[①]。以前是把老人丢到后山，有一次被弃的老婆婆竟爬回了村里。那家的人们吵嚷着说："爬回来了，和螃蟹似的！"紧闭门户不让老婆婆进门。老婆婆整晚都在门外哭泣。小孩子以为是螃蟹在哭，家里人哄孩子说："螃蟹不会在夜里哭，那是鸟在叫。"

之前的弃老地是后山的坟地，离村子很近，以至于老人都能爬回来。之后楢山成了专门的弃老地，"上楢山"专指老人在70岁时被遗弃到山上，这一暗喻贯穿整篇小说。楢山功能的固定，使弃老行为被仪式化。小说里上楢山的前夜举行的仪式，以及仪式参与者所述的各项规矩，渲染出了神圣、肃穆的气氛。这与柳田国男《远野物语》一书中的弃老故事形成了对比。《远野物语》是记录远野地区流传的民间传说的集子，具有一定的现实性。其中第111篇有如下记载。

　　山口村、饭丰村还有驸马牛村的荒川东禅寺以及火渡，青笹村的

---

① 原文如下："お姥捨てるか裏山へ　裏じゃ蟹でも這って来る"，"這って来たとて戸で入れぬ　蟹は夜泣くとりじゃない"。

中泽以及土渊村的土渊都有叫"坛之塙"的地名。与这个地名相对一定会有一个叫"莲台野"的地方。照古时的习俗，年过60的老人都会被赶到这个叫莲台野的地方。老人们一时不会轻易死去，只好白天下到村里去干一些农活糊口。所以现在土渊一带还把早上去田里干活称为"出坟"，傍晚从田里回家叫做"进坟"。①

《远野物语》中老人们年过60被赶出村子后住在莲台野，在老死之后再葬到坛之塙。而《楢山小调考》中老人年过70就会直接被丢弃到楢山上等死。"（《远野物语》中）从村落经莲台野到坛之塙，生→老→死的缓慢推移的习俗时间，在《楢山小调考》中被压缩成上楢山这一戏剧性场面，从生直接升格到了老＝死。在那里，《楢山小调考》中固有的故事位相以及写故事的意志清晰可见，这是习俗或传承中没有的，甚至《远野物语》的弃老故事中也不存在的内容。"②《远野物语》中颇具现实意味的由莲台野到坛之塙的弃老过程，在《楢山小调考》中被仪式化的"上楢山"取代。这一从生到死的过程，不同于民间故事传说的现实性和说教性，体现了小说的虚构性和作家的创作意识，也反映出了日本庶民的山岳信仰中把祖灵崇拜与佛教再生观结合起来的死亡观。

小说中的人们相信，"上楢山"是按照神的旨意做出的行为。如辰平背着母亲走向楢山时的感受："离楢山越来越近，辰平知道自己只能一步一步向前走了。从楢山出现在眼前起，辰平觉得自己好像成了住在那里的神的仆人，是按照神的命令在向前走着。就这样来到了七谷。抬眼望去，

---

① 柳田国男：《远野物语・日本昔话》，吴菲译，上海：上海三联书店，2012年，第63—64页。

② 原文如下："村落からデンデラ野を経てダンノハナへ到る、生→老→死のゆるやかに移ろいゆく習俗の時間が、『楢山節考』では楢山まいりという、生から老＝死へと一気に昇りつめる劇的な道行きへと圧縮されている。そこに、習俗や伝承のなかの、そして『遠野物語』のなかの姥棄てには見られなかった、『楢山節考』における固有の物語の位相、それゆえ物語への意志がきわやかに覗けているといえるだろう。"赤坂憲雄：「異相の習俗・異相の物語『楢山節考』を読む」、『ユリイカ』1988年10月号、第139頁。笔者译。

楢山好像端坐在眼前。"① 再有，老又和阿林年龄相仿，到了上山的年纪却不想上山。老又的儿子在上山前夜用绳子把他绑起来，不想他却咬断绳子逃到了阿林家门前。阿林开导老又说："这是很不应该的，如果在活着的时候就和山神、儿子断了缘分，可不好办啊。"

对于村民而言，楢山神是近在眼前的现实中的神，代表着子子孙孙世代相传的缘分。按照山神的旨意上楢山，不仅是被遗弃，也是维系和山神、子孙们之间缘分的方法。从这个意义上说，楢山神具有祖灵崇拜的意义。这从楢山祭祀的时间、内容等也可见一斑。"楢山上住着神。去过楢山的人都见到了神，因此大家都深信不疑。神就存在于现实中，所以比起其他活动来，人们对这祭祀活动特别卖力。以至于说起祭祀来，就指的是祭楢山。由于时间上和盂兰盆节连着，盂兰盆节的歌和祭祀楢山的歌就都混在一起了。"② 祭祀祖先的盂兰盆节从阴历七月十三到七月十六，祭祀楢山是在盂兰盆节的前夜，即七月十二的夜里举行。祭祀楢山和盂兰盆节在内容上也互相重合，祭楢山神，即是祭祀祖灵。由此更进一步来看，按照楢山神（即祖宗）的意志登上楢山，不仅是由生到死，还意味着从人上升为祖灵、神的转变。这种朴素的意识与日本人自古以来的山岳信仰是一致的。

人死之后去往何处，是生者普遍关心的终极问题之一。古代日本人存在"山中他界"③的认识，即认为人死之后会上到高山，将山视为属于死者的空间。日本宗教民俗学家堀一郎考察了《万叶集》中的挽歌，在94首中有7成左右相信人死后灵魂将爬升到高山上去，说明在万叶时代人们具有强烈的"山中他界"意识。赤田光男据此进一步指出，"山神具有福神的

---

① 原文如下："楢山に近づくにつれて辰平の足はただ一歩ずつ進んでいることを知っているだけだった。楢山が見えた時から、そこに住んでいる神の召使いのようになってしまい、神の命令で歩いているのだと思って歩いていた。そうして七谷の所まで来たのである。見上げれば楢山は目の前に坐っているようである。"笔者译。

② 原文如下："楢山には神が住んでいるのであった。楢山へ行った人は皆、神を見てきたのであるから誰も疑う者などなかった。現実に神が存在するというのであるから、他の行事より特別に力をいれる祭りをしたのである。祭りと云えば楢山祭りしかないようになってしまった程である。それに盆と続いているので盆踊りの歌も楢山祭りの歌も一緒になってしまった。"笔者译。

③ 日语中的"他界"，有死后的世界、来世之意，也作为死亡的委婉说法。

性质，同时又是死去的祖灵变身而来的"，特别是"山民的他界观，把村外的深山想象成死灵居住的世界"。①

　　视高山为墓地、是祖灵所在地的"山中他界观"，使恐山、岩木山、立山、熊野三山、大山、石鎚山等在中世以后成为闻名日本的灵山。"山中他界"的源流，或可追溯到稻作农耕文化的弥生时代中后期。当时出于灌溉水田以及军事防御的需要，出现了在高山顶部和斜面上聚居的"高地性集落"。而当时的生者空间和死者空间虽然具有明确的界限，却是表里一体的，墓地就设立在集落周边。之后，随着自然环境等的变化，高地性集落逐渐下到低地，墓地也随之转移到新的场所。在这一移动过程中，并不能把之前已埋葬地中的尸骨等一并转移到新墓地。这样，虽然作为生者的村民们已经居住到山麓或山丘底部，但他们过世的祖父母、他们熟识的其他逝者，都留在了之前居住的山丘上。农耕民视高山为祖灵等死者居住的他界，或许就是始于彼时。死灵最终变成了祖灵，栖息在高山上，并逐渐融合到山神的观念中，庇护子孙，保佑田地丰产。生者和死者的世界虽然是异质的，却绝非隔绝断裂的关系。死是生的必然归宿，而且有目之可见的高山作为死后的去处；和祖灵信仰结合起来，更是具有了超越死亡、世代延续的意义。《楢山小调考》中阿林的婆婆，以及阿林娘家的老奶奶，都去往了楢山，阿林也必须踏上楢山之路。在未死之时即被抛弃是残酷的，但对于有着楢山信仰的小说人物来讲，能够经此由人转升为神、接受子孙供养，是"最幸福的"。

　　当阿林在大雪中端坐楢山山顶时，执着于生存不肯上山的老又，被儿子用绳子捆着，踢到了地狱般险恶的七谷谷底。老又的行径与结局与阿林形成了鲜明对照。但作家笔下的老又并非十恶不赦的反面人物，而是人之

---

　　① 原文如下："山の神は福神的性質をもつが、死祖霊の変身したものである"，"山民の他界観は村外の奥山に死霊のすむ世界を想定する"。转引自饗庭孝男：『イマジネールの考古学　文学の深みへ』、東京：小沢書店、1996年、第254頁。笔者译。

本能性生存欲望的代表。① 深泽七郎无意否定或批判老又。尽管主观意识迥异，但在生物层面上，阿林与老又是平等的。作为老人，二人都无法逃脱村落定规，只能成为维系种族存在的牺牲品。再者，从精神层面来看二者也无本质差别。阿林由儿子背到了高山顶上，超越污秽和悲伤，变成了清净圣洁的神。老又跌落到乌鸦聚居的谷底，但并非意味着陷入了万劫不复的深渊，老又也具有被解救的可能性。从日本的山岳信仰与佛教的习合中，可见其救赎之路。

在山中他界观这一民俗性山岳观中加入佛教信仰，形成山岳信仰，其典型例子是立山②信仰。在表现立山开山传说的奉纳匾额以及"立山曼荼罗"图中，立山信仰被描述如下：山中同时存在地狱和净土。雄山脚下的荒凉之地，是冒着热烟、沸汤滚滚的地狱谷，在这里能够见到坠入地狱的死者亡灵；在近山顶处，有圣所玉殿窟，作为雄山神象征的熊在这里变成了阿弥陀佛。山顶则是弥陀来迎的灵地。经过地狱到达弥陀净土所在的山顶，这一过程就是山岳修行。此外，通过不断祭祀供奉死者，使其灵魂获得安宁后，阿弥陀佛的力量会解救这些坠入地狱的死者，让他们转升到极乐净土。因此，立山被视为转生灵山。

上述立山信仰是山中他界观与阿弥陀佛信仰习合的典型。"支撑二者习合的信仰根本，在于山中他界观以及以此为基础的灵魂观，即认为坠入山中地狱的死灵最终可以被解救到极乐世界、成为祖灵。"③ 根据立山信仰，《楢山小调考》中滚落地狱谷的老又，死后在后代的祭祀下仍然能够转生

---

① 老又代表的生存本能和生存权利，在以《楢山小调考》为元小说的电影《我要活下去》（『生きたい』）中，成为影片着重强调的基本人性和权利的体现。该电影关注现代老人生存问题，由新藤兼人执导，三国连太郎、大竹忍主演，近代映画协会出品，1999年1月15日公映。

② 立山，位于日本飞騨山脉北部的立山连峰，是雄山、大汝山和富士折立三峰的统称。自古以来即是日本山岳信仰的代表，日本三大灵山之一。

③ 原文如下："両者を習合させる信仰基体として、山中他界観とそれに基づく霊魂観、すなわち山中の地獄に堕ちた死霊がやがて極楽へ救済されて祖霊化していくという観念が存在していたのである。"宮田登著：『日本民俗文化大系　第四巻』、東京：小学館、1983年、第224頁。笔者译。

为祖灵，受后代供养。在辰平看来，自己的母亲是伟大的，而想要继续活下去的老又是可怜的，值得同情。诚然，老又咬断绳子逃跑的做法带有滑稽意味，但他并非恶人，不会引起读者的憎恶或痛恨之心。尽管阿林和老又在面对"上楢山"时表现迥异，但从生物生命终结和精神意义上的转生来看，二者并无本质不同。

结 语

《楢山小调考》以"楢山小调"的穿插来结构作品，并在小说末尾附上小调乐谱，借用了民间故事式的叙事框架。但小说并非对民间故事的简单记录，而是通过"母亲之死"创作出的日本近代文学史上独特的虚构作品。"上楢山"的核心情节与日本庶民传统的山岳信仰之间存在密切关系。阿林对上楢山的态度，属于个人与自然、集团的关系问题。而儿子辰平的心理，更多地体现了生存中的个体感情问题。这些问题以山岳信仰达成了统一，对重视现世个人价值的现代人生观提出了反议。

深泽七郎以悠长淡然的笔调，波澜不惊地讲述着庶民的生与死，吸引读者进入阴暗但又有一抹暖色的庶民世界。正宗白鸟评价说其中自有新意，写出了动物般的人类本性，"从传说般的古老故事中能够看出现代的人类心理"[①]。小说发表后，不仅在文坛反响巨大，在普通民众中也广为流传。"上楢山"成为表达老年人晚年生活境遇的流行词汇。很多老年人见到深泽七郎时就会说："七郎，早日带我去楢山吧。"这让作家感到难以应答。小说通过古老的弃老题材，把老、死这无可规避的人生命题展示给人看，具备了深入人心的写实力量。深泽七郎的创作贴近庶民的真实生活和情感，以至于后来研究日本弃老文化的学者，都会将该小说作为重要的考察对象，影响可谓深远。[②]

在生产资料不足、充满竞争的生存条件下，贱如蝼蚁、轻如草芥的庶

---

① 原文如下："伝説的昔ばなしに現代の人間心理を伺う事が出来るのである。"正宗白鳥：「珍しい新作『楢山節考』」、読売新聞夕刊 1956 年 10 月 18 日。笔者译。

② 《楢山小调考》两度被日本著名导演改编为电影上映，分别由木下惠介（1958）和今村昌平（1983）执导，后者于 1983 年获第 36 届戛纳电影节金棕榈奖。

民生活往往带有残酷和荒凉的底色。即使如此，深泽七郎笔下以阿林为代表的一系列母亲形象，还是奏出了悠远的生命赞歌。民众的生命力源远流长，永无枯竭。对生命的尊重，是深泽七郎文学世界的母题，也是其作品打动人心的根本所在。

主要参考书目

日文版

浅井清等編：『新研究資料現代日本文学 第一巻』、東京：明治書院、2000年

安部公房：『安部公房全集 2』、東京：新潮社、1997年

安部公房：『安部公房全集 4』、東京：新潮社、1997年

安部公房：『安部公房全集 5』、東京：新潮社、1997年

岩上順一：『志賀直哉』、東京：三笠書房、1955年

奥野健男：『日本文学史 近代から現代へ』、東京：中央公論社、1970年

小田切秀雄：『戦後文学作品鑑賞』、東京：読売新聞社、1971年

小田切秀雄：『近代日本の作家たち』、東京：法政大学出版局、1973年

河合靖峯：『森鷗外』、東京：清水書院、1984年

梶木剛：『横光利一の軌跡』、東京：国文社、1979年

清水勝（発行者）：『文芸読本 川端康成』、東京：河出書房新社、1977年

工藤茂：『姨捨の系譜』、東京：おうふう、2005年

国立国会図書館編：『明治・大正・昭和翻訳文学目録』、東京：風間書房、1959年

小西甚一：『日本文芸史 5』、東京：講談社、1992 年

小森陽一：『構造としての物語・増補版』、東京：青弓社、2017 年

佐藤晧三（発行者）：『文芸読本 志賀直哉』、東京：河出書房新社、1976 年

志村有弘編：『芥川龍之介「羅生門」作品論集（近代文学作品論集成 4）』、東京：クレス出版、2000 年

関口安義：『「羅生門」を読む』、東京：小沢書店、1999 年

関口安義：『「羅生門」の誕生』、東京：翰林書房、2009 年

田中実：『小説の力——新しい作品論のために』、東京：大修館書店、1996 年

田中裕之：『安部公房文学の研究』、大阪：和泉書院、2012 年

高橋義孝：『森鴎外』、東京：第三文明社、1977 年

高橋春雄、保昌正夫編集：『近代文学評論大系 第 7 巻』、東京：角川書店、1972 年

高山斗志美：『安部公房論』、東京：サントオ山梨シルクセンター出版部、1971 年

富岡幸一郎、紅野謙介編：『文学の再生へ——野間宏から現代を読む』、東京：藤原書店、2015 年

中村光夫：『谷崎潤一郎論』、東京：日本図書センター、1984 年

西垣勤：『漱石と白樺派』、東京：有精堂、1990 年

日本文学研究資料刊行会編：『日本文学研究資料叢書 森鴎外』、東京：有精堂、1973 年

日本文学研究資料刊行会編：『日本文学研究資料叢書 安部公房・大江健三郎』、東京：有精堂、1974 年

日本文学研究資料刊行会編：『日本文学研究資料叢書 谷崎潤一郎』、東京：有精堂、1975 年

野間宏：『文学の探求』、東京：未来社、1953 年

野間宏：『野間宏作品集 第二巻』、東京：三一書房、1953 年

野間宏：『野間宏作品集 第三巻』、東京：三一書房、1953 年

長谷川泉編：『森鴎外「舞姫」作品論集（近代文学作品論集 2）』、

東京：クレス出版、2000 年

原善編：『川端康成「伊豆の踊子」作品論集（近代文学作品論集成 6）』、東京：クレス出版、2001 年

本多秋五：『転向文学論 第三版』、東京：未来社、1985 年

本多秋五：『物語戦後文学史（全）』、東京：新潮社、1966 年

本多秋五：『志賀直哉』上巻、東京：岩波書店、1990 年

本多秋五：『志賀直哉』下巻、東京：岩波書店、1990 年

前田愛、长谷川泉編：『日本文学新史』（近代）、東京：至文堂、1990 年

松原新一・磯田光一・秋山駿：『増補改訂 戦後日本文学史・年表』、東京：講談社、1985 年

山本和：『弁証法神学の倫理思想』、東京：新教出版社、1961 年

山崎一穎：『森鴎外・歴史文学研究』、東京：おうふう、2002 年

有精堂編集部編：『講座昭和文学史 第三巻 抑圧と解放〈戦中から戦後へ〉』、東京：有精堂、1988 年

有精堂編集部編：『講座昭和文学史 第四巻 日常と非日常〈昭和三、四十年代〉』、東京：有精堂、1989 年

吉野俊彦：『権威への反抗−森鴎外』、京都：PHP 研究所、1979 年

渡辺広士：『安部公房』、東京：審美社、1976 年

中文版

柄谷行人：《日本现代文学的起源》，赵京华译，北京：生活·读书·新知三联书店，2003 年

川端康成：《川端康成谈创作》，叶谓渠译，北京：生活·读书·新知三联书店，1988 年

刘立善：《日本白桦派与中国作家》，沈阳：辽宁大学出版社，1995 年

刘立善：《日本文学的伦理意识》，沈阳：春风文艺出版社，2002 年

柳田国男：《远野物语·日本昔话》，吴菲译，上海：上海三联书店，2012 年

卢梭：《忏悔录》，陈筱卿译，南京：译林出版社，1995年

斯宾诺莎：《伦理学》，贺麟译，北京：商务印书馆，1983年

瓦尔特·本雅明：《本雅明文选》，陈永国、马海良编，北京：中国社会科学出版社，1999年

伍蠡甫等编：《西方文论选上卷》，上海：上海译文出版社，1988年

吴晓东：《漫读经典》，北京：生活·读书·新知三联书店，2008年

赵澧、徐京安主编：《唯美主义》，北京：中国人民大学出版社，1988年

邹波：《安部公房小说研究》，上海：复旦大学出版社，2015年

后 记

本书是我从时任教育部人文社会科学重点研究基地"北京大学东方文学研究中心"主任王邦维教授那里接受的任务。那时我大病初愈,还处在心脏手术后的休养期。除了要上课带博士生,还要在自觉身体状况还能顶得住的情况下抓紧完成我主持的教育部重点项目,所以这本书的写作就被拖延了下来。为了尽快完成任务,我特意邀请了刘立善教授和郭晓丽副教授帮助我一起完成撰写。刘立善教授是我的老朋友,退休前是辽宁大学日本研究所教授,日本国立冈山大学文学博士。他主要从事日本近现代文学、中日比较文学、中日植物美学、日本宗教研究,尤其擅长小说解读。他的著述和译著成果丰硕,是我见贤思齐的学长。郭晓丽是我的学生,本科和硕士毕业论文都是我指导的,对小说解读有独到的见解。她在北京大学获得文学博士学位后到中国海洋大学外语学院任教,现为副教授,主要从事日本近现代文学、文学翻译的教学与研究。已有一部专著(合著)和多部译著出版。在本书付梓之际,我要特别感谢他们的真心帮助。特记载具体分工,以致谢忱和敬意。

刘立善完成第一篇、第三篇、第五篇的解读。

郭晓丽完成第六篇、第八篇、第十一篇、第十二篇的解读,包括"作者简介"。

李强完成第二篇、第四篇、第七篇、第九篇、第十篇的解读,包括"作者简介",以及"开头的话""后记"和"主要参考书目"部分。

另外还有两点说明：一、本书十二篇作品的收入标准和依据是：经典性、代表性和话题性。其中第八篇谷崎润一郎《春琴抄》和第十二篇深泽七郎《楢山小调考》原文篇幅较长，是依据日本权威的《日本近代文学大事典》（讲谈社，1984年）的短篇界定而收入的。二、为了让读者一睹刘立善教授和郭晓丽副教授的解读风格，本书保留了他们交稿时的原样，没有采用统一的格式。

本书的出版，得到北京大学出版社的大力支持，感谢外语编辑室张冰老师和责任编辑兰婷为本书出版付出的努力和辛劳。

囿于学识和水平，本书肯定会留下许多遗憾和不足，恳请学界同仁指正。

李　强
2023 年 12 月

北大东方文学研究丛书

王邦维　主编

日本古代文学发生学研究 ｜ 严绍璗

燕行录千种解题 ｜ 漆永祥

上田秋成文学研究 ｜ 岳远坤

丝路梵华：出土文献与中印文学交流 ｜ 陈　明

实证研究与文本细读——重读日本经典短篇小说 ｜ 李　强等